Ralf Strackbein

DIE ÄGYPTISCHE TOTENBARKE

Roman

Magolves-Verlag
Siegen

www.magolves.com

Deutsche Erstveröffentlichung
1. Auflage
März 2017
Magolves-Verlag, Siegen

Umschlag-Gestaltung: Michaela Herbst
Satz und Buchherstellung:
Vorländer GmbH & Co. KG, Siegen

ISBN: 978-3-935378-41-3

Das Buch wurde auf chlorfrei gebleichtem Papier gedruckt.

RALF STRACKBEIN

Die ägyptische Totenbarke

In dieser Reihe bereits erschienen:

Der Billy-Code, Mord im schwedischen Möbelhaus
Wolkenmord, 12.000 Meter über Afrika
Das Aschebuch

Außerdem im Magolves-Verlag erschienen:
Tristan Irle und der Rubensmord; Tristan Irle - Eine Leiche auf der HTS; Tristan Irle - Mord Pur; Tristan Irle - Die Abseitsfalle; Tristan Irle - Das sexte Gebot; Tristan Irle und das Rathauskomplott; Tristan Irle - Der Braumeister; Tristan Irle - Gegen den Strich; Tristan Irle - Tödliche Doktorspiele; Tristan Irle - Siegener Maskerade; Tristan Irle - Eisenhart; Tristan Irle - Die Fürstenjagd; Tristan Irle - Lokalzeit; Tristan Irle - Baum fällt!; Tristan Irle - Die zitternden Tenöre; Tristan Irle - Der Killersteig; Tristan Irle - Locht ein!; Tristan Irle hat Lampenfieber; Tristan Irle und der Grabräuber; Tristan Irle - Wo ist Marlowe?; Tristan Irle - Der Bienenstich; Tristan Irle serviert kalte Platte; Tristan Irle - Die letzte Filmklappe; Tristan Irle trifft den Wisent; Tristan Irle - Sturmwind; Tristan Irle - Der Missionsbefehl

Hörbücher:
Tristan Irle serviert kalte Platte
Tristan Irle - Die letzte Filmklappe

Der Autor:

Ralf Strackbein studierte Literaturwissenschaft, Politikwissenschaft und Angewandte Sprachenwissenschaft. Er beendete sein Studium erfolgreich als Master of Arts (Magister Artium). Der ausgebildete Technische Zeichner holte auf dem zweiten Bildungsweg sein Abitur nach und schrieb während des Studiums als Freier Mitarbeiter Reportagen und Filmkritiken für eine große Tageszeitung. Gegen Ende des Studiums veröffentlichte er seinen ersten Kriminalroman „Tristan Irle und der Rubensmord". Die Romanreihe umfasst mittlerweile 26 Tristan-Irle-Krimis. 2008 erschien der erste Raphael-Olofsson-Roman. Die ägyptische Totenbarke ist der 4. Fall Olofssons. Ralf Strackbein lebt in Siegen.

Alle beschriebenen Charaktere sind erfunden. Jede Ähnlichkeit mit realen Tatbeständen, lebenden oder juristischen Personen, Örtlichkeiten, Körperschaften, Unternehmen, Gesellschaften oder Organisationen, natürlichen und übernatürlichen Hierarchien, ist rein zufällig.

Personenverzeichnis:

Onne Griebke, Hotelbesitzer und das bedauerliche Opfer.

Raphael Olofsson, Reisebürobesitzer und Ex-Agent des BND.

Miriam van Heyden, Assistentin von Olofsson.

Catharina von Hohenlohe, BKA-Kommissarin.

Wilko Benndorf, Kapitän der *Mary* und Freund von Onne.

Dr. Merle Liesenfeld, Museumsleiterin und Freundin von Onne.

Professor Dr. Alfons von Klettenberg, Archäologe und Professor an der Freien Universität Berlin (FU Berlin).

Ove Doßmann, Bürgermeister von Poppenbüll.

Maria Bleicken, Hausdame im Hotel „Zum Anker".

Martin Puck, Chefkoch im Hotel „Zum Anker".

Fenja Griebke, Ex-Frau von Onne.

Horst, Faktotum im Hotel „Zum Anker".

Theo Nolde, Hauptkommissar in der Gardinger Wache.

Anna Müller, Polizeiobermeisterin in der Gardinger Wache.

Robert Puck, genannt Pucky, Bruder von Martin und Polizeihauptmeister der Gardinger Wache.

Prolog

12. März 1822: Der Wind drückte ins Besansegel und schob die *Gottfried* mit dem Heck um die eigene Achse gegen die Windrichtung. Kapitän Heinrich Jacob Riesbeck riss die Augen auf und hielt den Atem an. Seit zwei Tagen kämpften er und seine Mannschaft gegen den Orkan, der die Nordsee zu einem tödlichen Wassergrab aufpeitschte. Mit schwindender Kraft klammerte er sich an das Ruder, während der Bug der *Gottfried* hin zu einer Sandbank driftete.

Das Schiff, ein kleiner Frachtsegler mit Heimathafen Kopenhagen, segelte unter dänischer Flagge. Es war seit vier Jahren das Zuhause von Kapitän Riesbeck, wenn er zur See fuhr. Die treue Galeasse hatte die achtköpfige Besatzung und einen Passagier von Triest durch das Mittelmeer über den Atlantik bis in die Nordsee getragen. Jetzt, nach drei Monaten auf See, kurz vor ihrem Ziel Cuxhaven, wendete sich das Schicksal gegen sie.

Riesbeck stemmte sich mit aller Kraft gegen die Ruderpinne. Bootsmann Ole eilte ihm zur Hilfe, während vorne im Bug ein erschöpfter Seemann wild mit den Armen gestikulierte, um so auf die Gefahr vor ihnen hinzuweisen. Die zwei Masten des Segelfrachters knarrten unter dem stetigen Druck, den die Orkanwinde auf die gesetzten Sturmsegel ausübten. Langsam drehte sich der Bug von der Sandbank weg. Kapitän Riesbeck atmete auf.

Unter Deck bemerkte Klaas Feddersen, der Lademeister, nichts von dem tödlichen Hindernis. Der gebürtige Hamburger hielt sich mit beiden Händen an einem Seil fest, das er quer durch den Frachtraum gespannt hatte. Die einzige Lichtquelle war eine an der Decke befestigte Öllaterne. Sie schlingerte wild hin und her und ihr Licht warf schaurige Schatten.

Feddersen kämpfte gegen das heftige Rollen des Schiffs, indem er ständig seinen Oberkörper entgegen der Rollbewegung schob. Doch ein Moment der Unachtsamkeit reichte aus, ihn sein Gleichgewicht verlieren zu lassen. Der Lademeister prallte mit seinem stämmigen Körper gegen eine Wand aus aufeinandergestapelten Holzkisten, die den Laderaum ausfüllten. Er spürte, dass die *Gottfried* einen Wellenberg erklomm und wartete darauf, dass der Bug ins Wellental stürzte. Mit Sorge blickte er auf die durchnässten Seile, mit denen die Fracht gesichert war. Das ständige Schlingern zerrte an ihnen. Wenn sie bersten sollten, würde die Ladung verrutschen und sie in den Tod reißen.

Dutzende von Holzkisten waren mit dicken und dünnen Stricken festgezurrt worden. Ihr Auftraggeber, Generalleutnant von Minutoli, hatte in das Holz der Kisten ägyptische Teufelssymbole brennen lassen. Die dämonischen Zeichen wirkten im faden Licht des Frachtraums wie ein böses Omen. Doch die Holzkisten waren nicht das Schaurigste im Bauch des Schiffes. Zwei tonnenschwere Sarkophage lagen im Laderaum, als bewachten sie das Tor zum Totenreich.

Feddersen hatte sich erklären lassen, dass die schaurige Figur auf einem der Granitsarkophage den Totengott Osiris darstellte. Der ägyptische Gott war König des Totenreiches und richtete dort über die ankommenden Seelen. Damit war er Herr über die Ewigkeit.

Der Lademeister wollte vermeiden, ins Totenreich einzugehen, deshalb behielt er den Laderaum im Auge. Er besaß als Lademeister genug Erfahrung, um zu wissen, dass die beiden Sarkophage, sollten sie in Bewegung geraten, die Schiffswand durchschlagen würden, als bestünden die Eichenplanken aus Seidenpapier.

Der Bug schlug im Wellental auf. Die *Gottfried* ächzte unter dem Schlag. Feddersen verlor erneut den Halt und wurde durch den Laderaum geschleudert. Er landete hart auf dem Schiffsboden, sein Kopf schlug gegen die Wand aus gestapelten Kisten. Benommen raffte er sich auf, als das Schiff erneut schlingerte. Mit Wucht wurde er wieder gegen die Holzkisten geschleudert. Der Aufprall ließ ein Seil reißen und eine Kiste, die kaum größer war als ein Hocker, schob sich aus der Wand heraus. Sie war mit dem Symbol eines Schakalkopfes gekennzeichnet. Feddersen versuchte, die Kiste zurückzuschieben, doch das Schlingern des Schiffes warf ihn um.

Die Kiste mit dem Schakalkopf fiel herab und hinterließ eine Lücke in der Holzkistenwand. Feddersen erkannte die Gefahr, die dieses Loch bedeutete. Die gesamte Wand verlor ihre Stabilität, da die Kisten zu verrutschen begannen. Die straffgezogenen Leinen und Stricke lösten sich. Wieder bäumte sich der Rumpf der *Gottfried* auf. Der Lademeister schrie, doch das Tosen des Meeres verschluckte den Schrei. Eine Kiste so groß wie eine Seemannstruhe stürzte auf den Lademeister und erschlug den Mann. Eine weitere schwere Holzkiste folgte und zerriss das Halteseil eines der Sarkophage.

Oben auf dem Achterdeck bekam Kapitän Riesbeck von dem Unglück nichts mit. Mit Gottes Segen hatten sie die Sandbank Trischen passieren dürfen. Cuxhaven lag nur wenige Seemeilen vor ihnen. Er betete, dass seine treue *Gottfried* noch ein paar Stunden durchhalten möge, als von Steuerbord eine mächtige Welle das Schiff traf. Die Wassermassen ließen den Segler nach Backbord kippen. Riesbeck klammerte sich an die Ruderpinne, um nicht ins Meer zu rutschen. Ole tat es ihm gleich. Das Schiff neigte sich immer mehr zur Seite.

»Oh Gott, bitte nicht!«, flehte Kapitän Riesbeck.

Plötzlich richtete sich die *Gottfried* schnell, viel zu schnell, wieder auf. Ole begann zu grinsen. Da hörten er und Kapitän Riesbeck das Geräusch zersplitternden Eichenholzes. Durch das hastige Aufrichten waren die tonnenschweren Sarkophage ins Rutschen gekommen, hatten die Schiffswand durchschlagen und das Tor zur Unterwelt aufgestoßen, wo Osiris die Seefahrer empfangen würde.

Ein Sturm zieht auf 1.

Die *Mary* schipperte langsam in die Schleuse am Eidersperrwerk. Wilko Benndorf steuerte den umgebauten Krabbenkutter gewohnt lässig unter der hochgefahrenen Straßenbrücke vorbei. Der bärtige Seemann ignorierte die aufkommende Brise, die den Kutter sanft gegen die Schleusenwand drückte. Die *Mary* trieb ein 300 PS starker Scania-Diesel an, der vor sich hin tuckerte. Das gleichmäßige Klackern der Motorenventile mischte sich mit dem lauten Kreischen eines Schwarms Silbermöwen. Sie verfolgten die *Mary,* seit sie die Küste angesteuert hatten. Die gierigen Raubvögel mit ihrem weißgrauen Gefieder, dem gelben Schnabel und den schwarzen Schwanzfedern jagten durch die Luft und waren immer bereit zu töten. Die Luftpiraten hofften auf Beute, glich die *Mary* doch mit ihren Aufbauten jenen Krabbenkuttern, die sie täglich angriffen.

Kapitän Wilko Benndorf warf den Möwen einen wütenden Blick zu. Sein Schiff war schon lange kein Krabbenkutter mehr. Er hatte die *Mary* zum Ausflugsboot umbauen lassen, um mit ihr im Sommer Touristen durch das Wattenmeer zu schippern. Dennoch bombardierten die Möwen sein Schiff beim Überflug mit Exkrementen.

»Wilko, wirf die Leine!« rief der Schleusenwärter.

»Sofort!« antwortete der und eilte aus dem Führerhaus der *Mary*. Er warf dem Schleusenwärter ein Seil zu, das der Mann um einen Poller legte und festzurrte. Der Kapitän band die Leine um eine Klampe, die sich am Heck der *Mary* befand. Vorne am Bug verfolgte er, wie sein Passagier Onne Griebke die Bugleine an einer weiteren Klampe befestigte. Der Schleusenwärter ging unterdessen zum zweiten Poller auf Höhe des Bugs der *Mary*. Dort hob er die Leine auf, die Onne bereits vom Schiff auf den geteerten Gehweg geworfen hatte und befestigte sie an dem Poller.

Das Eidersperrwerk diente als Schutz vor Sturmfluten. Nachdem 1962 die Hamburger Sturmflut auch Tönning erfasst hatte, wurde die Entscheidung getroffen, das Sperrwerk zu bauen. Da es aber nicht ständig zu Sturmfluten kam, standen die Sperrtore die meiste Zeit offen. Dann floss die Eider gemächlich in die Nordsee. Für Fischer- und Ausflugsboote, die von Tönning über die Eider zur Nordsee fuhren oder von der Nordsee zurück nach Tönning wollten, führte jedoch kein Weg an der Schleuse vorbei. Sie mussten sie passieren, selbst wenn das Sperrwerk offenstand.

»Das wird dann wohl wieder eine Durchfahrt«, maulte Wilko.

»Besser als Sturmflut«, bemerkte Onne, der Passagier.

»Wir beeilen uns ja! Aber das Nordseetor muss geschlossen sein, bevor ich euch das Eidertor aufmache«, rief der Schleusenwärter.

»Entspann dich, Wilko! Genießen wir die letzten ruhigen Tage. Die Stürme ziehen noch früh genug auf.« Onne Griebke lächelte den Besitzer der *Mary* freundschaftlich an. Der Mann war Mitte Fünfzig und besaß eine hagere Statur. Sein volles braunes Haar wurde von einzelnen grauen Strähnen durchzogen. Er trug keinen Bart, aber eine modische Brille, hinter denen zwei wache blaugraue Augen den Kapitän beobachteten.

Onne Griebke gehörte in das Eiderstedter Land wie der Hering in die Nordsee. Seit Generationen lebte seine Familie in dem kleinen Dorf Poppenbüll, eine Viertelstunde Autofahrt nordwestlich von Tönning. In dem beschaulichen Örtchen führte er ein kleines Hotel, das idyllisch am Dorfrand stand. Der dünne Nordfriese verdiente mit dem Hotel sein Einkommen, aber seine Leidenschaft galt der Archäologie. Eigentlich hätte er zwei wichtige Gäste empfangen müssen, doch sein Freund Wilko war in der Früh aufgeregt ins Hotel gestürmt und hatte von einem mysteriösen Fund auf der Sandbank Blauortsand berichtet. Sie waren sofort aufgebrochen und die zirka 15 Kilometer rausgefahren. Doch die Meldung hatte sich als übertrieben herausgestellt. In der Tat war Strandgut auf die Sandbank gespült worden, doch es handelte sich dabei nicht um archäologische Schätze.

»Es wird Sturm geben! Der Wind hat gedreht«, hörte Onne den Schleusenwärter sagen.

»Die Saison ist vorbei«, antwortete Wilko mit Wehmut.

»War es ein gutes Jahr für dich?« fragte der Schleusenmann.

»Es hätte besser sein können. Die Menschen zahlen weniger für einen Ausflug.« Der Kapitän spuckte über die Reling.

»Vielleicht hättest du den Kutter nicht umbauen sollen«, meinte der Schleuser.

»Ja, vielleicht«, nickte Wilko und blickte zu seinem Freund Onne Griebke.

Der Schleusenwärter bemerkte dies und fragte: »Ist er immer noch hinter dem Schatz der *Gottfried* her?«

Wilko nickte.

»Zahlt er dir denn die Fahrt?«

»Onne hält mich mit seinen Aufträgen am Leben«, antwortete Wilko nachdenklich.

»Habt ihr denn jemals etwas Wertvolles da draußen gefunden?« Der Schleusenwärter grinste hämisch.

»Das werde ich dir auch noch auf die Nase binden, du Tratschmaul!« Wilko grinste ihn höhnisch an.

Das Tratschmaul blickte auf die Ladefläche der *Mary* und brummte: »Na, ich seh ja nix Wertvolles an Ladung.«

Dann ging er auf das Schleusentor zu und öffnete es.

2

Die Vorboten eines heraufziehenden Sturms schlichen über den blauen Himmel lautlos heran. In eisiger Höhe trieben flache Cirruswolken über die Nordsee von Westen auf das Festland zu. Raphael Olofsson blickte nachdenklich gen Himmel und rechnete. Dabei froren seine Gesichtszüge ein. Für den Moment des Multiplizierens und einer Addition glich sein Kopf einer Marmorbüste.

»Es wird zur vollen Stunde zu stürmen anfangen«, sagte er laut und schob seinen Südwester zurecht.

Die friesische Kopfbedeckung aus gelbem Polyester passte so gar nicht zu der Kleidung, die Olofsson ansonsten am Körper trug. Ein Mantel aus Tweed, wie ihn ein englischer Gentleman bei einem Landausflug tragen würde, bedeckte den Oberkörper. Das Tweedmuster setzte sich bei der Hose fort. Deren Enden steckten in Stiefeln aus Naturkautschuk mit Ledereinsatz.

»Mir ist kalt und ich bin müde«, sagte Miriam van Heyden gereizt, während sie auf die Nordsee starrte, wo sich die Wellen langsam am Ufer brachen.

Olofsson zog seine feinen Augenbrauen zusammen und meinte: »Ihre heutige Aktivität beschränkte sich auf das Manövrieren ihres betagten Automobils.«

»Von einem Kaff zum nächsten, durch enge Straßen«, maulte Miriam und scharrte mit ihren Stiefeln eine Kuhle in den Sand.

Ihre Stiefel bestanden aus herkömmlichem Gummi und leuchteten pink. Eine schwarze Slimjeans, die so eng saß, als hätte die internationale Modeindustrie Miriams Gesäß als Muster für den Schnitt gewählt, setzte einen passenden Kontrast zu den farbigen Gummistiefeln. Ihr schlanker Oberkörper steckte in einer kurzen rosafarbenen Steppjacke, die auf Taillenhöhe endete. Und als wäre er eine Leuchtboje, wackelte ein neongelber Bommel an einer schwarzen Strickpudelmütze hin und her, die ihr störrisch-krauses Haar bedeckte.

»Wenn ich mich richtig erinnere, hatte ich Sie vor unserer Abfahrt auf den Umstand hingewiesen, dass hohe Luftfeuchtigkeit und niedrige Temperaturen trotz des kalendarisch angezeigten Spätsommers an der Nordsee üblich seien.« Olofsson sagte das in einem Tonfall, der keinerlei Schadenfreude verriet oder, wie man meinen könnte, belehrend wirkte. Er klang wie ein liebenswerter Onkel, der seiner Nichte eine Sache erklärte, die ihn eigentlich gar nicht interessierte.

»Gut, dass ich die Winterjacke eingepackt habe«, schnaubte Miriam. »Müssen wir hier noch lange auf die Wellen starren?«

»Nein, ich denke, die Panoramaaussicht habe ich jetzt zur Gänze genossen. Außerdem möchte ich ja nicht, dass Sie sich weiter *fadisieren.*« Raphael Olofsson wandte sich vom Meer ab.

»Ich hab nicht gesagt, dass ich mich *langweile,* sondern, dass mir kalt ist«, maulte Miriam.

Das Paar stand am Strand der Tümlauer Bucht. In der Ferne sah man die Lichter des Westerhever Leuchtturms. Sie befanden sich auf der Halbinsel Eiderstedt, nördlich von St. Peter-Ording.

»Es wäre wünschenswert gewesen, wenn unser Gastgeber seine Exkursionsabsichten beizeiten *depeschiert* hätte. Dieser Ausflug ans Meer, nun, bei rechtzeitiger Umgestaltung unserer Reisepläne hätte er zu einem günstigeren Zeitpunkt stattfinden können.«

»Depeschiert!? Ich weiß nicht, kann man heute noch Telegramme schicken?« Miriam sah ihren Chef herausfordernd an.

Raphael Olofsson gehörte zu der Sorte Mensch, denen man sehr schlecht ansehen konnte, ob sie sich gerade über etwas ärgerten. Seine ausgeprägte Selbstkontrolle beherrschte jede Muskelfaser seines Gesichts sowie des übrigen Körpers. Wutausbrüche, die mit geballten Fäusten, verzerrten Gesichtsausdrücken oder lautem Gezeter einhergehen, gehörten nicht zu Olofssons natürlicher Körpersprache. Dem ehemaligen BND-Agenten waren derlei sichtbare Gefühlsausbrüche abtrainiert worden. Leider vermied er es auch bei komischen oder amüsanten Situationen, seinen Emotionen freien Lauf zu lassen. Dies führte dazu, dass der Mann nicht selten auf seine Umwelt wie ein Eisklotz wirkte. In seinem ehemaligen Beruf als Geheimagent war die Gefühlskontrolle ein Vorteil gewesen, aber seit seiner

Pensionierung offenbarte sich diese Fähigkeit als Hemmnis. Zumal Raphael Olofsson sich dazu entschlossen hatte, Besitzer eines Reisebüros zu werden.

Es war schon eine mutige Entscheidung, in Zeiten, in denen die meisten Menschen ihr Hotel im Internet buchten, ein Reisebüro zu gründen. Doch Olofsson besaß ein Naturell, das mit Herausforderungen gefüttert werden musste. Ungeachtet des steigenden Internethandels, der seiner Meinung nach einem kannibalischen Festmahl glich, bei dem die Internetnutzer metaphorisch ausgedrückt ihre heimatlichen Geschäfte auffraßen, glaubte er an die Idee des individuellen Reisens. Das war nicht wirklich eine neue Idee, aber dank seiner mannigfaltigen Erfahrungen, erworben in den vielen Jahren seines Auslandsdienstes, war es ihm möglich, Reisen anzubieten, die Abenteuer versprachen. Da einer seiner Grundsätze lautete „Qualität ist alles", war es selbstverständlich nötig, die angebotenen Reiseziele zu erkunden und anschließend zu bewerten. Nur so wurde sichergestellt, dass der gewünschte hohe Standard auch der gebuchten Reise entsprach.

Dass man bei der Erkundungstour auf Menschen traf, mit denen man das eine oder andere besprechen musste, stellte sich für Olofsson als nervig heraus. Die meisten Gesprächspartner erwiesen sich als Zeitgenossen, die einfach nicht verstanden, was der Reisebürobesitzer ihnen mitteilen wollte. Dabei beherrschte Raphael Olofsson die deutsche Sprache ausgezeichnet. Es lag vielmehr an seiner langen Dienstzeit in der Deutschen Botschaft in Stockholm. Dort war er in den letzten Jahren seiner BND-Tätigkeit als Attaché eingeteilt gewesen. Dies hatte zur Folge, dass er mit Diplomaten aus der ganzen Welt zusammentraf, was für einen Agenten natürlich wichtig war. Das hatte aber dazu geführt , dass Olofsson sich, nun, nennen wir es „eine gestelzte Sprache" aneignete. Statt des schönen deutschen Adjektivs „aufregen" benutzte er das aus dem Französischen stammende Wort „echauffieren". Ein typischer Satz von ihm hätte lauten können: Diesem *Plebejer,* mit seiner *mefitischen Garderobe,* ist beim *Dekapieren* ein Missgeschick unterlaufen. Übersetzung: Diesem *gewöhnlichen Mann,* mit seiner *nach Schwefel stinkenden Kleidung,* ist *beim Reinigen von Eisenteilen Lösungsmittel* auf die Kleidung gelaufen.

Da nicht jeder mit einem Fremdwörterbuch herumlief und die Allerwenigsten die einst erworbenen Fähigkeiten aus dem Großen Latinum noch anwenden konnten, stellte sich eine Unterhaltung nicht selten als Herausforderung dar. Hinzu kam seine strikte Weigerung, sich mit profanen Dingen auseinanderzusetzen, da es doch so viel Wichtigeres im Leben zu erkunden gebe. Dem Ex-Agenten war dies schmerzlich bei Verhandlungen mit einem Ladenbauer bewusst geworden. Kurzerhand entschied er, eine Hilfe einzustellen. Es verriet viel über Raphael Olofssons Charakter, dass er sein Stellenangebot auf ein handgemaltes Schild schrieb und es ins Schaufenster hing. Darauf stand: Suche ausgebildete Reisekauffrau mit Mut zum Extravaganten.

So traf er auf Miriam van Heyden, die dringend einen Job benötigte. Sie machte ihn ganz nebenbei darauf aufmerksam, dass man „extravagant" auch im Sinne von *närrisch* und *überspannt* verstehen könne, und nicht allein im Sinne von *ungewöhnlich,* wie er seinen Aufruf ja wahrscheinlich verstanden haben wollte. Das imponierte dem Reisebürobesitzer und so wurde Miriam eingestellt, obwohl sie nie eine Reisekauffrau-Ausbildung absolviert hatte. Dafür besaß sie zu Olofssons Überraschung die Fähigkeit, seine *nun wirklich nicht komplizierten* Sätze in gängige Straßensprache zu übersetzen. Außerdem meisterte sie die alltäglichen Herausforderungen des Lebens hervorragend. Besonders kreativ wurde Miriam, wenn auf sie geschossen, wenn sie geprügelt oder bedroht wurde. Die junge Frau, die ihr Studium der Kunstgeschichte momentan unterbrochen hatte, beherrschte sich bemerkenswert gut, *wenn es darauf ankam,* konnte aber zur Quenglerin werden, wenn ihr kalt war oder ihr Magen zu knurren begann.

»Wir sollten jetzt los!« murrte sie laut.

Ihr Chef nickte und wandte sich vom Meer ab.

Sie stampften durch Dünensand auf einen alten Saab zu. Das Automobil parkte hinter einer

Düne auf einem ausgewiesenen Parkplatz. Die aufkommenden Windböen wirbelten Myriaden Sandkörner auf und schleuderten sie gegen den Saab 900 Sedan. Dessen alter Lack bekam mit jedem Windstoß neue feine Riefen. Miriam war das egal. Sie mochte den in den 80ern gebauten Schweden, weil das Auto sie durch gute und schlechte Zeiten begleitet hatte, betonte aber stets, sollte das Auto anfangen zu mucken, käme ein anderer fahrbarer Untersatz her. Olofsson glaubte ihr nicht. Seine Assistentin ging rau mit dem Automobil um, das sah man der Karosse an, aber wenn der Zwei-Liter-Motor nicht gleich ansprang, verriet ihr panischer Blick jedes Mal, dass ihr der Wagen mehr bedeutete, als sie zugeben wollte.

Die frische Meeresluft schien nicht nur dem Reisebürobesitzer gutzutun, auch der Saab sprang tadellos an.

Zufrieden lächelte Miriam und legte den Rückwärtsgang ein.

»Wollen wir hoffen, dass jetzt jemand anwesend ist, wenn wir das Hotel erreichen«, brummte sie.

Olofsson zog eine mechanische Taschenuhr aus seiner Westentasche und las die Uhrzeit ab.

»Also, wenn dieser Hotelier etwas auf sich hält, dann wird er jetzt die Rezeption besetzt haben«, antwortete er.

»Ich hoffe, dass das Küchenpersonal den Herd geheizt hat«, erwiderte Miriam, während ihr Magen ein lautes Grummeln ertönen ließ.

3

Onne Griebke beschleunigte seinen Kastenwagen, als er am Ortsschild Tönning vorbeifuhr. Er steuerte über die Bundesstraße 202 auf Garding zu. Dort angekommen bog er nach Norden ab, direkt auf das Dörfchen Poppenbüll zu.

Sein Hotel „Zum Anker" besaß zwar nicht den originellsten Namen, aber es lag am Rand des Dorfes auf einer kleinen Anhöhe und gehörte zu den schönsten Haubargen in der Region. Haubarge waren sehr große und hohe Häuser, ehemalige Bauernhöfe in denen vor Jahrzehnten Mensch und Tier unter einem Dach lebten. Als in den Zwanzigerjahren des letzten Jahrhunderts der Tourismus auch im Eiderstedter Land ein Wirtschaftsfaktor wurde, hatten Onnes Vorfahren den alten Bauernhof zu einem Hotel umgebaut. Das große und hohe Gebäude bot sich geradezu für den Umbau an. Wo früher Heu gelagert wurde, entstanden Gästezimmer. Mit den Jahren wurde das Haus immer wieder den neuen Bedürfnissen der Touristen angepasst. Die Griebkes schafften es jedoch, die Atmosphäre des alten Hauses zu bewahren, was den „Anker" heute zu einem exklusiven kleinen Hotel machte. Dabei half ihnen, dass ein beträchtliches Grundstück rund um den Haubarg ihr Eigen war. Mit den Jahren wuchs eine wunderschöne Gartenlandschaft, die das Hotel heute umfasste. Eine große Terrasse führte vom Restaurant direkt in ein Blumenmeer aus heimischen Pflanzen. Hohe Bäume warfen im Sommer kühlende Schatten und knarrten unheimlich, wenn Stürme über das Land zogen. Hollywood hätte sich die wechselnden Stimmungen patentieren lassen, hätte es je einen Vertreter in den Garten gesandt.

Onne steuerte den Kastenwagen eine schmale Zufahrt entlang, die ihn zum Haupteingang des Hotels führte. Sie endete in einem gepflasterten Vorhof, in dessen Mitte ein riesiges, rundes Beet angelegt war, die sogenannte Blumenuhr von Poppenbüll. Er hatte für das botanische Wunder keinen Blick übrig und lenkte den Wagen um das Beet auf ein Tor zu. Mit den Jahren wurde nicht nur der Haubarg umgebaut und erweitert, man hatte auch weitere Gebäude neben dem Hotel errichtet. Den ehemaligen Pferdestall nutzte man heute als Carport für die PKWs der Gäste. Ein neues Kühlhaus stand unweit des Küchennebeneingangs, und als Onne das Hotel übernahm, ließ er ein paar Schritte neben dem Hotel ein kleines Wohnhäuschen im Stil einer Kate bauen. Das Ganze musste dann vor ein paar Jahren mit einem Zaun gesichert werden, da die Versicherung sonst nicht für Schäden an den abgestellten Luxuslimousinen aufgekommen wäre. So war zwischen Hotel und den Nebengebäuden ein kleiner Hinterhof entstanden, der durch ein altertümliches Tor gesichert wurde, das Onne nun passierte.

»Da sind Sie ja endlich«, rief Maria Bleicken, die Hausdame des Hotels, dem ankommenden Chef zu.

»Beruhige dich, Maria«, antwortete Onne gelassen, während er ausstieg.

»Dieser Olofsson war hier, aber wir haben uns totgestellt«, platzte es aus ihr heraus.

»Warum?« wunderte sich Onne.

»Sie hätten den Mann mal sehen sollen«, raunte Maria.

Die gelernte Hotelfachfrau gehörte zu der Sorte von Menschen, die man sich als Angestellte eines Hotels dank zahlreicher Kinofilme gut vorstellen konnte. Gepflegte Erscheinung, tadellose Kleidung, flache Schuhe und eine hellblonde Dauerwelle, die einen ernsten Gesichtsausdruck umrahmte. Ihre Figur verriet, dass Diäten etwas für Models waren, nicht für jemanden, der jeden Tag hinter den Hausmädchen herrennen musste, der die Beschwerden der Gäste mit einem Lächeln wegzauberte, der die Buchungen managte und der eigentlich die Hausherrin hätte sein müssen – wo doch der Hausherr seit einem Jahr geschieden war.

»Sah er wie ein Massenmörder aus?« Onne lächelte seine treue Angestellte freundlich an.

»Ich weiß nicht, wie ein Massenmörder aussieht«, erwiderte sie energisch und meinte: »Ich wollte Ihnen nicht vorgreifen. Ich weiß ja, wie wichtig dieser Kunde für uns sein kann.«

»Das werden wir bald wissen«, seufzte Onne und schob sich an der Hausdame vorbei in den Hintereingang der Küche.

Einige hundert Meter entfernt setzte Miriam van Heyden den Blinker und bog auf die Zufahrt zum Hotel ein.

»Nett«, sagte sie.

»Nett!« Olofsson zog beide Augenbrauen nach oben. »Sehen Sie dieses gewaltige Haus?«

Sie nickte und ahnte, dass jetzt eine Erläuterung folgen würde. Miriam grinste schelmisch und bevor ihr Chef tief Luft holen konnte, sagte sie: »Dieses gewaltige Haus wird in der heimischen Architektur „Haubarg" genannt. Es ist eines von drei Haustypen, die man auf der Halbinsel Eiderstedt findet, die beiden anderen Bauarten sind das Langhaus und die Katen. Aber nur der Haubarg ist ein Haus, in dem Mensch und Vieh unter einem Dach lebten. Traditionell mit einem Reetdach, aber auch mit Pfannen bedeckt, findet man die oft einzeln dastehenden Höfe auf dem Land.

Der Wohnteil lag um Küche und Diele, allein schon, weil es dort am wärmsten war. Das „gute Wohnzimmer", der *Persel,* wurde nur zu besonderen Anlässen betreten. Für den Alltag gab es das „tägliche Wohnzimmer". Im Keller wurden Butter und Käse gelagert, für das Vieh gab es geräumige Ställe. Darüber lagerte das Heu, woher auch der Name stammt, denn Haubarge bedeutet „Heu bergen". Die vollgeladenen Erntewagen konnten durch das große Tor direkt auf die Dreschdiele fahren. Sie wurden dort abgeladen und anschließend wurde das Heu dort gedroschen und oben gelagert.«

»Miriam, Sie überraschen mich«, staunte Olofsson.

»Dann hat sich das Auswendiglernen ja gelohnt«, antwortete sie zufrieden, während sie den Vorhof erreichten.

Der Saab hielt vor einem mächtigen Eingangsportal, das früher einmal das große Eingangstor des Haubargs war.

»Na, das ist mal eine Haustür«, bemerkte Miriam sarkastisch und stellte den Motor ab.

Olofsson blickte aus einer verschmierten Fensterscheibe zum Eingang, dann streifte sein Blick über den Hof. Miriam stieß die Fahrertür auf und sprang aus dem Auto. Der Ex-Agent schüttelte den Kopf und drückte die Beifahrertür auf. Eine frische Brise wehte über den Hof.

»Der Sturm kommt näher«, bemerkte er nachdenklich, als er die Baumkrone eines alten Ahorns unweit des Eingangs hin- und herschwingen sah.

Einer der großen Torflügel wurde geöffnet und Onne Griebke trat heraus.

»Willkommen in Poppenbüll«, grüßte er freundlich und trat auf Olofsson zu. »Mein Name ist Onne Griebke und Sie müssen Raphael Olofsson sein.«

Er reichte ihm die Hand.

Olofsson nahm die Hand des Hoteliers und drückte sie, während er Onne in seine blaugrauen Augen blickte.

»Wir sind erfreut, Sie anzutreffen«, sagte Olofsson.

»Bitte verzeihen Sie mir, dass ich zum ausgemachten Zeitpunkt unterwegs war«, grinste Onne und ignorierte einfach jedmögliche schlechte Laune. »Sie sind ja richtig ausgestattet«, lobte er stattdessen den Gast und deutete auf Olofssons Kleidung. »Ein prächtiger Tweedanzug, den Sie da tragen, und die Stiefel! Sind die von der Firma Le Chameau?«

Der Ex-Agent empfand die Frage nach seinen Stiefeln als zu persönlich und schwieg. Miriam spürte das wachsende Unbehagen ihres Chefs und schlich um das Auto herum. Mit ihren ordinären pinkfarbenen Gummistiefeln setzte sie einen farblichen Kontrast. Die grelle Farbe traf den Hotelier wie ein Pfeil.

»Oh!« war alles, was Onne der jungen Assistentin entgegenbrachte.

Sie war daran gewöhnt, neben ihrem Chef wie eine Streunerin auszusehen, ignorierte deshalb den überraschten Gesichtsausdruck des Hoteliers und fragte bestimmend und laut: »Ist das Restaurant schon geöffnet? Ich habe einen riesigen Hunger!«

»Appetit«, korrigierte Olofsson leise, »Hunger ist etwas ganz anderes.«

»Meinetwegen«, brummte Miriam und öffnete den Kofferraumdeckel.

»Das Restaurant ist geöffnet«, antwortete Onne. »Ich zeige Ihnen jetzt Ihre Zimmer, dann können Sie sich frisch machen, anschließend lade ich Sie zum Abendessen ein, sozusagen als Entschädigung.«

»Das ist doch mal eine Ansage«, nickte Miriam und wuchtete eine Kiste aus dem Kofferraum.

»Ist das ein kleiner Schrankkoffer?« staunte der Hotelier, der ein solches Monstrum das letzte Mal in seinen Kindertagen gesehen hatte.

»Ja! Und das Ding ist schwer! Hätten Sie 'ne Sackkarre?« Sie setzte ihr liebliches Mädchenlächeln auf.

»Das kann Horst erledigen«, entschied Onne und rief nach ihm.

Ein großer, dürrer, rothaariger Hoteldiener schlich auf sie zu. Er trug eine Art Uniform, die schon ein paar bessere Tage gesehen hatte. Sein Blick, der auf den Schrankkoffer fiel, verfinsterte sich.

»Würdest du das Gepäck der Herrschaften auf ihre Zimmer bringen?« befahl Onne.

Miriam griff erneut in den Kofferraum und zog ihre Reisetasche heraus. Sie war aus Nylon, bunt und besonders strapazierfähig. »Die nehme ich selbst«, sagte sie zu Horst und schlug die Kofferraumklappe zu.

Onne Griebke führte sie ins Hotel.

Das große Eingangstor besaß zwei Holzflügel, die nach innen geöffnet wurden. Damit sie weit genug aufschwangen, war ein entsprechender Vorraum geschaffen worden, den die drei durchschritten. Eine Glaswand, in die eine Doppeltür eingebaut war, trennte den Vorraum vom Foyer des Hotels.

»Das Tor ist so groß, weil in vergangenen Zeiten die Heuwagen mit Pferden durchpassen mussten«, erklärte Onne. Er stieß die Glastür auf und bat Miriam und Olofsson einzutreten.

»Ach du Scheiße! Was ist denn das?« rief Miriam einen Ton zu laut.

»Oh, das sind Götterstatuen«, antwortete Onne. »Seth und Thot. Die Götter der Stürme und der Gelehrten.«

Vor ihnen standen zwei mannshohe ägyptische Skulpturen aus Granit. Das wenige Tageslicht, das durch das geöffnete Tor auf den Stein fiel, ließ die Götterfiguren magisch schimmern. Überrascht traten die Gäste auf die Skulpturen zu. Der alte Holzboden knarrte gespenstisch, was ein wenig ahnen ließ, welch tonnenschwere Last der Boden tragen musste.

»Sind die echt? Und was machen die hier in Nordfriesland?« hakte Miriam verdutzt nach und bemerkte, dass das Foyer mit weiteren ägyptischen Gegenständen dekoriert war.

»Leider sind sie nicht antik, stammen aber aus Ägypten. Und sie dekorieren das Foyer.«

»Für einen friesischen Hotelier mag das eine ausreichende Erklärung sein, aber für zwei Fremde stehen die kulturellen und historischen Bezüge des alten Haubargs im Gegensatz zu diesen Vertretern einer untergegangenen Hochkultur.« Olofsson betrachtete seinen Gastgeber aus grünen Augen, die einen wachen Verstand spiegelten.

Onne spürte, dass sich der Gast nicht mit einer einfachen Erklärung zufriedengeben würde. Er deutete auf eine Urkunde, die gleich neben der Rezeption hing. Die Urkunde steckte in einem kostbaren vergoldeten Rahmen.

»Wenn Sie schauen würden«, bat Onne den Reisebürobesitzer. »Lesen Sie bitte!«

Olofsson tat dem Hotelier den Gefallen und las. Die Urkunde war Onne Griebke für hervorragende Forschung im Bereich der Ägyptologie verliehen worden. Sie stammte von der Freien Universität Berlin in Zusammenarbeit mit dem Ägyptischen Museum Berlin. Sie wies darauf hin, dass man den nichtstudierten Onne als gleichwertigen akademischen Wissenschaftler ansah.

»Sie sind also ein Hobby-Ägyptologe«, stellte Olofsson fest.

»Das Wort „Hobby" suggeriert einen negativen Klang«, korrigierte Onne. »Ich bezeichne mich als Archäologe mit dem Schwerpunkt ägyptische Artefakte.«

»Buddeln Sie am Nordseestrand?« höhnte Miriam, die eindeutig etwas zu essen benötigte, da ihr Zuckerspiegel gefährlich absank.

»Da liegen Sie gar nicht so verkehrt«, nickte er und führte sie zur Rezeption. Dort nahm er zwei Zimmerschlüssel von einem Schlüsselbrett und bat die Gäste, ihm weiter zu folgen.

Sie betraten eine Holztreppe, die hinauf in den ersten Stock führte und zu den Dachgauben reichte. Onne erklärte auf dem Weg nach oben, dass seine Passion so etwas wie eine Infektion sei, die man in seiner Familie als „Ägyptenfieber“ bezeichnete. Bereits sein Vater, Großvater und Urgroßvater litten darunter. Alles hatte angefangen, als die ersten ägyptischen Artefakte als Strandgut an den Küsten angeschwemmt wurden. Sie stammten von der *Gottfried*, die in einem Sturm im 19. Jahrhundert gesunken war. Miriam wollte davon gar nichts wissen. Ihr ging der dozierende Hotelier auf den Geist, hatte sie mit ihrem Chef doch ständig einen Gastprofessor an der Seite.

»Wie kommt Horst hier mit dem Schrankkoffer herauf?« fragte sie dazwischen.

»Gar nicht«, antwortete Onne verärgert darüber, seinen Vortrag unterbrechen zu müssen. »Wir haben einen Aufzug, der in den ersten Stock fährt.«

»Und warum haben wir den nicht genommen?« maulte Miriam.

»Weil wir dort nicht alle drei hineinpassen würden, wenn der Schrankkoffer zur gleichen Zeit im ersten Stock ankommen soll«, antwortete der Hotelier scharf.

Onne stieß eine Verbindungstür auf und sie betraten einen Flur, an dessen Ende Horst gerade den Schrankkoffer aus dem Fahrstuhl hievte.

»Sehen Sie«, knurrte Onne, »Ihre Zimmer sind gleich hier vorne.«

Der Hotelier blieb vor einer Zimmertür stehen und reichte Olofsson den ersten Schlüssel.

»Erzählen Sie uns beim Abendessen mehr über das spezielle Fieber, das Ihre Familie befallen hat«, sagte Olofsson und nahm den Zimmerschlüssel entgegen.

Miriams Zimmer lag gleich gegenüber dem ihres Chefs. Auch sie nahm den Schlüssel entgegen und beeilte sich, die Tür zu öffnen.

»Dann bis gleich«, nickte Onne und verabschiedete sich.

Horst schob den Schrankkoffer in Olofssons Zimmer und wartete an der Tür, wo ihm der Ex-Agent einen Zehner in die Hand drückte. Mit einem schiefen Lächeln schloss Horst die Zimmertür.

Zum ersten Mal nach Stunden allein! Raphael Olofsson atmete tief durch und trat an ein breites Sprossenfenster. Er blickte auf einen großen Garten, den man gut auch als Park bezeichnen konnte. Ein paar Gäste gingen zwischen Scheinzypressenhecken spazieren und entlang eines Teiches voll mit Seerosen. Eine weitere ägyptische Statue entlockte ihm ein Schmunzeln. Sie stand mitten in einem Beet voller Dahlien. Er wandte sich ab und schob den Koffer an eine Stelle im Zimmer, wo er nicht störte. Vorsichtig öffnete er ihn und nahm einige Kleidungsstücke heraus, die er auf dem Bett ausbreitete. Der Vorteil eines Schrankkoffers war, dass man seine Kleidung stets korrekt und griffbereit transportierte. Nichts wurde gequetscht oder verknittert. Dann zog er sich die Stiefel aus und wartete.

Kurze Zeit später klopfte es an der Tür und Miriam trat ein.

»Sie haben sich Zeit gelassen«, bemerkte Olofsson, der langsam sein Tweedjackett abstreifte.

»So?!« Sie begutachtete das Zimmer. Eigentlich verglich sie es mit dem ihren.

»Und?! Besteht ein großer Unterschied?« fragte Olofsson.

»Nein, eigentlich nicht«, antwortete Miriam überrascht. »Der Blick aus Ihrem Fenster ist romantischer als der aus meinem. Aber sonst gibt es keinen nennenswerten Unterschied.«

»Da bin ich aber erleichtert«, grinste Olofsson. »Sehen Sie, auch ich lerne noch dazu.«

Bei ihrer gemeinsamen letzten Reise nach Weimar hatte Olofsson den Fehler begangen, für seine Assistentin ein einfaches Zimmer zu mieten, während er in einer Suite nächtigte. Die miesepetrige Stimmung der jungen Dame wollte er nicht nochmals ertragen müssen.

Miriam nickte ihm zu und meinte: »Dann fahre ich jetzt das Auto unter den Carport und wir sehen uns gleich beim Abendessen im Restaurant.«

»Gerne«, lächelte er.

4

Das Restaurant war der frühere Heuschober und seine Einrichtung entpuppte sich als äußerst geschmackvoll. Keinerlei ägyptische Dekorationen oder die üblichen Dekos wie Modellsegelschiffe, Vitrinen mit Sand und Muscheln, Leuchttürme – und nicht zu vergessen: Strandkörbe. Von alldem befand sich nichts im Restaurant. Einzig ein paar Blumenbuketts und Farne waren als Dekoration aufgestellt worden. Mehr war auch nicht nötig, da der Raum und die Einrichtung für sich sprachen.

Eine kleine Bar befand sich links des Eingangs. Das Kirschholz der Theke erinnerte an ein Steuerruder, das durch viele Hände poliert worden war. Fünf bordeauxrot gepolsterte Barhocker reihten sich entlang der Trittleiste aus Chrom auf, als stünden Matrosen in Reih und Glied an einer Reling. Eine Wand aus gebeizten Holzbrettern, die früher das Deck eines Schoners geziert hatten, trennte den Bar-Bereich vom Speisesaal. Die Tische des Restaurants bestanden aus Eiche mit reichlich verzierten Drechselarbeiten an den Tischbeinen. Dazu gab es passende Stühle, die ebenfalls eine Musterung an ihren Stuhlbeinen aufwiesen. Das Holz war mit einer bernsteinfarbenen Lasur gestrichen, die einen harmonischen Kontrast zu dem gebohnerten Schiffsboden bildeten, mit dem das ganze Restaurant ausgelegt war. Man musste kein Antiquitätenhändler sein, um zu erkennen, dass diese Möbel Geschichte erlebt hatten und, dass das Mobiliar in keinem Möbelhaus der Neuzeit zu bestellen war. Allein die Drechselarbeiten würden heute ein Vermögen kosten. Die Tische, alle mit cremefarbenen Platzsets eingedeckt, standen in großzügigem Abstand, sodass der alte Heuschober seine majestätische Atmosphäre entfalten konnte.

Miriam sah sich nach ihrem Chef um. Er ließ auf sich warten, was ihr die Gelegenheit gab, die Bar genauer in Augenschein zu nehmen. Ein junger Barkeeper lächelte Miriam freundlich zu, als sie einen Martini bestellte. Sie erklomm einen der Barhocker, und während sie auf den Drink wartete, musterte die Assistentin die anderen Gäste.

Ein Ehepaar, dessen Hände wild durch die Luft wirbelten, weil sie sich scheinbar stritten, saß am Terrasseneingang. Eine gut gekleidete Frau mittleren Alters belegte einen Tisch in einer Ecke. Ein Stapel Papiere lag vor ihr, in denen sie konzentriert las, obwohl nur ein paar Tische weiter ein Elternpaar mit zwei Kindern im Kindergartenalter versuchte, ihren Sprösslingen Tischmanieren beizubringen. Ein einzelner Herr thronte an einem Tisch mitten im Restaurant und begutachtete eine Flasche Wein, die ihm die Kellnerin gerade hingestellt hatte.

Miriam musste schmunzeln, da der Mann eine Frisur trug, die man sonst nur von Fotos des gealterten „Albert Einstein" kannte. Die abstehenden grauweißen Haare bildeten einen chaotischen

Kontrast zu dem ansonsten perfekt gekleideten Gast. Das Jackett, die passende Weste und das Hemd mit Manschettenknöpfen hätten aus dem Reisekoffer ihres Chefs stammen können. Der Kleidungsstil des Fremden lehnte sich deutlich an die 20er Jahre des letzten Jahrhunderts an, was ihn von Olofsson abgrenzte, da dieser die späten 50er bevorzugte.

Sie sah auf eine goldene Armbanduhr, die ihr schmales rechtes Handgelenk zierte. Der Barkeeper reichte ihr den Martini.

»Wo bleibt er denn!« fauchte sie und nippte an dem Glas.

In diesem Augenblick betrat Raphael Olofsson das Restaurant.

»Na endlich«, stieß sie erleichtert aus und der Rest des Drinks wurde gar nicht ladylike hinuntergespült.

»Sie haben etwas Passendes in Ihrer Garderobe gefunden«, bemerkte Olofsson anerkennend.

»Danke! Sie bekommen heute jedoch Konkurrenz«, lächelte Miriam und deutete auf den Mann, der mitten im Restaurant allein an einem Tisch saß.

Miriam trug eine frische Bluse und eine braune Jeans, dazu niedrige Pumps. Olofsson hatte den Anzug gewechselt. Statt kariertem Tweed trug er jetzt einen dunkelblauen Anzug mit feinen Nadelstreifen. Ein dunkelrotes Einstecktuch leuchtete wie ein Warnzeichen an der linken Brust. An der Anzugweste blinkte eine silberne

Kette, die in einer der Westentaschen verschwand, in der sich eine Taschenuhr verbarg. Ein kunstvoll gewickeltes Halstuch ersetzte die Krawatte. Die gravierten Manschettenknöpfe an den weißen Hemdsärmeln rundeten das Bild eines Mannes ab, der sehr viel Wert auf sein Aussehen legte.

»Warum bleiben Sie stehen?« zischte Miriam, die langsam ihren Zuckerspiegel erhöhen musste.

»Wir sind eingeladen. Haben Sie das vergessen?« antwortete Olofsson ruhig.

»Heißt das, dass wir uns noch nicht setzen dürfen?« Ihre Augen verengten sich zu zwei Schlitzen.

»Ja«, antwortete Olofsson.

Miriam hätte ihrem Unmut gerne freien Lauf gelassen, doch in diesem Moment trat ein Kellner zu ihnen und bat sie im Namen des Hoteliers Platz zu nehmen. Wenig später gesellte sich Onne Griebke zu ihnen an den Tisch.

»Gefallen Ihnen Ihre Zimmer?« fragte er höflich.

Griebke hatte sich ebenfalls umgezogen und trug nun einen sportlichen Anzug in gedeckten Farben.

»Danke, sie entsprechen den Anforderungen, die meine Klientel erwartet«, antwortete Olofsson freundlich. »Allerdings irritieren die ethnologisch zusammengewürfelten Exponate im Eingangsbereich Ihres Hotels. Jetzt wäre ein guter Zeitpunkt, Ihre Erzählung fortzuführen, die ihre *Affinität* zur ägyptischen Kultur erklärt.«

»Wie ich Ihnen bereits angedeutet habe, ist das eine lange Geschichte«, antwortete Onne. »Sie hängt, wie bereits erwähnt, stark mit meiner Familiengeschichte zusammen.«

»Könnten wir nicht zuerst etwas zu essen bestellen«, mischte sich Miriam ein.

»Natürlich! Bitte entschuldigen Sie! Sie sind sicher schon den ganzen Tag unterwegs. Wo bleiben meine Manieren?« Er winkte dem Kellner.

Nachdem das Essen bestellt war, entspannte sich Miriam und zum ersten Mal empfand sie Neugier, sie war darauf gespannt, was Onne Griebke mit Ägypten verband.

»Haben Sie jemals von der *Gottfried* gehört?« Begann der Hotelier zu erzählen und sah seine Gäste geheimnisvoll an.

»Ich erinnere mich an eine Fernsehdokumentation, in der über das Schicksal des Schiffes berichtet wurde«, antwortete Olofsson nachdenklich.

»Ich kenne das Schiff nicht! Also etwas ausführlicher, bitte!« Miriam warf ihre Haare nach hinten und lächelte die Männer an.

Onne nickte, dann erklärte er mit einer klaren Stimme: »Das Segelschiff, eine sogenannte Galeasse, ging im Frühjahr 1822 in einem Orkan unter. Es sank im Wattenmeer, zwischen Cuxhaven und der Eidermündung. Es war ein starker Frühjahrssturm, wie man ihn alle paar Jahrzehnte erleben kann. Die *Gottfried* geriet hinein und verschwand. Ein Unglück, wie es auch heute einem Segelschiff passieren könnte. Doch kein Segelschiff wird jemals wieder eine solche Fracht an Bord haben wie dieses. Sie bestand aus Artefakten, die alle in Ägypten von dem Freiherrn von Minutoli für den preußischen König Friedrich Wilhelm III. gesammelt worden waren und nach Berlin versandt werden sollten.«

»Aber wie schafft es ein versunkenes Schatzschiff, dass *Sie* zu einem Ägyptologen werden?« Miriam schüttelte ihren Kopf und dann sah sie Onne mit großen Augen an. »Da muss noch mehr passiert sein!«

»Ja, das ist korrekt«, nickte Onne und lächelte zum ersten Mal. »Einige Jahre nach dem Unglück wurden Mumien angeschwemmt, die der Freiherr neben anderen Artefakten in Ägypten gesammelt hatte. Stellen Sie sich das vor: Das Kaiserreich gab es noch nicht. Die Menschen waren noch nicht so gebildet wie heute. Und dann tauchen plötzlich in Leinentücher gewickelte Tote am Strand auf.

Die Friesen sind hart im Nehmen, aber diese Funde ließen den Aberglauben wachsen und man bekreuzigte sich, wenn von der *Gottfried* gesprochen wurde. Das änderte sich erst, als man am Strand von St. Peter-Ording die erste Kostbarkeit fand. Eine aus Alabaster gefertigte Skulptur, nur so groß wie ein Blumentopf. Dann wurden Kisten angespült, die mit heidnischen Symbolen gekennzeichnet waren. In ihnen befanden sich weitere Schätze. Traf ein Friese am

Strand auf eine solche Kiste, dann bekreuzigte er sich, allerdings nur in der Hoffnung, etwas Kostbares in der Kiste zu finden.

Und hier kommt meine Familie ins Spiel. Mein Ururgroßvater Wilhelm Griebke fand eine dieser Kisten. Allerdings brachte sie ihm kein Glück. Er ertrank bei dem Versuch, sie an Land zu ziehen.«

»Sie ging verloren? Ein zweites Mal?« Miriam sah vor ihrem inneren Auge, wie der Mann versuchte, eine Kiste so groß wie ein Koffer an Land zu ziehen.

»Nein, sie ging nicht verloren. Sie wurde zusammen mit meinem toten Ururgroßvater an Land gespült, wo sein Sohn Paul sie an sich nahm. Sie können sich vorstellen, dass dies kein Glückstag war.«

»Haben Sie sie noch?« platzte es aus Miriam heraus, ungeachtet des traurigen Ereignisses. »Und was war drin?«

Onne hatte die Geschichte schon oft erzählt und kannte die Reaktionen, deshalb berichtete er ruhig weiter.

»Durch den Tod meines Ururgroßvaters legte sich ein Fluch auf die Holzkiste. Keiner traute sich, sie zu öffnen. Also verstaute man sie erst einmal auf dem Dachboden.«

»So ein Unfug!« schnaufte Miriam.

»Die Holzkiste besaß ein Brandzeichen … warten Sie, ich male es Ihnen auf.« Onne Griebke stand auf und eilte zur Theke, wo er sich einen Stift und Papier geben ließ.

Olofsson bemerkte, dass sie von zwei Personen im Restaurant beobachtet wurden. Der Hotelier kam zurück, setzte sich und malte das Zeichen auf das Papier:

»Das ist die Hieroglyphe für Anubis, einen Gott, der mit einem Schakalkopf dargestellt wird. Meine Leute empfanden damals kein großes Interesse, diesem Ungeheuer zu begegnen.«

»Deshalb verschwand die Kiste auf dem Dachboden«, nickte Miriam. »Aber dort dürfte sie ja nicht geblieben sein, richtig?«

Onne lächelte wieder. »Mein Urgroßvater fand schließlich den Mut und öffnete sie. Statt eines Goldschatzes fand er allerdings nur das Holzmodell einer Barke.«

»Barke?« Miriam verstand nicht.

»Das sind mastlose Boote, die mit Rudern bewegt wurden. In der ägyptischen Mythologie fährt der Sonnengott Re mit der Sonnenbarke über den Himmelsbogen.

Jedenfalls befanden sich keine Edelsteine in der Kiste, was dazu führte, dass sie samt Inhalt wieder auf dem Dachboden landete. Nachdem ich das Hotel übernommen hatte, stieß ich wieder auf die Kiste und mein Interesse für die Ägyptologie war geweckt. Seit der Zeit fahre ich mit meinem Freund, Wilko Benndorf, regelmäßig hinaus, um auf den Sandbänken nach Strandgut zu suchen.«

»Sie haben demnach ein Kunstobjekt aus der Sammlung Minutolis?« staunte Olofsson.

»Ja, mit Stolz kann ich behaupten, Besitzer eines dieser Stücke zu sein«, nickte Onne.

»Und wo befindet sich das Stück?« hakte Olofsson nach.

»Oh, nicht hier im Hotel«, antwortete er. »Es steht geschützt in einer Vitrine in meinem Haus nebenan. Wenn es Sie interessiert, zeige ich es Ihnen morgen.«

Das Essen wurde serviert.

5

Der Sturm erreichte das Festland, als die Kirchenglocken der St.-Johannes-Kirche in Poppenbüll Mitternacht schlugen. Draußen auf See türmten sich hohe Wellenberge, die der Wind stetig an die Sandstrände der Halbinsel Eiderstedt trieb. An Land begannen Dachziegel zu klappern und morsche Äste wurden von Bäumen abgerissen. Miriam lag auf ihrem Bett und blätterte in einem Reiseführer. Sie trug einen hellblauen Pyjama, der mit Blumenmotiven bedruckt war. Eine kleine Nachttischlampe sorgte für kuschelige Atmosphäre, während die ersten Regentropfen gegen die Fenster des Zimmers schlugen. Der Reiseführer beschrieb die Eiderstedter Landschaft und ihre Besonderheiten, aber eigentlich fand sie ihn langweilig. Sie hätte viel lieber etwas über Strandpiraten und Strandgut gelesen. Ihre Fantasie wurde immer noch von Onne Griebkes Familiengeschichte angeregt. Deshalb legte sie schließlich den Reiseführer beiseite und griff nach einem Tablet, das ihr Olofsson zu dienstlichen Zwecken besorgt hatte. So konnte sie gleich einmal das WLAN testen, das heutzutage jedes gute Hotel anbieten sollte. Beim Einchecken hatten sie und Olofsson den Zugangscode erhalten, den Miriam nun eingab. Wenige Augenblicke später war das Tablet mit dem Internet verbunden. Als Erstes gab sie *Gottfried* und *Schiff* in die Maske einer Suchmaschine ein.

Draußen heulte der Wind und schlug kräftig gegen die Fensterscheiben, doch in ihrem Bett fühlte sie sich sicher. Als die Suchmaschine mehrere Einträge auflistete, klickte sie auf den von Wikipedia und begann zu lesen. Ein Schauer lief ihr den Rücken hinunter.

»Wie mussten sich die Männer gefühlt haben?« fragte sie sich und zuckte zusammen, als eine weitere Böe das Fensterglas vibrieren ließ.

An der Fensterscheibe brachen Regentropfen das Licht einer Laterne, die den Hof und den Hoteleingang beleuchtete. Ihre schwachen Strahlen bildeten ein Muster an der Zimmerdecke. Plötzlich zog ein Schatten vorbei. Miriam legte das Tablet beiseite. Spielte der Sturm ihr einen Streich? Verdutzt starrte sie an die Decke, als erneut ein Schatten das Muster unterbrach. Sie schlüpfte aus dem Bett und trat an das Fenster. Sie blickte auf das Beet und einen menschenleeren Hof.

Ein lautes Ächzen und Knarren, als würde ein Baum bersten, hallte durch die Nacht. Sie riss intuitiv das Fenster auf, um besser sehen zu können. Sofort schlug ihr der Sturm die Fensterscheibe aus der Hand und den Regen ins Gesicht. Mit Mühe gelang es ihr, das Fenster wieder zu schließen. Sie hatte nichts erkennen können. Dafür waren ihre Haare jetzt klatschnass. Das laute Geräusch hatte auch andere Hotelgäste erschreckt.

Olofsson klopfte an die Tür und stürmte in das Zimmer: »Haben Sie das ungewöhnliche Geräusch vernommen?« Er hielt plötzlich inne, als er Miriams nasse Haare wahrnahm. »Haben Sie geduscht?«

»Könnte man sagen«, stöhnte sie und eilte ins Bad. »Ich habe das Fenster geöffnet!«

»Was, bei diesem Sturm? Im Luv?« Olofsson schüttelte heftig seinen Kopf. »Sind Ihnen die Verhaltensweisen bei einem Sturm fremd?«

Miriam kam mit einem Handtuch, das wie ein Turban um ihren Kopf gewickelt war, aus dem Bad zurück.

»Mich hat das Geräusch erschreckt und ich wollte nachsehen. Da habe ich mir keine Gedanken darüber gemacht, dass das Fenster dem Wind *zugewandt* lag.«

»Hm«, brummte Olofsson und fragte: »Haben Sie etwas erkennen können, das die Geräuschentwicklung erklären könnte?«

»Nein! Der Wind blies mir den Regen direkt ins Gesicht!«

»Verstehe!« nickte Olofsson, als ein weiteres Knarren und Scheppern zu hören war.

»Meinen Sie, der Sturm ist daran schuld?« murmelte Miriam ängstlich.

»Wenn wir hier stehen bleiben, werden wir das nie erfahren«, sagte Olofsson entschlossen. »Kommen Sie?«

Miriam sah an sich hinunter und war sich nicht sicher, ob ihr Blümchenpyjama die geeignete Bekleidung für eine Expedition war. Olofsson trug einen bordeauxfarbenen Morgenrock aus feiner Seide über einem gestreiften Pyjama. Lederne Hausschuhe rundeten das Outfit ab. Er war gekleidet wie ein Gentleman, der in einem Hollywoodstreifen aus den 50ern des letzten Jahrhunderts einen Eisenbahnschlafwagen betrat. Mit seiner Statur und dem selbstbewussten Auftreten hätte er in diesen Klamotten selbst beim Bäcker noch bewundernde Blicke der Damenwelt geschenkt bekommen.

Miriam zögerte und sagte: »Ich kann doch nicht so auf die Straße gehen?«

»Wer spricht denn hier davon, auf die Straße zu gehen?« wunderte sich Olofsson, ohne Gedanken an Miriams Schamgefühle zu verschwenden. »Wir bleiben im Hotel. Draußen herrschen Windgeschwindigkeiten von mehr als 9 Beaufort! Wir wollen doch nicht von einem herumfliegenden Gegenstand erschlagen werden.«

»Okay!« knurrte Miriam, die es nicht leiden konnte, wenn Olofsson sie wie ein kleines Mädchen zurechtwies. »Aber ich zieh mir noch einen Bademantel über.«

»Bitte! Beeilen Sie sich!« nickte er und schritt zur Zimmertür.

Miriam hastete ins Badezimmer, riss dort einen Hotelbademantel vom Haken, streifte ihn über und stellte fest, dass ihr Blümchenpyjama jetzt das kleinere Schamproblem darstellte.

»Nein, echt jetzt!« rief sie laut, als sie sich im Spiegel betrachtete.

Wie konnte das Hotelpersonal glauben, dass Menschen diesen Bademantel jemals mit Körpervolumen ausfüllen würden?

Sie krempelte als Erstes die Ärmel hoch, dann schaffte sie es irgendwie, den Gürtel um ihre Taille zu binden. Als sie auf den Flur trat, hätte man den Bademantel mit einem Samuraigewand verwechseln können, hätte er nicht aus weißem Frottee bestanden.

»Da sind Sie ja«, stellte Olofsson fest, verkniff sich jedoch einen Kommentar über das außergewöhnliche Gewand und deutete auf die Treppe. »Ich schlage vor, wir gehen dort entlang.«

Die Geräusche hatten weitere Gäste aufgeschreckt. Nicht alle waren so mutig, ihre Zimmer zu verlassen. Die meisten standen in den Türrahmen und sahen den beiden neugierig nach, wie sie in dem schmalen Treppenhaus verschwanden.

»Ich finde es nicht gerade klug, sich ohne Aufklärung in ein Abenteuer zu stürzen«, bemerkte Miriam laut.

»Wir klären ja gerade auf«, antwortete Olofsson amüsiert.

»Warum erheitert Sie unsere Situation?« hakte sie nach.

»Sie passen sich an. Früher hätten Sie so etwas wie: „He, Mann, das ist echt hirnrissig, in den Sturm zu laufen" gesagt. Ihre Wortwahl ist explizierter.«

»Der Umgang mit Ihnen färbt ab«, staunte sie.

Sie erreichten das Foyer. Obwohl es gerade mal eine halbe Stunde nach Mitternacht war, schienen die Rezeption und das Restaurant verlassen zu sein.

»Was jetzt?« Miriam sah sich um. Das Foyer lag im Dunkeln. Nur ein paar Notleuchten brannten. Olofsson deutete zum Restaurant.

»Gehen wir dort nachsehen«, sagte er und schritt voran.

»Die legen sich früh schlafen«, bemerkte Miriam. »Selbst die Bar ist geschlossen.«

»Hier ticken die Uhren anders«, antwortete Olofsson.

»Wenn sie welche haben«, konterte Miriam.

»Sehen Sie!« Olofsson deutete auf eine Fensterreihe.

Ein Schatten bewegte sich dort auffällig. Dann krachte es erneut. Die beiden eilten zu den Fenstern und blickten auf den schmalen Hof, der vom Hotel, Onne Griebkes Wohnhaus und den Carports eingerahmt wurde. Ein paar Laternen warfen ein schwaches Licht auf das nasse Pflaster, auf dem eine Mülltonne vom Wind hin- und hergeschleift wurde, als wäre sie so leicht wie ein Eichenblatt.

»Da haben wir unseren Krachschläger«, stellte Olofsson zufrieden fest.

Miriam bemerkte unterdessen, dass die Haustür des Nachbarhauses wie wild hin und her schlug, was ihr sofort zwei Fragen durch den Kopf schießen ließ, erstens: Warum fällt die Haustür nicht ins Schloss? Und zweitens: Warum zum Teufel hat das noch keiner da drüben bemerkt?

Olofsson, der Miriams nachdenklichem Blick folgte, reagierte sofort.

»Da stimmt etwas nicht«, sagte er laut und eilte zur Terrassentür.

»Sie wollen da doch jetzt nicht rausgehen?« rief Miriam entsetzt.

»Wir sind im Lee«, antwortete Olofsson und riss die Terrassentür auf.

Lee bedeutet, dass man sich auf der windabgewandten Seite befindet, was im Allgemeinen weniger starken Wind zur Folge hat. Bei einem Orkan ist das allerdings kein wirklicher Vorteil, denn auch die weniger starken Windböen sind noch stark genug, um einen von den Füßen zu reißen.

Olofsson betrat die Terrasse und wurde gleich von einer Böe umgehauen. Seinen guten Reflexen verdankte er es, dass er nicht breitlings hinschlug. Miriam war das Warnung genug. Sie betrat die Terrasse nur einen Schritt tief und ging dicht an den Mauern des Hotels entlang in Richtung Onnes Wohnhaus. Olofsson kämpfte sich zu ihr zurück und folgte ihrem Beispiel.

Mittlerweile waren auch Hausdame Maria Bleicken und Koch Martin Puck von dem Lärm ins Restaurant gelockt worden, was bedeutete, dass sie noch irgendwo zusammengesessen haben mussten. Mit Entsetzen erkannten die Angestellten, was die Gäste da machten.

Sie riefen Miriam und Olofsson etwas zu, was im Sturmgeheul unterging. Die beiden Gäste konnten derweil erkennen, warum die Haustür nicht ins Schloss fiel. Und was sie da sahen, gefiel ihnen überhaupt nicht.

Der Notarzt konnte nur noch den Tod von Onne Griebke feststellen. Dies hatte Raphael Olofsson bereits eine Stunde früher diagnostiziert. Die Anfahrt des Krankenwagens hatte so lange gedauert, weil der Sturm Bäume entwurzelt, Äste abgerissen und Dächer abgedeckt hatte. Überall auf der Halbinsel Eiderstedt waren die Straßen blockiert. Noch bevor der Notarzt das Hotel erreichte, hatte sich Miriam zurückgezogen. Ihr reichte es für einen Tag.

So schnell der Sturm aufgezogen war, so schnell flaute er nun wieder ab. Man erkannte dies an der Plane, die Hotelkoch Martin Puck und Olofsson vor dem Eingang des Wohnhauses provisorisch aufgespannt hatten. Sie blähte sich nur noch halb so stark wie vor einer Stunde.

Olofsson stand neben dem Arzt und fragte: »Er starb also an der Kopfverletzung?«

»Ja, dem würde ich nach dem ersten Befund zustimmen«, erklärte der Arzt. »Sehen Sie die Dachpfanne?« Er deutete auf eine zerbrochene Dachpfanne, die neben dem toten Hotelier lag. »Sie dürfte der Grund für den tödlichen Unfall sein.«

Der Arzt beugte sich vor und griff nach der Dachpfanne.

»Ja, hier ist Blut zu sehen«, seufzte der Arzt und legte das Stück vorsichtig zurück. »Ich nehme einen Abstrich des Blutes, um ganz sicher zu sein.«

Olofsson nickte und betrachtete die Dachpfanne. Sie war mit einer Emailleschicht überzogen, die leicht grünlich schimmerte. Der Ex-Agent fragte sich, woher die Pfanne wohl geflogen kam.

»Ich verständige die Polizei und den Bestatter«, erklärte unterdessen der Arzt, der hastig seine Sachen zusammenpackte, da er über Funk zum nächsten Notfall gerufen wurde.

Hausdame Maria Bleicken verfolgte das Treiben mit Schweigen. Sie saß auf einer Treppenstufe im Flur des Wohnhauses. Die Treppe führte in den ersten Stock. Am Fuß der Treppe lag Onnes aufgeschlagener Kopf, während seine Füße die Türschwelle berührten. Der Sturm hatte die Haustür immer wieder gegen die Waden geschlagen, sodass sich dort auf dem Jogginganzug des Toten blutige Flecken gebildet hatten.

»Wir sollten ihn zudecken«, sagte sie müde und traurig. »Ich sehe mal nach einer Decke.«

Maria erhob sich, stieg über Onnes Kopf und verschwand im angrenzenden Wohnzimmer.

»Sie hat es gut verkraftet.« Martin Puck, der Hotelkoch, sprach leise aber sehr deutlich. »Wollen wir hoffen, dass das so bleibt. Sie muss das Hotel leiten, bis klar ist, wie es weitergeht.«

Olofsson betrachtete den Koch, der in einer Jeans und einer Trainingsjacke am Haustürrahmen lehnte. Martin Puck hatte eine Glatze und besaß eine Körperstatur, die die Boxbrüder Klitschko als Herausforderung verstehen konnten. Allerdings spannte sich die Trainingsjacke deutlich über einen Schmerbauch, was nicht für Fitness sprach. Seine großen Hände und die muskulösen Oberarme wurden auch mehr für das Zerteilen von Rinderhälften benötigt, als dass sie zum Boxen geeignet wären. Martin liebte seine Arbeit und er war ein guter Koch, der die Lebensmittel in erster Linie von Bauern aus der Nachbarschaft bezog. Dafür, dass er bald seinen Arbeitsplatz verlieren könnte, war er die Ruhe in Person.

»Gibt es einen Erben, der die Qualifikation besitzt, dieses Kleinod zu führen?« fragte Olofsson.

»Ja, es gibt eine Ex-Frau, die das ganz gut hinbekommen wird«, nickte Martin.

»Ex-Frau?« wunderte sich Olofsson.

»Lange Geschichte«, antwortete der Koch, der mit einer leichten Kopfbewegung andeutete, es wäre besser, das Thema zu wechseln, da Maria mit einer breiten Tischdecke zurückkam und damit die Leiche zudeckte.

»Lassen Sie uns rübergehen«, schlug Martin vor. »Sie müssen doch in diesem Aufzug frieren!«

»Nein, das ist nicht der Fall«, entgegnete Olofsson. Seine Körperhaltung und die scheinbar alles durchdringenden grünen Augen rieten dem Koch, den Vorschlag nicht weiter zu verfolgen.

Der Chefkoch sah auf seine Armbanduhr.

»Gut, jetzt ist es so früh morgens, da kann ich auch das Frühstück vorbereiten.« Er trat einen Schritt von der Haustür zurück. »Der Sturm hat nachgelassen. Dann wird die Polizei bald hier sein.«

Der Ex-Agent nickte und sah sich um. Ein orangefarbenes Papierstück steckte zwischen Tür und Rahmen. Er beugte sich vor, zog es heraus und las. Schließlich fragte Olofsson: »Woher könnte die Dachpfanne stammen?«

»Vom Dach, natürlich!« Der Koch glaubte einen Augenblick, dass ihn Olofsson auf den Arm nehmen wollte, bis ihm einfiel, dass der Gast ja nicht wissen konnte, dass das Hoteldach mit diesen Pfannen bedeckt war. »Dort hinten steht eine Palette der Pfannen. Ein Teil des Daches wird damit ausgebessert.« Er deutete auf die Carports, wo eine Palette mit Dachpfannen stand.

»Das erklärt natürlich alles«, brummte Olofsson, was für ihn nur bedeutete, dass er jetzt dringend die Kleidung wechseln sollte. Es gehörte sich nicht, im Morgenrock einem Polizeibeamten klar machen zu wollen, dass der Unfall eigentlich gar kein Unfall war. Denn selbst der schlechteste Dachdecker würde die Chargenmarkierung, die der Hersteller orangegelb auf die Pfanne geklebt hatte, nach dem Verbauen abreißen. Wo auch immer die Pfanne gewesen war, mit der man Onne Griebke erschlagen hatte, sie hatte ganz sicher nicht auf einem Dach gelegen.

Ein verlorenes Kunstobjekt 2.

Polizeihauptkommissar Theo Nolde trug einen noblen Nachnamen, der in der Kunstwelt einen stolzen Klang besaß. Er selbst hatte mit Kunst so viel gemein wie ein Eskimo mit Kokosnüssen. Was ihn aber mit dem Maler verband, waren ein Schnauzbart und die Tatsache, dass er Friese war. Seit Jahrzehnten leitete Nolde eine kleine Wache in Garding, das 4 km südlich von Poppenbüll lag. Das Alltagsgeschäft eines friesischen Polizisten setzte sich aus Diebstählen in der Sommersaison und Verkehrsunfällen in der Wintersaison zusammen. Nach schweren Stürmen kamen Sachschäden und verschwundene Katzen hinzu, aber einen Mord, den hatte es in Poppenbüll in diesem Jahrtausend noch nicht gegeben. Deshalb betrachtete er Olofsson mit einem skeptischen Blick, als dieser ihm von seiner Theorie und dem orangefarbenen Chargenzettel berichtete.

»Sie meinen, dass Onne umgebracht wurde?« fragte Nolde langsam und atmete tief ein, damit sein Gehirn genügend Sauerstoff zugeführt bekam, den es jetzt dringend brauchte. Im Flur lag die bedeckte Leiche, was verstörend genug war.

»Mit dem allerhöchsten Respekt vor der Staatsgewalt. Ja! Dieser Mann wurde ermordet!« Olofssons Stimme hörte man bis auf die Terrasse des Hotels.

»Jetzt nicht so laut! Der Arzt meint, es wäre ein Unfall«, mahnte der Hauptkommissar und sah sich nach seiner Partnerin Anna Müller um.

»Der Arzt stellte lediglich fest, dass der Tod durch eine Schädelfraktur eintrat«, erklärte Olofsson ein klein wenig härter im Tonfall, als man es von ihm gewohnt war.

»Sie sind von Beruf, was noch mal, Kriminalbeamter?« Nolde versuchte, den Einsatz zu beenden, da ihm der extrovertierte Mann langsam auf die Nerven ging.

»Nein, ich bin Inhaber eines Reisebüros. Aber davor war ich als Attaché für die Deutsche Botschaft in Stockholm tätig«, antwortete der Ex-Agent höflich. »Vielleicht sollte ich erwähnen, dass mein Aufgabenfeld besondere Maßnahmen einschloss.«

»So, besondere Maßnahmen«, wiederholte Nolde. »Ich sage Ihnen was: Hier sieht nichts nach einem Mord aus. Und wenn meine Kollegin im Haus nichts Verdächtiges findet, dann war's das hier.«

Anna Müller, eine junge Polizistin, die seit einigen Monaten den Dienst unter Nolde begonnen hatte, sah sich gerade im Wohnzimmer nach verdächtigen Spuren um, als Nolde nach ihr rief: »Anna, wurde im Haus was gestohlen?«

»Nee, hier is alles tipptopp aufgeräumt«, hörten sie eine klare Frauenstimme antworten. Wenig später trat Anna in den Flur. »War aber noch nicht oben.«

»Na, dann schau nach«, forderte Nolde sie auf. »Wir wollen ja nicht, dass die Polizei hier schlampig arbeitet.«

»Wollen Sie denn nicht die Spurensicherung herbeirufen?« staunte Olofsson.

»Nee, der Leichenwagen wartet schon da hinten«, erklärte Nolde. »Wenn Anna da oben keine Einbruchspuren findet oder sonst irgendetwas, was auf einen Raub hindeutet, dann lasse ich den armen Onne abtransportieren. Außerdem kommen die Kollegen der Spurensicherung so früh am Morgen ganz sicher nicht wegen eines Unfalls.«

»Gibt es Probleme, Chef?« Miriam tauchte hinter dem Polizisten mit ihrem Handy in der Hand auf. Da sie eindeutig mehr Schlaf abbekommen hatte als ihr Chef, der während der Nacht den Tatort bewacht hatte, lag ihre Toleranzschwelle gegenüber einem renitenten Beamten deutlich höher.

Olofsson holte tief Luft und sagte: »Dieser engagierte Kommissar betrachtet das Augenscheinliche mit Ignoranz.«

Bei dem Wort „Ignoranz" flüchtete nun auch der letzte Rest an Freundlichkeit, die Theo Nolde noch in seinem Gesichtsausdruck dem Gast entgegenbrachte.

»Wie bitte!« knurrte er. »Sie haben hier doch überhaupt nichts zu sagen! Und Sie, wer sind Sie?«

»Miriam van Heyden«, antwortete sie mit einem bezaubernden Lächeln, um gleich darauf traurig zu sagen: »Ich habe diesen Mann gestern Nacht zusammen mit meinem Chef, Herrn Olofsson, gefunden. Sie können sich gar nicht vorstellen, wie mich das niedergeworfen hat.«

»Oh!?« Nolde trat einen Schritt näher auf sie zu. »Dann sollten Sie sich diesem Anblick nicht nochmals aussetzen.«

»Sind Sie sicher, dass es ein Unfall war?« Sie sah den Polizisten eindringlich an und seufzte: »Ich könnte es mir nie verzeihen, wenn der Mörder mit seiner schändlichen Tat durchkommen würde. Ginge es Ihnen nicht auch so? Also, wenn Sie noch Fragen haben, dann bitte – ich stehe Ihnen zur Verfügung.« Während sie sprach, bewegte sie ihr Handy langsam von links nach rechts, als wolle sie einen Strich mit dem Handy in die Luft zeichnen.

Olofsson, der seine Mitarbeiterin gut genug kannte, um zu erkennen, dass sie irgendetwas im Schilde führte, verhielt sich ruhig.

»Nun, wir wollen hier keine Fehler machen, Frau …«

»Miriam van Heyden«, wiederholte sie.

»Frau van Heyden«, sagte Nolde und stöhnte laut: »Dann berichten Sie mir nochmals, was geschehen ist.«

»Gerne«, nickte sie, bückte sich plötzlich nach dem Tuch und riss es von der Leiche.

»Was soll das?!« rief Nolde entsetzt.

»Das lag gestern Abend noch nicht da«, antwortete Miriam naiv und wieder führte sie mit der rechten Hand ihr Handy durch die Luft, als wolle sie einen Strich ziehen.

»Aber?!« staunte Nolde. »Das, das ist nicht nötig!«

Hastig beugte sich der Polizist zu dem Tuch und legte es wieder über die Leiche.

»Hier oben ist keine Verwüstung oder sonst etwas Auffälliges, das auf einen Einbruch hinwiese, zu finden!« rief Anna, während sie die Treppe hinunterschritt. »Was ist denn hier los?«

»Eine weitere Zeugin ist aufgetaucht«, schnaufte Nolde.

»Es wurde wirklich nichts gestohlen?« hakte Olofsson nach. »Was ist mit der ägyptischen Totenbarke? Herr Griebke wollte uns ein Artefakt aus seiner Sammlung zeigen.«

»Ein was?!« Anna sah den Ex-Agenten ungläubig an.

»Ein Museumsstück aus Holz, sieht aus wie ein Modellboot. In einer Vitrine«, erklärte Miriam.

»Habe auf so was nicht geachtete«, antwortete Anna gelangweilt.

»Dann lassen Sie uns nachschauen«, bat Olofsson, dem die Ignoranz der beiden Beamten schwer zu schaffen machte. Mit massiver Selbstkontrolle behielt er seine beiden zur Faust geballten Hände am Körper.

»Sie sind ein Fremder, da lasse ich Sie doch nicht ins Haus«, empörte sich der Polizeihauptkommissar. »Ich bitte Sie jetzt, den Unfallort zu verlassen.«

»Sie wollen keine Aussage von mir?« Miriam blickte tief betroffen den Polizisten in die Augen.

»Nein, ich weiß ja, wo ich Sie finden kann«, erwiderte Nolde. »Anna, ruf den Bestatter, wir machen jetzt hier Schluss!«

»Das ist ein Skandal!« brummte Olofsson, der keineswegs vorhatte, den Platz zu räumen.

»Chef, lassen Sie es gut sein«, mahnte Miriam. »Wir gehen!« Sie winkte ihm mit dem Handy zu.

»Was soll diese alberne Geste?« sagte Olofsson verärgert.

»Oh, das erkläre ich Ihnen auf der Terrasse«, antwortete sie und bewegte ihren Kopf in die Richtung der Terrasse.

2

»Also, was wollen Sie mir erklären?« fragte Olofsson, als sie an einem Tisch auf der Terrasse Platz nahmen.

»Ich habe den Tatort gefilmt«, flüsterte Miriam.

»Sie haben den Tatort gefilmt?« wiederholte ihr Chef. »Mit Ihrem Handy?«

Miriam nickte und grinste verschwörerisch. »Ich dachte mir, wenn das wirklich ein Mord war ...« Sie erntete einen strafenden Blick von Olofsson und korrigierte sich: »... also Mord war und wir den Tatort auf Video haben, dann können Sie ihn in aller Ruhe nochmals anschauen.«

»Das ist sehr lobenswert«, nickte Olofsson. »Allerdings wird uns das nicht viel nützen, wenn wir die Polizei nicht davon überzeugen können, dass hier ein Verbrechen stattgefunden hat.«

»Als ob Sie das schon einmal vom Schnüffeln abgehalten hätte«, erwiderte Miriam und lehnte sich lässig gegen die Rückenlehne des Stuhls. »Außerdem? Was gibt es hier zu tun? Nichts! Hier wird es ja selbst dem Fuchs zu langweilig.«

»Bitte unterschätzen Sie nicht die beruhigende Wirkung einer Kulturlandschaft, die sich bis zum Horizont ausbreitet.«

»Gähn«, brummte sie und hob demonstrativ ihre Hand vor den Mund.

»Wir könnten als Erstes feststellen, ob eine Dachpfanne am Hoteldach fehlt«, überlegte Olofsson laut.

»Ein guter Vorschlag.« Miriam sprang auf.

»Was haben Sie vor?« Olofsson musterte seine Assistentin mit einem Blick, den Miriam das letzte Mal in der Oberstufe von einem ihrer Lehrer hatte ertragen müssen.

»Was ist jetzt?« zischte sie. Einen Tadel wegzustecken, auch wenn er nur durch einen Gesichtsausdruck ausgesprochen wurde, war nicht ihr Ding.

»Wie wäre es mit einem Frühstück?« erklärte Olofsson ruhig.

»Hatte ich schon, als Sie auf die Polizei gewartet haben«, antwortete sie.

»So?« staunte ihr Chef und wirkte enttäuscht. »Wenn das so ist, dann lassen Sie sich nicht *arretieren* und fallen Sie mir nicht vom Dach.«

»Habe nicht vor, mich *festnehmen* zu lassen, und vom Dach will ich auch nicht fallen«, erwiderte sie kampflustig.

»Dokumentieren Sie die Stelle! Sollte es überhaupt einen Defekt an dem Dach geben«, mahnte er.

»Mach ich, Chef!«

Miriam ging auf ihr Zimmer. Dort sah sie sich den Fluchtplan bei Feueralarm an. Feuer war gerade bei alten Gebäuden eine besondere Bedrohung, da die meist historischen Häuser nie den heutigen Brandbestimmungen gerecht werden. Nicht selten behalf man sich dann mit optisch weniger gelungenen Lösungen. Ihr Chef hatte sie vor einigen Wochen darauf aufmerksam gemacht, als sie sich über eine Feuertreppe mokierte, die ein wirklich romantisches kleines Hotel von außen verschandelte. Da der Haubarg schon mehrere hundert Jahre alt war und auch bei diesem Gebäude der Brandschutz eingehalten werden musste, suchte sie nach einer Treppe, die vom obersten Dachgeschoss bis ins Parterre führte. Der Plan gab ihr einen Überblick, wie das Hotel geschnitten war und wo sich die Feuertreppe im Haus versteckte. Sie hatte nämlich keine Stahltreppe an den Außenwänden finden können.

Wie sich herausstellte, gab es noch ein zweites Treppenhaus, das am anderen Ende des Ganges alle Stockwerke des Hotels verband.

Sie prägte sich den Plan ein, steckte sich dann einen Selfiestick in die Gesäßtasche und verließ das Zimmer. Rechts ging es zu der „offiziellen" Treppe, links zum Fahrstuhl und zum Notausgang. Nach wenigen Schritten stand sie vor dem Fahrstuhl und suchte nach dem Fluchtschild. Es befand sich links von ihr und wies auf eine Tür, die hoffentlich nicht verschlossen war, was öfter vorkam als man dachte. Sie drückte vorsichtig auf die Klinke und atmete erleichtert auf, als sich die Tür öffnete. Im Brandfall würde sie jetzt die Treppe nach unten laufen, doch ihr Ziel lag oben.

Miriam stand auf einem schmalen Absatz. Ein dunkler Treppenaufstieg führte nach oben, während der Abstieg breit und hell angelegt war. Ein kleines Fenster über dem Absatz ließ Licht hinein. Die Luft roch nach feuchtem Holz und war stickig. Sie blieb einen Augenblick stehen und lauschte. Nachdem sie nichts Verdächtiges gehört hatte, wagte sie den Aufstieg. Die schmalen Treppenstufen knarrten unter ihren Füßen, was sie zusammenzucken ließ. Wieder lauschte sie, doch nichts war zu hören, und so ging sie weiter. Die Treppe schlängelte sich hinauf in die Mansarden, dort, wo früher der Dachboden des Hauses lag.

Mit einem Quietschen öffnete sie schließlich eine weitere Tür und stand in einem engen Flur. Der Boden war mit Dielen ausgelegt, die im Sonnenlicht matt schimmerten. Das Licht drang durch ein rundes Fenster, das am Ende eines langen Ganges eingebaut war. Miriam hatte den Eindruck, der Flur verlaufe einmal quer durch den ehemaligen Dachboden. Außerdem gab es keine normale Decke. Sie konnte den Dachfirst erkennen, der von schräg laufenden Dachbalken gestützt wurde.

»Höher komme ich nicht«, murmelte sie und klopfte gegen eine der Türen.

Sie lauschte, doch nichts rührte sich. Sie griff nach der Klinke und versuchte die Tür zu öffnen. Sie war verschlossen. Miriam hatte keine Ahnung, ob die Zimmer als Gästezimmer oder vom Personal genutzt wurden. Sie probierte es an der nächsten Tür und hatte Glück. Sie schlich in den Raum und stand in einer Dachkammer, die mit alten Möbeln gefüllt war.

»So viel zu der Nutzung«, sagte sie und quetschte sich zwischen den Möbeln hindurch bis zu einem kleinen Fenster.

Sie schob die verstaubte Gardine beiseite und blickte auf Onnes Haus.

»Bingo! Schon mal auf der richtigen Seite.« Zufrieden fasste sie nach dem Fenstergriff.

Ein Geräusch, als ziehe man eine Leiche über den Holzboden, ließ sie innehalten.

»So ne'n Mist!« hörte sie eine Männerstimme schimpfen. »Immer muss ich die Drecksarbeit machen. Die Hausdame ist sich ja zu fein!«

Irgendetwas stieß gegen die Holztür und Miriam ging hinter den aufgetürmten Möbeln in Deckung. Das Geräusch wurde leiser. Neugierig schlich sie zur Tür, öffnete sie einen Spalt und sah, wie Horst einen großen Leinensack in die Dachkammer nebenan zog.

Sie hörte, wie er Flüche aussprach, bis er schließlich die Kammer verließ und laut trampelnd zurück zu der Feuertreppe stampfte.

Erst als sie nach fünf Minuten kein weiteres Geräusch mehr hörte, schlängelte sie sich erneut zu dem Fenster und öffnete es.

Sie befand sich so hoch, dass sie auf das Dach von Onnes Wohnhaus blicken konnte. Sie kontrollierte die Dachpfannen des Nachbargebäudes, konnte jedoch keinen Schaden erkennen.

»Also los!« schnaufte sie und suchte nach einem Leiterhaken, der ihr einen ersten Stand geben sollte. Diese Haken waren unter den Pfannen angebracht und dienten dazu, Dachleitern zu halten. Aber weit und breit war keine dieser Befestigungen zu finden.

Sie zückte den Selfiestick, zog ihn auseinander und befestigte schließlich ihr Handy an ihm.

»Was mache ich hier?!« fragte sie laut und schob den Oberkörper durch das Fenster. Sie saß jetzt auf der Fensterbank und hielt die Füße in einen Sessel verhakt, der beladen mit einer alten Kommode neben dem Fenster stand. In einer akrobatischen Aktion führte sie den Stick so, dass die Handykamera das Dach aufnehmen konnte.

»Übst du für den Zirkus? Oder soll das ein neuer Trend werden?« rief eine bekannte Frauenstimme. »Beides ist übrigens echt idiotisch!«

Miriam hätte vor Schreck fast den Stick fallen lassen. Mit verdrehtem Oberkörper blickte sie nach unten in den Hinterhof, wo sich Catharina von Hohenlohe die Hand über die Augen hielt und zu ihr hochstarrte.

3

Bürgermeister Ove Doßmann traute der Aussage seiner Sekretärin nicht wirklich, deshalb rief er auf dem Polizeirevier in Garding an. Seine fleischige Hand umschloss dabei den Telefonhörer, als sei er ein Rettungsseil, das man ihm zugeworfen hatte.

»Dann ist es also wahr!« seufzte er laut in den Hörer.

Der Gesprächspartner am anderen Ende der Leitung bestätigte zum wiederholten Male den Tod des Hoteliers Onne Griebke.

»Schrecklich«, war alles, was der übergewichtige Bürgermeister sagte, bevor er auflegte.

Ove Doßmann stand jetzt vor einem Problem. Mit dem Tod des Hoteliers hatte er einen bedeutenden Investor für die Biogasanlage in der Gemeinde verloren. Der Tod kam zu einem wirklich schlechten Zeitpunkt – nicht, dass der Tod je zu einem passenden Zeitpunkt daherkam. Aber einen Tag später hätte dem Bürgermeister gereicht, dann wären Absprachen getroffen gewesen. Doch jetzt, jetzt stand er wieder am Abgrund.

Die Welt war nicht fair. Er tat alles für die Umwelt und einen sauberen Tourismus. Er hätte etwas Glück gebrauchen können, doch nun das! Die Gemeinde war Mitglied einer Genossenschaft, die eine Biogasanlage unterhielt. Die Anlage war vor Jahren mit viel Lob von der Landesregierung eingeweiht worden. Leider war der Betrieb für die Genossenschaft und damit auch für die Gemeinde defizitär. Griebke sollte das Geld für eine Sanierungsmaßnahme geben, die die Anlage wieder in die schwarzen Zahlen hätte bringen können.

»Monika, ich gehe zum Hotel«, rief Doßmann und verließ sein Büro.

Vielleicht hatte Onne einen Brief, eine schriftliche Nachricht oder sonst etwas hinterlassen, das die Sanierungsmaßnahme noch retten könnte.

Poppenbüll war eine kleine Gemeinde, eine wirklich kleine Gemeinde. Momentan zählten 234 Einwohner zu ihr, nein falsch, jetzt waren es 233 Einwohner. Das Büro des Bürgermeisters befand sich in seinem Haus, nur ein paar Straßenkreuzungen vom Hotel entfernt. Die Vorsitzende des Bau- und Umweltausschusses wohnte ein Feld weiter und die meisten Gemeindevertreter konnte er zu Fuß besuchen. Die Verwaltung funktionierte im wahrsten Sinn des Wortes auf kurzen Wegen.

Die frische Luft pustete Ove Doßmann klare Gedanken ins Gehirn. Mit schnellen Schritten, die eindeutig zu hastig für sein Kreislaufsystem waren, marschierte er zum Hotel. Der Bürgermeister wischte sich das erste Mal den Schweiß von der Stirn, als er am Blumenbeet ankam. Entsetzt musste er feststellen, dass der Sturm in dem Beet verheerend gewütet hatte. Für einen normalen Betrachter zeigte sich ein Bild von abgeknicktem Habichtskraut, Wegwarte oder Johanniskraut. Für den *Eingeweihten* jedoch, und das war der Bürgermeister, hatte der Sturm eine botanische Uhr zerstört. Als leidenschaftlichen Gärtner und Gestalter dieser botanischen Uhr schmerzte ihn die Zerstörung zutiefst.

Die Idee zu einer Blumenuhr hatte der schwedische Naturwissenschaftler Carl von Linné, der 1745 im Botanischen Garten von Uppsala die erste Uhr dieser Art angelegt hatte. Der Wissenschaftler hatte herausgefunden, dass Pflanzen einem festen Tagesablauf folgen, in dem sie ihre Blüten öffnen oder schließen. Aufgrund dieser Beobachtung ließ er ein rundes Beet anpflanzen, das in zwölf gleichgroße Stücke aufgeteilt wurde. Die Teilstücke entsprachen einem Uhrenzifferblatt, die von 1 bis 12 markiert wurden. Dann pflanzte er in das Stück zwischen der 12 und der 1 Ringelblumen und Felsennelken. Sie schließen immer um die Mittagszeit ihre Blüten. Die Graslilie und das Johanniskraut dagegen öffnen am Morgen zwischen 7 und 8 ihre Blüten. Linné fand für jede Tag-Stunde eine Pflanze, die sich schloss oder ihre Blüten öffnete, selbst für die Nacht-Stunden entdeckte er die eine oder andere Blume.

Den Bürgermeister faszinierte der Gedanke, dass eine Blüte die Zeit ansagte. Er konnte Onne Griebke dazu gewinnen, vor seinem Hotel eine solche Blumenuhr anzulegen. Sie entwickelte sich zu einem touristischen Highlight und war dazu ein Blickfang. Dass sie jetzt zerstört vor ihm lag, traf ihn schwerer als der Verlust eines Freundes.

»Was ist hier nur geschehen!« rief Doßmann verzweifelt und wandte sich ab.

Mit einem kräftigen Stoß drückte er das Eingangstor auf und betrat das Hotel. Zielstrebig ging er zur Rezeption, wo er auf Maria Bleicken traf.

»Oh, Bürgermeister, was für ein Unglück«, jammerte Maria, als der Bürgermeister sich verschwitzt gegen die Theke der Rezeption lehnte, sich den Schweiß das zweite Mal von der Stirn wischte und hastig ein- und ausatmete.

»Dann ist es also wirklich geschehen«, japste er zwischen den Atemzügen.

»Ja, eine Dachpfanne, gestern Nacht, der Sturm«, nickte Maria und seufzte laut.

»Wer hält hier die Stellung?«

»Martin und ich«, antwortete sie müde.

»Was ist mit Fenja? Wurde sie benachrichtigt?« Der Bürgermeister bekam seine Atmung in den Griff.

»Ja, sie ist auf dem Weg hierher«, raunte Maria.

»Gut«, nickte Doßmann.

»Ich weiß nicht, ob das gut ist, Ove«. Maria hatte die Ex-Frau von Onne nie leiden können.

»Sie wird das Hotel weiterführen, ganz sicher«, meinte Doßmann. »Jetzt, wo das Jagen nach ägyptischen Schätzen die Kassen nicht mehr leert.«

»Aber du weißt doch, wie sie ist«, warf Maria ein. »Sie wird das Hotel umkrempeln.«

4

Catharina von Hohenlohe, Angehörige des Hochadels und Kommissarin beim Bundeskriminalamt (BKA), fing Miriam ab, als die aus dem Notausgang neben dem Fahrstuhl trat.

»Hallo, Cat«, sagte Miriam erfreut und die beiden Freundinnen umarmten sich. »Was machst du hier?«

»Und du? War das eine Übung für den Zirkus?« fragte Catharina, die von ihren Freunden kurz *Cat* genannt wurde.

»Erklär ich dir später«, wehrte Miriam ab. »Jetzt sag schon, was führt dich nach Poppenbüll?«

»Du verschweigst mir etwas«, sagte die BKA-Kommissarin betont langsam, während ihre tiefbraunen Augen Miriam musterten.

»Nein, ich habe nur nach losen Pfannen auf dem Dach gesucht. Gestern Nacht ist *angeblich* eine auf den Kopf des Hotelbesitzers gefallen. Echt blöd gelaufen, er hat es nicht überlebt, sonst war nichts.« Miriam erzählte das in einem Tonfall, als spräche sie über den neuesten Lippenstift von Givenchy.

»Du meinst, Onne Griebke ist tot?« stieß Cat erschreckt aus.

»Du kennst, äh, du kanntest den Mann?!« wunderte sich Miriam.

»Also ist er tot?« hakte Cat nach.

»Ja, mausetot«, nickte Miriam. »Aber die Polizei, Verzeihung, das bist ja du, also die örtliche Polizei denkt, es war ein Unfall.«

»Moment mal, ist Olofsson auch hier?« Cat sah den Gang hinunter.

»Ja, natürlich, glaubst du, ich würde diese Einöde freiwillig besuchen!?«

Cat kannte den Ex-Agenten jetzt genauso lang wie Miriam. Wenn Olofsson eine Spur aufgenommen hatte, dann war er nicht mehr aufzuhalten. »Er vermutet einen Mord!«

»Nicht nur er, ich auch. Auf dem Dach da oben fehlt keine einzige Pfanne! Hab's auf Video.«

»Jetzt verstehe ich die akrobatische Nummer! Hättet ihr nicht eine Drohne nehmen können? Die gibt es mit Kamera.«

»Habe meine gerade nicht zur Hand«, zischte Miriam.

Cat und Miriam waren sich das erste Mal bei einem Mord in einem schwedischen Möbelhaus begegnet. Damals war Cat noch Streifenpolizistin. Sie gehörte zu dem Frauentyp, denen Uniformen auf eine gewisse Weise besonders gut stehen. Das machte ihr die Arbeit mit dem männlichen Kollegen nicht leichter, zumal sie außerdem einen messerscharfen Verstand besaß. Miriam hatte Cats perfektes Äußeres ziemlich genervt und sie in die Schublade „reiches Püppchen" gesteckt. Und damit lag sie so was von falsch, dass sie heute noch über ihre damalige Einschätzung den Kopf schüttelte.

»Aber jetzt bist du dran! Was führt dich hierher?«

»Eine familiäre Angelegenheit«, antwortete Cat und steckte ihre Hände in die Taschen eines dunkelblauen Hosenanzugs, den man nicht von der Stange kaufen konnte.

Catharina Verona Helene Prinzessin von Hohenlohe, wie ihr vollständiger Name lautete, gehörte einer reichen Adelsfamilie an, die ihren Hauptsitz in London hatte. Da sie lieber auf eigenen Beinen stand, als sich von dem Reichtum ihrer Familie zu ernähren, war sie Polizistin geworden. Natürlich war sie deshalb immer noch reich, was Miriam Cat gerne mal unter die Nase rieb. Aber solange sie sich jetzt kannten, ließ Cat ihre Familie immer außen vor. Wenn sie jetzt ihre Familie erwähnte, dann musste etwas im Gange sein, das Miriam unbedingt wissen wollte.

»Geht es auch genauer?« Die Assistentin forderte die Beamtin mit Blicken dazu auf, mehr preiszugeben.

»Ich kannte Onne Griebke«, erklärte sie. »Er bat meine Familie um Hilfe.«

»Wie das?« Miriam blickte ihre Freundin verständnislos an.

»Lange Geschichte ... Ich bin gekommen, um ihm Material aus unserem Familienbesitz zu zeigen.«

Miriam zuckte mit den Schultern und rollte die Augen.

»Lass uns Olofsson aufsuchen, dann erkläre ich alles. Der Flur ist nicht sicher.«

Sie gingen Arm in Arm den Flur entlang, als plötzlich eine dunkle Gestalt aus einem der Zimmer trat und mit ihnen zusammenstieß.

»Bitte, entschuldigen Sie dieses Missgeschick«, beeilte sich der Mann zu sagen, der einen Kopf kleiner war als die jungen Frauen. »Ich war in Gedanken, bitte, entschuldigen Sie nochmals.« Seine strubbeligen weißen Haare erinnerten an die Frisur Albert Einsteins.

»Kein Problem«, antwortete Miriam, amüsiert über das Auftreten des Mannes.

»Ja, alles okay«, betonte Cat.

»Nein, wirklich! Ich bin manchmal so ungeschickt«, stöhnte der Mann, den Miriam als den Herrn mit dem Modetick aus den 20ern wiedererkannte.

Er fasste sich und sagte in einem schneidigen Tonfall: »Darf ich mich vorstellen! Professor Dr. Alfons von Klettenberg! Professor für Ägyptologie an der Freien Universität Berlin.«

Es hätte jetzt nur noch gefehlt, dass er die Absätze seiner Schuhe zusammenstieß und salutierte.

»Sie sind aber weit weg von den Pyramiden«, scherzte Miriam, die sich nach einer versteckten Kamera umsah, so skurril kam ihr der Auftritt vor.

»Keineswegs«, entgegnete der Professor selbstbewusst. »Wussten Sie, dass der Besitzer dieses Hotels einer der anerkanntesten ägyptologischen Laienexperten ist, mit dem die Republik aufwarten kann?«

»Wir haben davon gehört«, antwortete Miriam freundlich.

»Wussten Sie auch, dass er im Besitz einer wertvollen Grabbeilage ist, die der königliche Beauftragte seiner Majestät Friedrich Wilhelms III., Generalleutnant Heinrich Freiherr von Minutoli, persönlich aus dem Wüstensand gegraben hat?«

»Nein, wirklich?« Miriam riss die Augen auf und hoffte, damit genügend Interesse gezeigt zu haben, um nicht unhöflich zu wirken.

Cat verhielt sich erstaunlich ruhig. Sie musterte den Mann mit der anarchistischen Frisur. Der holte nochmals tief Luft und erzählte weiter: »Verstehen Sie, deshalb bin ich dem Neuen Reich näher als man denken könnte.«

»Neues Reich?!« Miriam verband mit dem „Reich" etwas Düsteres.

»Ja, die Zeit 1550 bis 1075 vor Christus«, erklärte von Klettenberg. »In dieser Epoche herrschte Ramses II. und Tutanchamun war Pharao. Und wahrscheinlich stammt die Grabbeilage aus dieser Zeit. Also ist Ägypten gar nicht so weit entfernt.«

»Ach so«, nickte sie und ging los. »Bitte, entschuldigen Sie, wir müssen jetzt!«

Cat nickte und folgte ihr. Als sie die Treppe hinunter zum Foyer erreichten, drehte sich die Kommissarin nochmals um und fragte: »Herr Professor, was genau ist diese wertvolle Grabbeilage?«

»Oh, ein wundervoll gearbeitetes Modell einer Totenbarke«, lächelte er verzückt.

5

Raphael Olofsson begrüßte Catharina von Hohenlohe herzlich. Er empfing die beiden jungen Frauen auf der Terrasse, wo er gerade ein ausgiebiges Frühstück beendete.

Die Frauen setzten sich zu dem Reisebürobesitzer und bestellten Kaffee. Als die Bedienung gegangen war, fragte Olofsson: »Und? Irgendwelche Beschädigungen am Hausdach?«

»Keine!« antwortete Miriam und zückte ihr Handy, mit dem sie ein kleines Video vom Dach aufgenommen hatte.

»Dann bestätigt dies meine Vermutung«, nickte Olofsson und blickte zu Cat. »Was führt Sie nach Poppenbüll?«

»Eine familiäre Angelegenheit«, antwortete Cat. »Ich erklärte Miriam schon, dass Onne Griebke meine Familie um Hilfe gebeten hat.«

»Ihre Familie um Hilfe gebeten?« wiederholte Olofsson neugierig.

»Nun ja, wir sind entfernt verwandt mit dem Generalleutnant Heinrich Freiherrn von Minutoli.«

»Äh, warum sagst du das nicht gleich«, raunte Miriam, die sich ein wenig vor den Kopf gestoßen fühlte. »Ihr Adeligen geht immer davon aus, dass man eure Geschichte kennt!«

»Quatsch, tue ich nicht!« feuerte Cat zurück. »Ich wollte niemandem etwas vorenthalten. Griebke bat um Diskretion.«

»Ihre Familie gehört dem Hochadel an, wie kommt eine verwandtschaftliche Beziehung zum niederen Adel zustande?« Olofsson hatte lange genug in einem Land Dienst geschoben, das noch einen König als Staatsoberhaupt hatte, um die aristokratischen „Feinheiten" bemerken zu können.

»Na ja, der liebe Gerneralleutnant ließ sich von seiner ersten Frau scheiden und heiratete die Gräfin Wolfardine Auguste Luise von der Schulenburg. Und die wiederum hatte einen Bruder, Adolf Wilhelm von der Schulenburg, der wiederum eine von Hohenlohe heiratete, was schließlich dazu führte, dass große Teile von Heinrichs und Wolfardines Originaldokumenten in unserem Familienarchiv gelandet sind.«

»Ihr habt ein Familienarchiv?!«

»Ja, in Berlin«, nickte Cat, als wäre das nichts Besonderes.

»In eurem herrschaftlichen Anwesen in Berlin?« hakte Miriam spitz nach.

»Hast du ein Problem damit?«

»Nein, ich bedauere euch. Schließlich ist deinem Verwandten das Schatzschiff abhanden gekommen«, sagte Miriam sarkastisch.

»Meine Damen, bitte«, mahnte Olofsson.

»Ja, da hat sie Recht! Das Schiff ist ja untergegangen«, stöhnte Cat.

»Zurück zu Onne Griebke«, sagte Olofsson ruhig. »Welches Anliegen hatte der Hobbyarchäologe?«

»Also, Hobbyarchäologe klingt etwas zu herablassend«, erwiderte Cat ernst. »Der Mann war auf seinem Fachgebiet eine Koryphäe.«

Olofsson entschuldigte sich und Cat erklärte: »Es ging ihm im Speziellen um eine Ladeliste, die Minutoli 1822 in Triest, wo die *Gottfried* beladen wurde, zusammengestellt hatte. Außerdem war er an dem Originalmanuskript der *„Reise zum Tempel des Jupiter Ammon in der libyschen Wüste und nach Ober-Aegypten in den Jahren 1820 und 1821* interessiert.«

»Was wollte er damit?« fragte Miriam.

»Keine Ahnung«, antwortete Cat. »Wir waren für heute verabredet. Onne wollte mir dann auch erklären, was er entdeckt hatte. Er klang sehr aufgeregt, als wir das letzte Mal telefoniert haben.«

»Wann war das?« hakte Olofsson nach.

»Letzte Woche«, antwortete Cat.

»Wo befinden sich die Unterlagen?« wollte Olofsson wissen.

»Die sind noch im Auto. Bin ja eben erst angekommen«, erklärte Cat. »Glauben Sie, dass man Onne wegen seiner Entdeckung umgebracht hat?«

»Da wir nicht wissen, welche Bedeutung diese geheimnisvolle Entdeckung hat, geschweige denn, um was es sich eigentlich handelt, können wir eine Kausalität der Ereignisse nicht bestimmen. Es wäre äußerst hilfreich, wenn eine Mordermittlung stattfinden könnte.« Olofsson wirkte frustriert.

Cat sah zu Miriam, dann zum Ex-Agenten.

»Es gäbe eine Möglichkeit«, sagte sie schließlich. »Es müsste etwas gestohlen worden sein.«

»Wir wissen nicht, ob etwas gestohlen wurde. Wir sind noch nicht im Haus gewesen«, sagte Miriam.

»Die Polizei hat weder Einbruchspuren noch Diebstahlspuren, wie zerschlagenes Glas oder aufgebrochene Schlösser feststellen können«, erklärte Olofsson. »Ich würde gerne selbst nachsehen, aber dies ist von der Polizei verboten worden.«

»Wir vermuten, dass die Totenbarke geklaut wurde«, sagte Miriam überzeugt.

»Ja, Griebke wollte sie uns zeigen. Hat gestern Abend darüber gesprochen. Leider auch, dass es der Familie stets Unglück gebracht hat«, bestätigte Olofsson.

»Ich hatte bisher noch nicht das Vergnügen, Onnes Sammlung zu besichtigen. Er hat mir aber einige gute Aufnahmen geschickt.« Sie zog ihr Handy aus der Innentasche ihres Blazers, wischte ein paarmal über das Display und reichte es dann Olofsson.

Miriam beugte sich zu Olofsson.

Auf dem Foto war eine Vitrine zu sehen, in der ein Schiffsmodell aus Holz stand. Es war bunt bemalt und stellte eine Barke dar, wie man sie auf Wandreliefs im Tal der Könige gefunden hatte.

»Er war zweimal bei uns in Berlin und ansonsten haben wir uns per Mail verständigt. Ich kenne dieses Modellschiff nur von diesem Foto. Aber sollte das Stück gestohlen worden sein, dann würde es einen Grund liefern, mich als BKA-Kommissarin einzuklinken.«

»An welchen Grund hatten Sie gedacht?« Olofsson schien eine Ahnung zu haben.

»Kunstraub zur Finanzierung von Terrorismus«, antwortete Cat leise.

»Auf der Basis eines OSZE-Abkommens?« raunte der Ex-Agent.

»Äh, die OSZE war noch mal?« fragte Miriam.

»Organisation für Sicherheit und Zusammenarbeit in Europa«, antwortete Cat. »Diese Abkommen dienen dem Schutz Europas. Darunter fallen auch illegale Geschäfte mit Kunstschätzen, um zum Beispiel Terrorismus zu finanzieren.«

»Könnte funktionieren«, nickte Olofsson. »Dann sollten wir jetzt mal klären, ob das wertvolle Stück verschwunden ist.«

6

Etwas ganz anderes wollte unterdessen Bürgermeister Ove Doßmann klären.

»Maria, weißt du, ob Onne noch eine Überweisung, eine Nachlasserklärung oder einen Wunsch bezüglich der Sanierung unserer Biogasanlage hinterlassen hat?« Doßmann schwitzte immer noch und seine Gesichtsfarbe schimmerte rosarot. Er wusste, dass man ihn so gerne mit einem grunzenden Haustier verglich, was ihn ärgerte.

»Nein, da musst du Martin fragen«, antwortete Maria. »Ich muss dich jetzt alleine lassen. Wir haben immer noch Gäste.«

»Ja, ja, verstehe«, nickte der Bürgermeister. »Ich kenne den Weg in die Küche.«

Maria nickte ihm zu und verließ die Rezeption. Doßmann ging ins Restaurant und von da aus direkt in die Küche.

»Martin, ich muss mit dir sprechen«, rief er dem Koch zu, der gerade dabei war, die Speisen für das Mittagsmenü vorzubereiten.

»Was machst du hier?« schimpfte Martin, »geh nach draußen, ich komme nach!«

Doßmann verließ die Küche durch den Hintereingang. Er stand nun in dem kleinen Hinterhof zwischen Hotel und Griebkes Wohnhaus. Martin hatte eine Holzbank gleich neben dem Kücheneingang platziert. Der Bürgermeister setzte sich und wischte erneut den Schweiß von seinem Gesicht.

»Womit habe ich das nur verdient?« schnaufte er.

»Ove, was hast du verdient?« fragte eine tiefe Männerstimme.

Doßmann sah auf und blickte in die stahlblauen Augen von Wilko Benndorf.

»Mensch Wilko, wie geht es dir?« stöhnte der Bürgermeister. »Hast es bestimmt schon gehört, Onne ist tot.«

»Ja, deshalb bin ich gekommen«, nickte Wilko und setzte sich neben Doßmann. Langsam zog er eine Schachtel Zigaretten aus der Brusttasche seines olivfarbenen Overalls. »War gestern noch mit ihm auf Beutezug.«

Er zündete sich eine Zigarette an.

»Habt ihr was gefunden?« fragte Doßmann, obwohl ihn das gar nicht interessierte.

»Nee, war ein Fehlalarm«, antwortete Wilko und blies den Rauch seiner Zigarette in die Luft. »Wollte mir nur das versprochene Dieselgeld abholen, das Onne immer zahlt.«

»Na, da wirst du wohl Pech haben. Genauso wie ich.«

»Du wolltest auch bezahlt werden?« wunderte sich Wilko.

»Nicht ich persönlich, wir brauchen Sanierungsgeld für die Biogasanlage«, antwortete Doßmann. »Habe gehofft, dass Martin noch etwas Schriftliches in seinen Unterlagen findet, was uns erlaubt, Geld einzufordern. Sonst ist die Anlage für die Gemeinde futsch.«

»Futsch?!« Wilko schüttelte den Kopf.

»Sie muss den Betrieb einstellen«, zischte der Bürgermeister.

»Das Ding kostet doch nur Geld«, meinte Wilko.

»Quatsch, es hält die gepachteten Höfe am Leben«, erklärte Doßmann. »Die Pächter können ihren Mais zu ordentlichen Preisen verkaufen.«

»Weil du ihnen einen zu guten Preis machst«, grinste Wilko. »Von wem willst du denn noch Geld einfordern? Onne kannst du nicht mehr belangen.«

»Fenja, sie wird zurückkommen«, antwortete Doßmann.

»So?!« Wilko nahm einen tiefen Zug. »Weiß das die Belegschaft?«

Der Bürgermeister zuckte mit den Schultern.

»Du weißt, dass du bei Fenja dein Dieselgeld knicken kannst«, bemerkte der Bürgermeister nachdenklich.

»Ja, sie hatte immer was gegen Onnes Hobby«, nickte Wilko. »Dabei hat sie nie kapiert, auf welchem Schatz wir sitzen.«

»Ja, wenn man ihn heben könnte«, grinste Doßmann verschwörerisch.

Wilko klopfte dem Bürgermeister freundschaftlich auf die Schulter.

»Ich weiß nicht, ob das wichtig ist«, sagte Wilko leise, »aber in den letzten Wochen hatte ich das Gefühl, als würde sich Onne verändern.«

Ove Doßmann blickte den Kapitän neugierig an.

»Was willst du damit sagen, Wilko?«

»Er war nicht mehr so bei der Sache. Erst gestern waren wir wieder im Wattenmeer unterwegs. Ich hatte eine Nachricht von einem Fischer bekommen, dass draußen auf der Sandbank etwas Auffälliges angespült worden sei. Wie immer habe ich Onne angerufen und dieses Mal musste ich ihn regelrecht auffordern rauszufahren. Das hat es in den letzten Jahren noch nie gegeben. Und dann an Bord war er so lustlos. Da spürte man nichts von dem Feuer, das in ihm brannte, wenn es um sein geliebtes Ägypten ging.«

»War er krank?« hakte Doßmann nach.

»Ich weiß es nicht.« Wilko schüttelte den Kopf.

Die Küchentür ging auf und Martin Puck trat in den Hof.

»Na, so gut möchte ich es mal haben«, grinste der Koch und schnorrte eine Zigarette von Wilko. »Bürgermeister, was kann ich für dich tun?«

»Hat Onne noch irgendetwas Schriftliches hinterlassen, was die Sanierung unserer Biogasanlage angeht?«

»Wieso sollte Martin das wissen?« fragte Wilko.

»Er ist Vorsitzender der Genossenschaft, der die Biogasanlage gehört«, grunzte Doßmann.

»So?!« Wilko schüttelte den Kopf und deutete auf Martins Kochschürze. »Läuft wohl schlecht.«

»Der Job ist ehrenamtlich, mit einer kleinen Aufwandsentschädigung«, erklärte Martin verärgert. »Die Gemeinde kann so niedrige Gaspreise anbieten.«

»Also haben wir keine schriftliche Zusage«, schnaufte der Bürgermeister und stand auf. »Vielleicht kann man Fenja überzeugen?«

»Die Schlampe wird dir kein Geld geben«, zischte Martin.

»Solltest dich vielleicht nach einem, falsch, nach zwei neuen Jobs umsehen«, grinste Wilko süffisant.

»Dir wird sie auch kein Geld geben, wie der Bürgermeister schon sagte.« Martin blickte ernst zu den Männern.

»Also ist sie noch nicht da«, seufzte Wilko.

»Nein.« Martin zog kräftig an seiner Zigarette und meinte: »Übrigens, mein Bruder hat angerufen. Es gibt da einen Gast, der behauptet, dass Onne nicht durch einen Unfall starb.«

»Woran soll er denn sonst gestorben sein?« Wilko schüttelte grinsend den Kopf.

»Robert meint, Onne könnte ermordet worden sein«, antwortete Martin ruhig.

»Mord?« Der Bürgermeister schüttelte den Kopf. »Diese Art von Schlagzeilen können wir in der Herbstsaison nicht gebrauchen. Wo ist dieser Gast zu finden?«

7

Professor Dr. Alfons von Klettenberg sah den beiden Frauen nach. Das Wenige, das er auf dem Flur von ihnen aufgeschnappt hatte, hörte sich beunruhigend an. Wenn es stimmte, dass Onne Griebke nicht mehr unter den Lebenden weilte, dann wurde es Zeit zu handeln.

Mit energischen Schritten eilte er zum Fahrstuhl. Auf dem Weg dorthin klopfte er sich auf die Brust und spürte unter dem Jackett ein Notizbuch, das er immer bei sich trug. In ihm waren seine wichtigsten Ideen und Analysen zusammengefasst. Dort auf den karierten Seiten waren sie vor Hackern und anderen elektronischen Spürnasen sicher. Professor Dr. Alfons von Klettenberg wusste ganz genau, welchen Wert seine Analysen und die damit verbundenen Auswirkungen hatten. Er drückte den Fahrstuhlknopf und während er wartete, griff er nach seinem Handy, das in der Seitentasche des Jacketts ruhte.

Mit schnellen Wischbewegungen navigierte er durch sein Adressverzeichnis. Als er die gewünschte Nummer gefunden hatte, sendete er eine SMS. Er war gerade fertig mit dem Schreiben, als sich die Fahrstuhltür vor ihm öffnete. Erschrocken wich er einen Schritt zurück.

»Entschuldigen Sie«, brodelte Horst, der mit einem Putzwagen den Fahrstuhl verließ.

Von Klettenberg ließ den Mann vorbei. Dann betrat er den Fahrstuhl und während sich die Türen schlossen, beobachtete er, wie Horst ohne anzuklopfen in einem der Zimmer verschwand.

»Das Benehmen dieses Angestellten ist ungeheuerlich«, murmelte er, und noch bevor er sich mehr über das Verhalten des Mannes aufregen konnte, erreichte er das Erdgeschoss. Mit einem hastigen Schritt verließ er den Fahrstuhl und sah sich kurz im Foyer um. Die beiden Frauen gingen gerade auf die Terrasse und Hausdame Maria trat aus ihrem kleinen Büro hinter der Rezeption, als sei sie mit den Gedanken woanders.

»Eine gute Gelegenheit«, flüsterte von Klettenberg und trat an die Theke der Rezeption.

»Guten Morgen, Frau Bleicken«, grüßte er schmierig.

»Na ja, so gut ist er nicht, der Morgen«, seufzte Maria und gönnte dem Gast ein schales Lächeln.

»Ja«, nickte der Professor viel zu hektisch, »manchmal geschehen schreckliche Dinge.«

Maria stimmte ihm zu und fragte: »Was kann ich für Sie tun?«

»Ich suche die Dame, die gestern Abend in einer Ecke des Restaurants gesessen hat. Ich glaube, ihr Name lautet Dr. Merle Liesenfeld.«

»Sie suchen Merle? Worum geht es denn?« Die Niedergeschlagenheit der Hausdame schien plötzlich wie weggepustet.

»Oh, eine berufliche Angelegenheit«, antwortete von Klettenberg ausweichend.

»Dann sind Sie auch ein Museumsmensch?« fragte Maria neugierig. »Aussehen tun sie ja so.«

»Äh, was hat mein Aussehen ...? Egal, können Sie mir sagen, wo ich Frau Dr. Liesenfeld finde?«

»Nein, kann ich nicht sagen«, antwortete Maria.

»Ist sie vielleicht auf ihrem Zimmer?« hakte von Klettenberg nach.

Maria schüttelte den Kopf.

»Sie haben ja nicht einmal am Schlüsselbrett nachgesehen«, protestierte der Professor.

»Das muss ich nicht. Merle hat das Hotel verlassen.«

»Was? Für immer?«

»Wie kommen Sie denn darauf? Sie ist nebenan.«

Alfons von Klettenberg sah sie verstört an. »Was ist nebenan?«

»Das Haus des verstorbenen Hotelbesitzers«, zischte Maria, die langsam von dem Herrn genervt war.

»Oh, die Totenbarke!« stieß von Klettenberg wimmernd aus.

Als hätte ihn eine Mumie in den dunklen Gängen der Pyramiden erschreckt, schoss er auf die Terrasse zu. Im Restaurant wäre er fast noch mit einem schwergewichtigen Mann zusammengestoßen, der plötzlich aus der Küche gestürmt kam.

Von Klettenberg hatte bei seinem gestrigen Spaziergang festgestellt, dass man vom Garten aus in den Hinterhof neben dem Hotel gehen konnte. Ohne weiter auf seine Umgebung zu achten, eilte er über die Terrasse, folgte einem Gartenweg um das Hotel herum und erreichte schließlich den Eingang von Griebkes Haus. Die Haustür stand offen und so wagte er es, über die Türschwelle zu treten.

»Hallo, ist hier jemand?« rief er, so laut er konnte und verweilte am Treppenaufgang.

Aus dem Obergeschoss hörte er Geräusche und wenig später erschien eine schlanke Frau am Ende der Treppe.

»Guten Tag«, sagte sie freundlich. »Was suchen Sie hier?«

»Frau Dr. Merle Liesenfeld?« fragte von Klettenberg und setzte ein Grinsen auf, von dem er dachte, es würde Frauenherzen brechen.

»Ja«, nickte Merle und ging die Treppe hinunter.

»Mein Name lautet Professor Dr. Alfons von Klettenberg! Wir haben korrespondiert«.

»Dr. von Klettenberg, was für eine Überraschung«, lächelte Merle und reichte ihm die Hand.

»Es freut mich ebenfalls«, erwiderte der Professor. »Aber die Umstände!«

»Ja, sehr traurig«, seufzte Merle. »Onne und ich hatten eine Beziehung. Deshalb auch der Schlüssel für das Haus.«

»Man hat mir das gesagt«, antwortete der Archäologe.

»Lassen Sie uns nach draußen gehen«, forderte die Museumsdirektorin auf. »Hier drin erinnert mich zu viel an Onne.«

Sie verließen das Haus und wandten sich dem Garten zu.

»Sie können sich vorstellen, dass es mir unter den Nägeln brennt, endlich die Grabbeigabe zu sehen«, sagte von Klettenberg ruhig.

»Sie meinen das Modell der Totenbarke?« vergewisserte sich Merle.

»Ja«, nickte er.

»Sie ist nicht mehr da«, antwortete Merle und blickte den Professor verstört an.

»Was?« Der Professor aus Berlin musste sich zusammenreißen, um nicht laut loszubrüllen. »Sind Sie sicher!?«

»Ja, ich muss die Polizei verständigen«, sagte sie und wirkte abwesend. »Was wird jetzt aus dem Museum?«

»Ist Ihnen nicht gut?« hakte von Klettenberg nach.

»Alles ist verloren«, seufzte sie und griff zum Telefon.

8

Mit einer gehörigen Portion Wut im Bauch polterte Bürgermeister Ove Doßmann auf die Terrasse.

»Wer von Ihnen ist Olofsson?« rief er laut.

Der Reisebürobesitzer sowie Miriam und Cat blickten verblüfft zu dem schwitzenden Mann, der wie ein Berserker wild mit den Armen wedelte.

»Das bin ich, mein Herr«, antwortete Olofsson laut und deutlich.

»Schön«, zischte der Bürgermeister und setzte sich zu den Dreien an den Tisch.

»Haben Sie bloß keine Hemmungen, sich ungebeten zu uns zu setzen«, kritisierte Miriam bissig.

»Ich bin der Bürgermeister dieser Gemeinde«, erklärte er zischend, als ließe man Druck aus einem Dampfbehälter. »Und Sie scheinen Gerüchte zu verbreiten, die dieser Gemeinde schaden.«

»Was für Gerüchte?« fragte Olofsson freundlich zurück.

»Das Onne Griebke ermordet wurde!« entgegnete der Bürgermeister.

»Das ist in der Tat der Fall«, erwiderte Olofsson.

»Jetzt machen Sie es schon wieder«, knurrte der Bürgermeister.

»Darf ich dazu anmerken, dass es Beweise für einen Mord gibt«, erklärte Olofsson.

»Und wieso sagt die Polizei, es sei ein Unfall?!«

»Weil sie inkompetent ist!«

»Was erlauben Sie sich!«

»Bitte, meine Herren«, mischte sich Cat laut ein. Sie knallte ihren Dienstausweis auf den Tisch und sagte leise, aber mit der Schärfe eines Samuraischwertes: »Beruhigen Sie sich, Herr Bürgermeister. Es gibt in der Tat Indizien, dass der Tod willentlich herbeigeführt wurde. Was man umgangssprachlich Mord nennt.«

Doßmann zog den Dienstausweis zu sich heran, dann sah er Cat verdutzt an und meinte: »Wie ist das möglich, dass Sie so schnell hier sind?«

»Ich war mit Onne Griebke verabredet, doch zu einem Treffen kam es nicht mehr«, antwortete Cat.

Ove Doßmann sackte in sich zusammen. Es schien, als hätte man die Luft aus ihm herausgelassen. Er atmete ein-, zweimal tief ein, dann straffte sich sein fülliger Oberkörper wieder und er fragte: »Was können Sie mir sagen?«

Olofsson berichtete, was sich in der Sturmnacht ereignet hatte. Der Bürgermeister hörte aufmerksam zu und meinte: »Warum sollte man Onne töten wollen?«

»Das kann ich Ihnen vielleicht erklären«, sagte plötzlich eine Männerstimme.

Professor Alfons von Klettenberg hatte sich unbemerkt an den Tisch herangeschlichen. Ihm zur Seite stand Dr. Merle Liesenfeld.

Eine mysteriöse Ladeliste 3.

Die beiden Akademiker standen verlegen auf der Terrasse.

»Bitte, setzen Sie sich doch«, bat Olofsson, der mit Interesse den Kleidungsgeschmack des Professors wahrnahm.

Unterdessen stellte der Bürgermeister Dr. Merle Liesenfeld vor: »Frau Doktor ist die Leiterin des Museums am Meer in Büsum. Sie arbeitet mit dem Museum in St. Peter-Ording zusammen.«

»Ja, und ich bin Professor Dr. Alfons von Klettenberg.« Der Archäologe übernahm seine Vorstellung selbst. An mangelndem Selbstbewusstsein fehlte es dem Mann nicht.

Nachdem auch Raphael Olofsson, Miriam und Cat sich vorgestellt hatten, übernahm der Bürgermeister erneut die Gesprächsführung.

»Frau Doktor, Sie können uns sagen, warum Onne umgebracht wurde?« Voller Spannung wartete er auf eine Antwort.

Olofsson irritierte das Verhalten des Politikers. Vor nicht einmal fünf Minuten hatte er noch jegliche Äußerung zu einem Mord abgewehrt, und nun schien er es nicht abwarten zu können, ein mögliches Motiv zu hören?

»Der Fluch des Pharao hat meinen Freund getroffen«, erklärte sie mit ernster Stimme.

Miriam zog eine Sonnenbrille aus ihrer Jacke und setzte sie auf. Olofsson wusste, dass sie hinter der Brille mit den Augen rollte.

Cat blieb ernst. Sie war Profi genug, ihre Überraschung zu verbergen.

»Wie stellt sich der Fluch dar? Ich meine, bei den Todesfällen nach der Öffnung des Grabes von Tutanchamun starben die Menschen an einem Schimmelpilz«, sagte die BKA-Kommissarin nüchtern.

»Da haben Sie völlig Recht«, warf der Professor ein. »Es handelte sich dabei um einen Schimmelpilz aus der Gattung Aspergillus, den sogenannten Aspergillus flavus. Neueste Forschungsergebnisse zeigen, dass die Ägypter diesen Pilz gezielt als Waffe gegen Grabräuber eingesetzt haben.«

»An einem Pilz ist der Hotelier ganz sicher nicht gestorben«, murmelte Miriam.

»Ich hatte auch nicht an eine reale Vergiftung gedacht«, erklärte die Museumsleiterin. »Er ist vielmehr im übertragenen Sinne zu verstehen.«

»Es fällt mir immer noch schwer, einen Sinn in Ihrer Aussage zu verstehen«, stöhnte Miriam. »Meinen Sie, dass diese Totenbarke, von der Onne Griebke uns erzählt hat, den Fluch ausgelöst hat?«

»Ja, denn wenn ich Onne richtig verstanden habe, hatte die Barke einen besonderen Wert«, flüsterte Merle. »Sie ist verschwunden.«

»Dem kann ich nur zustimmen«, nickte von Klettenberg.

»Arbeiten Sie zusammen, Frau Dr. Liesenfeld und Dr. von Klettenberg?« Olofsson hatte die beiden Museumsleute schweigend beobachtet. Ihm war das Zusammenspiel der beiden nicht verborgen geblieben.

»Nein.« Der Professor reagierte zu impulsiv.

»Wir haben uns eben erst kennengelernt«, stellte Merle klar. »Drüben in Onnes Haus.«

»Im Haus von Onne, das ein Tatort ist. Sie verwirren mich!« Olofsson musterte die Akademiker, als wären sie bunte Schmetterlinge in einem Glas.

»Onne war mein Freund. Ich habe einen Schlüssel«, platzte es aus Merle heraus. »Glauben Sie, ich hätte ihn umgebracht?«

»Die Totenbarke ist verschwunden?« hakte Cat nach.

»Ja, die Vitrine ist leer«, nickte Merle.

»Und wie haben Sie sich kennengelernt?« Cat wollte die Beziehung der beiden Akademiker verstehen.

»Das kann ich erklären«, sagte von Klettenberg und verfiel in einen Tonfall, den man sich gut in einem Hörsaal vorstellen konnte. »Herr Griebke und ich hegen schon seit geraumer Zeit eine erfolgreiche Arbeitsbeziehung. Ich habe ihm dabei geholfen, eine Expertise über die Totenbarke zu erstellen, sowie unter anderem auch eine lückenlose Historie des Stücks. Wir haben uns per Videochat und per E-Mail ausgetauscht. In diesen Gesprächen haben wir auch über Frau Dr. Liesenfeld gesprochen. Wie ich erfahren habe, hatten Sie großes Interesse, Ihr Museum mit besonders wertvollen Exponaten aufzufrischen, die als Strandgut angeschwemmt wurden.«

»Ja, darüber habe ich mit Onne intensiv geredet. Und er hatte sich schließlich bereit erklärt, die Totenbarke dem Museum als Dauerleihgabe zu überlassen.«

»Nie und nimmer«, zischte von Klettenberg. Von einer Zusammenarbeit mit der Museumsleiterin schien er meilenweit entfernt zu sein.

»Wer außer Ihnen hat noch von dem Kunstgegenstand und seiner Bedeutung gewusst?« Cat benutzte ihre Verhörstimme, was bei Miriam eine feine Gänsehaut auslöste.

»Oh, das hat jeder gewusst«, mischte sich der Bürgermeister ein. »Onne hat bei jeder Gelegenheit davon gesprochen, ein zweiter Howard Carter zu werden.«

»Er wird ja wohl kaum ein Pharaonengrab im Wattenmeer finden«, scherzte Miriam.

»Wenn er die *Gottfried* gefunden hat, dann kommt er den Schätzen des Grabmals von Tutanchamun ziemlich nahe«, bemerkte von Klettenberg.

»Ihnen ist schon klar, dass Sie beide ein schönes Mordmotiv haben?« fragte Miriam und blinzelte die beiden Akademiker an.

2

»Wir müssen uns im Haus umsehen«, sagte Cat scharf, »besonders jetzt, wo diese Museumsleute vielleicht Spuren vernichtet haben könnten.«

Die Akademiker hatten sich mit dem Bürgermeister zurückgezogen. Miriam, Cat und Olofsson saßen immer noch auf der Terrasse.

»Ja, das sollten wir«, nickte Miriam und nahm die Sonnenbrille wieder ab.

»Haben Sie die Kleiderwahl des Professors bemerkt?« Olofssons Gesichtsausdruck strahlte. »Diese Art von Mode wurde in den Goldenen Zwanzigern von Gentlemen getragen.«

»Ist das relevant für den Fall?« Cat stand langsam auf.

»Nun, sagen Sie es mir. Eine populäre Cinema-Figur trägt ebenfalls diese Art von Kleidung, wenn sie vor ihren Studenten steht«, antwortete Olofsson verschmitzt.

Miriam schlug sich gegen die Stirn und grinste: »Natürlich, deshalb wirkt der Kerl so lächerlich.«

Cat runzelte die Stirn. »Was?!«

»Indiana Jones«, sagte Miriam. »Der Professor imitiert Indiana Jones. Er ist auf Schatzsuche?!«

»Ja, das nehme ich an«, nickte Olofsson und stand ebenfalls auf. »Wir sollten uns jetzt die Wohnung des Verstorbenen ansehen.«

»Wir können nicht ohne Durchsuchungsbescheid rechtskräftige Beweise sichern«, erklärte Cat nachdenklich.

»Das hatte ich auch nicht vor«, antwortete Olofsson. »Es geht jetzt erst einmal um die Feststellung der Sachlage.«

»Die Sachlage ist klar. Toter Mann, verschwundenes Kunstwerk aus dem Jahr 1500 vor Christus.« Miriam folgte den beiden.

Sie gingen einen schmalen Weg entlang, der sie um das Hotel herum in den Hinterhof führte. Vom gestrigen Sturm lagen kleine Äste und Blätter auf dem noch feuchten Pflaster. Miriam trug weiße Sneaker und stelzte zwischen den matschigen Stellen hin und her.

»Führst du einen Tanz auf?« fragte Cat grinsend.

Miriam verengte die Augen, was ihre Augenbrauen zu einem V zusammenschob.

»Siehst du den Matsch? Der ruiniert meine Sneakers.«

»Auf dem Hof wird es besser«, tröstete Cat.

Es war erstaunlich, wie unbedacht man sich nach dem Tod des Hausherrn verhielt. Merle hatte die Haustür offengelassen. Niemand schien daran etwas Ungewöhnliches zu finden.

»Haben die keine Angst, dass etwas gestohlen werden könnte?« meinte Miriam.

»Wenn diese Merle Recht hat, dann wurde das Wertvollste bereits gestohlen«, antwortete Cat.

»Interessant, dass Sie das Artefakt zuerst nennen«, bemerkte Olofsson.

»Was denn sonst?« entgegnete Cat.

»Na ja, als Erstes wurde wohl das Leben von Onne Griebke genommen.«

Miriam nickte Cat zu und dachte: ›Wo der Chef Recht hat, da hat er Recht.‹

Im Flur des Hauses sah alles so aus wie am Abend zuvor, bloß das jetzt keine Leiche im Eingang lag.

»Wir sollten uns aufteilen«, schlug Cat vor.

»Einverstanden«, nickte Miriam und ging die Treppe hinauf in Richtung Arbeitszimmer.

»He, da wollte ich nachsehen«, zischte Cat und folgte ihr.

»So viel zu Ihrem Plan«, seufzte Olofsson und ging ebenfalls die Treppe hinauf.

Das Arbeitszimmer war riesig und glich einem Professorenzimmer, wie es in einem Indiana-Jones-Film als Kulisse, zum Beispiel im Ägyptischen Museum von Kairo, hätte dienen können. Nur war der Raum echt und bestand nicht aus Pappmaschee.

Ein Bücherregal, das sich entlang der Innenwand über die gesamte Länge des Raumes zog und nur dort unterbrochen war, wo ein mit Hieroglyphen bemalter Pfeiler die Decke abstützte, war vollgestopft mit Folianten, Büchern und kleinen antiken Kunstgegenständen. An den Wänden hingen alte Landkarten oder wertvolle Drucke, die Darstellungen aus Pharaonengräbern zeigten. Ein orientalischer Teppich lag über einem Ahornparkett, das wie ein Schiffsboden verlegt war. Überall auf dem Boden standen Fundstücke, die Onne Griebke aus dem Meer gefischt hatte. Hier und da fanden sich Nachbildungen von ägyptischen Grabbeigaben. Zwischen Skulpturen und Fundstücken stapelten sich Bücher oder Ordner.

Im vorderen Teil des Arbeitszimmers standen zwei filigrane Sofas mit einem flachen Tisch in der Mitte. Sie waren mit einem Stoff aus Art-déco-Muster bezogen. Weiter hinten im Arbeitszimmer thronte ein verschnörkelter Schreibtisch aus Nussbaumholz. Er war beladen mit Papieren und Büchern. Vor dem Schreibtisch stand eine Vitrine auf einem zum Schreibtisch passenden Holzgestell. Ihre Wände waren aus geschliffenem Kristallglas gefertigt. Sie war nicht größer als eine Hutschachtel. Doch das Erschreckende an ihr: Sie war leer.

»Also wurde das Kunstwerk gestohlen«, stellte Miriam trocken fest.

Cat nickte und sah sich die Vitrine genauer an. Das Schloss war unbeschädigt und auch sonst gab es keinerlei Spuren eines gewalttätigen Vorgehens.

»Der Dieb wusste, wo sich der Schlüssel befand«, meinte die Kommissarin. »Ich denke, jetzt habe ich einen Ansatz, die Ermittlungen zu übernehmen.«

Sie griff zu ihrem Handy und rief ihre Dienststelle an.

Unterdessen war Olofsson um den Schreibtisch gegangen. Eine Karte der westlichen Umgebung von Luxor und Karnak aus dem Jahr 1909 lag halb zusammengefaltet neben einem Stapel handschriftlicher Notizen und Fotokopien. Die Fotokopien zeigten Tabellen und Listen, die in Kurrentschrift geschrieben waren.

»Was haben Sie da?« fragte Miriam und trat neben ihren Chef. »Oh, das sieht nach einer Schatzkarte aus.«

»Nur weil eine Karte alt, sehr alt ist, muss sie nicht einem Freibeuter gehört haben«, bemerkte Olofsson und deutete auf die Handschriften. »Das ist viel interessanter. Sehen Sie, es scheint eine Auflistung zu sein.«

»Das ist altdeutsch, können Sie das noch lesen?«

»So wie es aussieht, hat Griebke die Tabellen und Listen ins Hochdeutsche übersetzt.« Olofsson nahm sich eine der Kopien.

»Das ist eine Ladeliste«, sagte er und las weiter. »›Zwei Kisten, á zwei Schiffspfund, drei Fuß breit, vier Fuß lang und drei Fuß hoch.‹ Und so geht es weiter.«

»Steht irgendwo, zu wem oder was die Ladeliste gehörte?« fragte Miriam.

»Ja«, nickte Olofsson, »die Ladeliste gehörte zur *Gottfried*.«

Unterdessen beendete die Kommissarin ihr Gespräch. Mit einem breiten Grinsen sagte sie: »Jetzt ist es offiziell. Ich ermittle in einem Raubüberfall!«

Sie bemerkte, dass Olofsson und Miriam gar nicht zuhörten und ging zu ihnen. Olofsson hielt eine Fotokopie in der Hand.

Cat erkannte das Blatt.

»Das Ladeverzeichnis stammt aus unserem Archiv. Ich habe es Onne vor Wochen zugeschickt.«

»Dann geht es bei diesem Geheimnis also tatsächlich um die *Gottfried*«, schnaufte Miriam. »Die beiden Museumsleute hatten Recht!«

»Es sieht danach aus«, nickte Cat und sah sich auf dem Schreibtisch um.

Olofsson nahm unterdessen weitere Notizen von Onne in die Hand und las.

»Der Archäologe war dabei, die damaligen Maßeinheiten in die heute geltenden umzurechnen«, bemerkte Olofsson. »Was bezweckte er damit?«

3

Was Onne Griebke mit der mühsamen Umrechnung bezweckte, war seiner Ex-Ehefrau egal. Fenja Griebke lenkte ihr Sportcabriolet rasant um die Blumenuhr und hielt mit einem kurzen Quietschen der Reifen direkt vor dem Tor. Horst stand bereits dort und erwartete die neue Besitzerin des Hotels. Denn bevor sich die Hotelkauffrau auf den Weg gemacht hatte, hatte sie mit ihrem Anwalt gesprochen. Es half, dass ihr Anwalt auch der Anwalt ihres verstorbenen Mannes war. So bekam sie eine inoffizielle Bestätigung, dass das Hotel im Testament ihr zugesprochen wurde. Mehr wollte Fenja nicht wissen und war gleich danach losgefahren. Was mit den *anderen Sachen* geschehen sollte, hatte der Anwalt ebenfalls mitgeteilt, aber das war Fenja egal.

Sie schob die Fahrertür auf und drehte elegant ihre langen Beine aus dem Auto.

»Immer noch das Faktotum, Horst?«

»Ja, Frau Griebke«, nickte Horst. »Schön, Sie wieder hier zu haben.«

»Na, die anderen werden das wohl anders sehen«, grinste Fenja wölfisch. »Das Gepäck ist im Kofferraum. Der Schlüssel steckt.«

»Bringe Ihnen das Gepäck auf Ihr Zimmer. Nehme doch an, dass es das übliche Gemach sein soll?«

»Korrekt«, nickte sie und sah sich um.

»Den Wagen parke ich im Hinterhof«, murmelte Horst und öffnete den Kofferraum.

»Was ist mit der Blumenuhr passiert? Und wo ist der alte Ahorn geblieben?«

»Der Sturm«, antwortete Horst, als ginge ihn diese Baustelle nichts an.

»Hm«, knurrte die neue Hotelbesitzerin und schritt durch das Tor.

Fenja Griebke trug nicht nur einen nordischen Namen, sie hatte auch das Aussehen einer Wikingerin. Sie trug einen locker geflochtenen Zopf, der ihr bis über das Schulterblatt reichte. Ihre flaschengrünen Augen funkelten, als wolle sie Brunhilde im Kampf beistehen. Fenja trug einen engen Rock und eine Bluse, die ihre Rundungen zur Geltung brachten. Mit ihren hohen Stilettos wirkte sie größer als sie war. Ihr Gang spiegelte ihre Entschlossenheit, Dinge am Schopf zu packen und nach ihrem Willen zu gestalten, wider. Die

Stilettos knallten auf den Dielenboden, als wären es Peitschenschläge.

Maria hörte sie bereits, bevor Fenja ins Foyer eintrat.

»Mein Beileid«, sagte Maria höflich, als Fenja zu ihr an die Rezeption trat.

»Danke, aber wir beide wissen, was ich von meinem Ex gehalten habe«, antwortete sie in einem geschäftsmäßigen Ton. »Also lassen wir die Gefühlsduselei und kommen gleich zum Wesentlichen. Wo ist der Personalplan? Wie viel Gäste sind eingecheckt und wie sieht der Menüplan aus?«

Maria griff unter das Pult und zog eine Mappe heraus.

»Hier finden Sie alle wichtigen Informationen«, sagte Maria.

»Oh, gut!« nickte Fenja überrascht. »Dann werde ich mich mal frisch machen und die hier lesen.«

Sie klopfte auf die Mappe.

»Bitte, nehmen Sie sich Zeit. Wir halten hier die Stellung.« Ein mattes Lächeln war alles, was Maria ihrer neuen Chefin entgegenbrachte.

In diesem Moment stürmte Martin Puck aus der Küche ins Foyer.

»Hallo, Fenja, jetzt hast du ja das, was du schon immer haben wolltest.« Der Koch betonte jede Silbe, als sollte der Satz in einen Grabstein gemeißelt werden. Versöhnlicher ergänzte er: »Der Bürgermeister will mit Dir sprechen.«

»Ist es immer noch Ove?«

Martin nickte.

»Will er Geld?«

»Rede mit ihm. Er ist noch irgendwo im Haus«, antwortete Martin.

»So?!« Fenja wirkte überrascht.

Unterdessen vibrierte Martins Handy in der Hosentasche. Der Koch verabschiedete sich, griff zu seinem Telefon und ging zurück in die Küche.

Fenja sah ihm nach, während ihre Gedanken nach einem Grund für Doßmanns Anwesenheit suchten.

»Der Bürgermeister ist mit einem der Gäste auf dessen Zimmer gegangen«, erklärte Maria.

»Weiblich?!« Fenjas weiße Zahnreihen blitzten auf.

»Dr. Merle Liesenfeld«, nickte Maria.

»Die Schlampe ist aber schnell«, giftete Fenja. »Welches Zimmer?«

Maria nannte die Zimmernummer und Fenjas Stilettos knallten erneut auf den Dielenboden.

4

Nebenan in der kleinen Kate des verstorbenen Griebke sortierte Olofsson die handschriftlichen Notizen, während Cat einen Regalordner untersuchte. Miriam durchstöberte derweil das meterlange Bücherregal, das sich über die gesamte Länge des Arbeitszimmers hinzog.

»Hört euch das mal an«, sagte Cat, die einen Ordner gefunden hatte, der die Historie der Totenbarke enthielt.

»Und, was soll das bringen?« meinte Miriam, die ein altes Buch aus dem Regal zog.

»Informationen«, antwortete Cat.

»Wohl kaum über den Mörder«, entgegnete Miriam gelangweilt, die in dem Buch zu lesen begann.

»Aber vielleicht hilft es uns, die Geschichte der Totenbarke zu verstehen«, antwortete Cat unbeirrt. »Sie wurde in einer Kiste verpackt, die mit dem Anubiskopf gekennzeichnet war und ging mit dem Untergang der *Gottfried* verloren.

Dann wird sie, die Kiste, 1872 von Wilhelm Griebke am Strand gefunden. Das ist Onnes Ururgroßvater. Er kommt bei dem Versuch, die Kiste zu bergen, um. Paul Griebke, der Sohn, zieht Vater und Kiste an Land. Die Kiste wird auf dem Dachboden verstaut.

1915 – Paul macht die Kiste zum ersten Mal auf. Er findet das Modell einer Totenbarke. Es ist der Tag, an dem er einen Einberufungsbefehl erhält. Paul stirbt im Ersten Weltkrieg. Die Kiste wird wieder auf dem Dachboden verstaut.

1929 – Friedrich, Sohn von Paul, nimmt die Kiste wieder vom Dachboden. Es ist die Zeit der Weltwirtschaftskrise und er hofft, in Berlin einen Gewinn mit dem Verkauf der Totenbarke zu machen. Er bringt die Kiste samt Inhalt zum Ägyptischen Museum. Es ist Mai und in Berlin brechen die später sogenannten Mai-Unruhen aus. Friedrich wird schwer verletzt, kommt aber mit dem Leben davon.

1933 – Das Ägyptische Museum meldet sich bei den Griebkes. Es ist nicht an dem Stück interessiert, da es keine glaubhafte Expertise gibt, die einen Fundort in Ägypten dokumentiert … oh, hier wurde eine Notiz eingeführt … sie lautet ›Ladeliste und persönliche Aufzeichnungen von M. noch nicht bekannt.‹«

Cat blickte zu Olofsson.

»Das muss Onne nachträglich herausgefunden haben«, meinte Olofsson. »Wie geht die Geschichte der Kiste weiter?«

»Also, das Museum gibt wegen fehlender Expertise die Kiste samt Inhalt an die Familie Griebke zurück.

1946 – sie taucht wieder auf, als Friedrich versuchte, sie auf dem Schwarzmarkt zu tauschen. Er wird dabei erschossen. Die Polizei nimmt das Stück an sich und gibt es später an die Ehefrau zurück.«

»Da muss man sich ja fragen, ob wir dem Ding wirklich hinterherjagen sollten?« maulte Miriam.

»1976 – Onne findet die Kiste auf dem Dachboden. Er beginnt sich für Ägypten zu interessieren. Hier endet die Historie.

Könnte es sein, dass das Ding zum Schluss gar nichts wert ist?«

»Na, das würde ich nicht sagen«, grinste Miriam, die immer noch das Buch in der Hand hielt. »Hört euch das mal an.

›*Sphinxe und Stierköpfe, die einige zu* Karnak *gefunden haben wollen, bemerkte ich nicht; die vorhandenen haben weder Löwenkörper mit menschlichen Antlitzen, jedoch ohne eine Spur von weiblicher Bildung, oder Widderköpfe. Sphinxe nennt man jetzt in Ägypten auch jene sitzenden weiblichen Statuen mit Löwen- oder Katzenköpfen, die zu Theben sowohl am rechten Ufer des Nils, als auch am entgegengesetzten in der Nähe der Kolosse* Tama *und* Chama *gefunden werden, wo sie, in Reihen aufgestellt, den Zugang zu einem Gebäude gebildet zu haben scheinen. Eine wohl erhaltene Statue dieser Art aus schwarzem Granit erwarb ich für meine Sammlung.*‹

Was sagt ihr jetzt!«

»Was hast du da vorgelesen?« Cat legte den Ordner beiseite.

»Das ist aus dem Reisebericht deines Verwandten, Generalleutnant von Minutoli. Wenn er hier vom Kauf einer Granitstatue berichtet, hat er vielleicht auch erwähnt, wo er die Totenbarke gefunden hat?«

»Das wäre eine Sensation«, antwortete Cat. »War es das, was Onne gefunden hat?«

»Dazu müsste man das Buch ganz lesen«, bemerkte Olofsson mahnend an Miriam gerichtet. »Allerdings bezweifle ich, dass eine mögliche Erwähnung der Totenbarke einen Mord wert gewesen wäre. Heutzutage ließe sich der Wert des

Exponats wissenschaftlich nachweisen. Nein, da muss weitaus mehr dahinterstecken.«

»Jedenfalls ist es ein Anfang«, stöhnte Cat. »Ich muss jetzt einchecken, damit ich mein Zimmer erhalte und aus den Klamotten komme.«

»Unbequem solche Treter, was?!« hetzte Miriam, die weiter in dem Reisebericht schmökerte.

»Ja«, nickte Cat. »Gibt es hier noch etwas zu tun?«

»Nein, ich denke, wir haben uns für den Moment einen Überblick verschafft. Es wäre aber wünschenswert, das Arbeitszimmer zu versiegeln.« Olofsson griff zu einem dicken Notizbuch, das zwischen den Notizen lag.

»Das lässt sich einrichten. Die örtliche Polizei sollte eigentlich schon längst hier sein.«

Miriam trat an eines der Fenster und blickte auf ein Feld, das hinter dem Haus lag.

»Der Hinterhof liegt auf der anderen Seite«, sagte sie.

»Ich gehe zurück ins Hotel«, antwortete sie. »Bleibt ihr hier, bis die Polizei das Büro versiegelt.«

»Das Buch nehme ich mit«, sagte Miriam.

Cat nickte und ging die Treppe hinunter in den Hof. Dort hielt gerade ein Polizeiwagen. Mit einem freundlichen Lächeln begrüßte Cat die Beamten und stellte sich vor.

»BKA, welche Ehre«, brummte ein älterer Polizist in Uniform. »Ich bin Polizeihauptmeister

Robert Puck und das ist Polizeiobermeisterin Frau Müller. Sie war heute Morgen am Tatort.« Puck atmete einmal tief ein und stellte dann fest: »Also war es doch Mord.«

»Ja«, nickte die Kommissarin kurz, ohne auf die Versäumnisse der örtlichen Polizei einzugehen. »Wenn Sie bitte das Haus sichern und das Arbeitszimmer von Onne Griebke versiegeln würden! Momentan sehen sich zwei Berater von mir im Haus um.«

»Machen wir«, nickte Puck, während er überlegte, ob sie überhaupt amtliche Siegel im Auto dabei hatten.

»Gut. Sie finden mich im Hotel, wenn Sie Fragen haben.« Cat verabschiedete sich.

Sie ließ die Kollegen im Hof zurück, ging zu ihrem Auto, holte eine Reisetasche und eine Aktentasche von Campomaggi im Vintagestil. Die Aktentasche enthielt die von Onne gewünschten Unterlagen aus dem Familienarchiv. Cat hoffte, dass es auf ihrem Zimmer einen Safe gab. Die Unterlagen waren zu wertvoll, um sie einfach im Zimmer liegen zu lassen.

Maria stand hinter der Rezeption, als Cat endlich eincheckte.

5

Das Stakkato der Highheels klang durch den oberen Hotelflur. Fenja bog in einen Nebenflur, der nur dem Personal vorbehalten war. Hier befanden sich die privaten Räume der Angestellten und die alte Wohnung des Hoteliers. Horst hatte Fenjas Gepäck im Wohnzimmer abgestellt. Die alten Möbel waren mit Tüchern bedeckt und es roch etwas muffig. Fenja öffnete die Fenster, dann ging sie in die Küche. Dort kontrollierte sie den Kühlschrank, der leer und abgeschaltet war. Sie steckte den Stecker in die Stromdose und das Gerät begann leise zu summen.

»Gut.« Sie nickte, schloss den Kühlschrank und ballte die Faust, »dann wollen wir mal!«

Fenja eilte zurück in den Flur und straffte ihren Körper, als sie vor Dr. Merle Liesenfelds Zimmer stand. Dann klopfte sie zweimal laut an.

»Herein!« hörte sie von innen rufen.

Mit Elan stieß Fenja die Tür auf und trat ein.

»Oh!« Merle sah die neue Besitzerin des Hotels überrascht an.

»Hallo, Merle«, grüßte unterdessen Fenja.

Merle saß zusammen mit Bürgermeister Doßmann und Professor von Klettenberg um einen kleinen Tisch, auf dem verschiedene Bildbände aufgeschlagen lagen.

»Hallo zusammen«, lächelte Fenja mit einem breiten Haifischgrinsen. »Ich hoffe, niemanden zu stören!«

»Du störst doch nicht«, beeilte sich Doßmann zu sagen und eilte auf Fenja zu. »Schön, dass du wieder da bist.«

»Na, das sieht wohl nicht jeder in diesem Raum so«, antwortete sie scharf.

»Entschuldigen Sie«, mischte sich von Klettenberg ein. »Aber wir hatten noch nicht das Vergnügen.«

»Darf ich vorstellen«, sagte Merle gereizt, »das ist Professor von Klettenberg. Er lehrt an der Freien Universität Berlin.«

Der Professor stand auf und verbeugte sich langsam. »Ihr Mann und ich haben eine Leidenschaft geteilt.«

»Ex-Mann! Und sparen Sie sich das Gesülze! Ich hab es nicht so mit dem Museumskram«, antwortete sie scharf. »Bürgermeister, du wolltest mich sprechen!«

Doßmann nickte und sah die beiden anderen an.

»Wenn Sie uns entschuldigen würden«, sagte er und wollte das Zimmer verlassen.

»Du kannst dein Anliegen ruhig hier äußern«, befahl Fenja. »Das würde der Dame hier gleich einmal aufzeigen, dass bei dir kein Geld zu holen ist.«

»Ich habe Onne nicht verlassen!« Merles Augen funkelten. »Du hast nie verstanden, was für ein Schatz der Mann war.«

»Ich hab es lange genug mit ihm ausgehalten, um zu erkennen, dass diese Ägyptologie mehr Einnahmen auffraß, als dass sie je etwas abwarf.«

»Es geht um ein höheres Ziel. Doch um das zu verstehen, muss man mehr als Gewinnoptimierung im Kopf haben.« Merle war zu einer Auseinandersetzung bereit.

»Na ja, dein höheres Ziel kannst du dir jetzt an die Backe schmieren«, erwiderte Fenja grimmig. »Die Fundstücke hat er dir vermacht. Also freue dich.«

Die Museumsleiterin ließ für einen Augenblick ihren Mund offen stehen. Hatte sie Fenja richtig verstanden? »Du willst mich auf den Arm nehmen!?« sagte sie schließlich.

»Merle, was hätte ich davon? Nichts!« Sie wandte sich zu Doßmann: »Also Ove, was willst du?«

»Wir müssen die Biogasanlage sanieren.«

»Du meinst, die Gemeinde muss die Biogasanlage sanieren«, korrigierte sie den Bürgermeister.

»Soweit ich sehen kann, gehört das Hotel zur Gemeinde und es ist an die Gasleitung angeschlossen.«

»Das lässt sich auch wieder ändern«, antwortete sie kalt. Dann wurde sie versöhnlicher und meinte: »Ich sehe mir erst mal die Bücher des Hotels an, dann können wir nochmals reden.«

»Okay, damit kann ich leben«, nickte Doßmann zufrieden.

»Frau Griebke«, mischte sich plötzlich der Professor ein, »Ihr Mann hat alle Exponate Frau Dr. Liesenfeld vererbt?«

»Nein, nicht Merle persönlich, sondern dem Museum in Büsum«, erklärte sie. »Wäre ja nicht auszudenken, wenn wirklich was Wertvolles unter dem Krimskrams wäre.«

»Ihnen ist anscheinend nicht bewusst, dass dies in der Tat der Fall ist«, antwortete von Klettenberg ernst. »Das besondere Stück ist allerdings verschwunden.«

Fenja sah zu Merle und dann zu dem Professor. Sie taxierte den Mann, um seine Glaubwürdigkeit abzuschätzen. Onne hatte ihr oft genug von goldenen Schätzen vorgeschwärmt, die sich alle als Katzengold herausstellten. Doch anders als ihr Ex-Mann schien der Professor genau zu wissen, wovon er sprach. Jedenfalls signalisierten seine teure Armbanduhr und die maßgeschneiderte Kleidung eine gewisse Noblesse, die adelige Akademiker gerne zur Schau stellten.

»Sie meinen die Totenbarke?« fragte Fenja.

Der Professor nickte.

»Dann hat der Fluch jetzt auch Onne erwischt«, sagte sie emotionslos. »Merle, Pech gehabt.«

»Du kannst mich mal! Ich verschwinde!« zischte Merle wütend.

»Je schneller, desto besser«, fauchte Fenja. »Ihnen, Professor noch einen schönen Tag.«

Die neue Besitzerin des Hotels verließ das Zimmer. Auf dem Weg zum Hotelbüro dachte sie einen Moment über den Wert der Totenbarke nach und was man damit hätte anfangen können. Doch als sie im Erdgeschoss das Büro erreichte und die Unordnung auf dem Schreibtisch vorfand, waren alle Überlegungen wie weggeblasen.

6

Nachdem Cat sie in Onnes Haus zurückgelassen hatte, waren Olofsson und Miriam bis zur Ankunft der Polizisten geblieben. Sie hatten darauf geachtet, dass die Tür zu Onnes Arbeitszimmer versiegelt wurde. Danach waren auch sie zurück ins Hotel gegangen. Olofsson hatte einen Stapel Unterlagen eingesteckt und sie an den Polizisten vorbeigeschmuggelt. Miriam hatte dagegen das Buch *„Reise zum Tempel des Jupiter Ammon in der libyschen Wüste und nach Ober-Aegypten in den Jahren 1820 und 1821 von Heinrich Freiherrn von Minutoli aus dem Jahr 1824"* offen in der Hand getragen.

Auf ihrem Hotelzimmer hatte sie neugierig weitergelesen:

> *›Den 19ten Dezember Nachmittags um 3 Uhr ritt ich in Gesellschaft einiger Freunde, die* Sakkara *mit mir besuchen wollten, und des Herrn Dr. RICCI, der mich auf der Reise nach Oberägypten als Künstler begleitete, auf Eseln von* Boulak *nach* Altcario, *wohin ich mein Schiff, einen sogenannten* Masch, *mit einem* Reis *und sechzehn Matrosen bemannt, vorausgeschickt hatte. Mit gutem Winde segelten wir hierauf ab, und legten bei Anbruch der Nacht unweit* Bedrischen *an, wo sich eine Salpetersiederei befindet, in der, nach Herren BAFFI'S Methode, dieses Salz ohne*

Feuer, blos durch die Einwirkung der Sonne gewonnen wird. (...) Zur Belohnung seiner für Ägypten höchst wichtigen Erfindung erhielt Herr BAFFI von dem Pascha ein Geschenk von 100,000 spanischen Thalern, eine schöne Wohnung, beträchtlichen Gehalt und freie Lieferung aller Bedürfnisse.

Den 20sten Morgens um 7 Uhr ritten wir auf Pferden und Eseln an Bedrischen *vorbei, die Ruinen von* Abousir *rechts lassend, zwischen* Metraheni *und* Mohanan *über den mit Granit- und Marmortrümmern bestreuten Boden des alten* Memphis. *(...)*

Etwa eine halbe Meile südwestlich von der Stelle, wo ich das alte Memphis vermute, hört das angebaute Land auf, und hier am Saum der libyschen Wüste liegen die Pyramiden von Sakkara, *deren etwa dreißig noch vorhanden sind, die in der Richtung von Osten nach Westen gegen fünf Viertelmeilen und von Norden nach Süden drei und eine halbe einnehmen; von weit mehreren sind blos die Spuren noch übrig.‹*

Miriam legte das Buch zur Seite und tippte „Reis“ in ihr Tablet. Eine Vielzahl von Hinweisen, die alle mehr oder weniger das Nahrungsmittel betrafen, wurde angezeigt. Keiner gab jedoch Auskunft, was man genau unter einem „Reis“ zu verstehen hatte.

»Soviel zum allwissenden Internet«, stöhnte sie, »dann muss man sich das wohl aus dem Zusammenhang erklären. Ich tippe auf Kapitän, da es mal einen Piri Reis gab, der als großer Seefahrer unter den Osmanen galt.«

Sie stand auf und ging ans Fenster. Draußen war von dem nächtlichen Sturm nichts mehr zu spüren. Der Himmel hatte ein dunkles Blau und kleine weiße Schäfchenwolken zogen langsam über die Eiderstedter Landschaft. Sie fühlte sich bestätigt. In dieser Gegend der Republik gab es nichts für einen Stadtmenschen. Es sei denn, man war kurz vor einem Burn-out und brauchte dringend Gänseblümchen und jodhaltige Luft, um runterzukommen. Miriam drohte weder ein Burn-out, noch musste sie irgendwie runterkommen. Der Job als Assistentin in einem Reisebüro war entspannend. Nur die Reisen mit ihrem Chef, die hatten es in der Vergangenheit in sich. Doch diese hier entwickelte sich zu einem glatten Reinfall. Selbst der bedauernswerte Mord brachte den Ausflug nicht richtig in Schwung. Viel zu viel Literatur war da im Spiel. Die Recherche erinnerte sie an ihr unterbrochenes Studium der Kunstgeschichte. Dort galt es als Tugend, Sitzfleisch mitzubringen. Dieser Minutoli dagegen, der hatte Hummeln im Arsch. Er hatte im 19. Jahrhundert noch was zu entdecken. Die Ägyptologie stand noch ganz am Anfang. Und die Ufer des Nil waren sozusagen unberührtes Land, das es zu erforschen galt. Was für ein Abenteuer!

Ihr lautes Stöhnen schwebte durch das Zimmer. Vor lauter Langeweile suchte sie nach einer Abwechslung. Sie fand sie schließlich direkt vor ihrem Fenster. Horst, das Faktotum, hielt sich an einer Schubkarre fest und schlurfte über den Vorhof auf das Beet zu.

Miriam erkannte erst jetzt, dass das runde Beet mit unterschiedlichen Blumen bewachsen war. Anhand der verschiedenen Blütenfarben fiel ihr ebenfalls auf, dass der Gärtner das Beet in zwölf gleich große Kuchenstücke geteilt und bepflanzt hatte. Das musste einen Grund haben, den sie herauszufinden beabsichtigte. Zumal das Beet aussah, als sei jemand quer hindurchgelaufen.

Sie zog sich eine dünne Strickjacke über und verließ das Zimmer. Mit schnellen Schritten eilte sie die Treppe hinunter, durchquerte das Foyer und trat vor das Hotel, als Horst keuchend die Schubkarre vor der Beetumrandung abstellte.

»Moin«, grüßte Miriam mit einem Lächeln.

»Is fast Mittag«, erwiderte Horst knorrig.

»Oh, ich dachte, im Norden sagt man immer „Moin“«, meinte Miriam.

»Komm nicht aus dem Norden«, antwortete Horst und schüttelte den Kopf, dann verengten sich seine matten Augen und er fragte: »Fräulein, wollen Sie was?«

»Sie sind wohl von der Sorte, die immer geradeheraus ist«, grinste Miriam.

»Keine Ahnung, was das für eine Sorte sein soll«, brummte Horst.

Miriam war sich nicht sicher, ob Horst sie auf den Arm nahm oder ob er wirklich so direkt war.

»Ich habe gesehen, dass das Beet mit unterschiedlichen Blumen bepflanzt ist und frage mich, ob das einen bestimmten Grund hat?«

»Fräulein, das hat einen bestimmten Grund«, antwortete Horst und setzte sich auf die Umrandung. »Fällt ihnen an den Pflanzen etwas auf?«

Miriam blickte über das Beet. Eine Brise bewegte die Blüten leicht hin und her. Eigentlich sah sie nichts Außergewöhnliches. Doch sie war vorsichtig geworden, da sie bei Horst ein Funkeln in den Augen bemerkte, als er die Frage stellte. Irgendetwas war zu entdecken, was sie übersah. Sie trat einen Schritt zur Seite und dann noch einen. Horst behielt sie im Auge, während er eine angebrochene Zigarre aus seiner Arbeitslatzhose zog. Miriam hatte bereits das ganze Beet einmal umrundet und wollte aufgeben, als sie es sah.

In einem der Teilstücke wuchs die *Gewöhnliche Gänsedistel* neben der *Tigerlilie*. Sie beobachtete, wie sich die Blüten der Gänsedistel schlossen, während gleichzeitig die Blüten der Tigerlilie aufgingen. Sie blickte verblüfft zu Horst, der mit einem breiten Grinsen nickte und sich die Zigarre anzündete.

»Das ist eine Uhr!« rief Miriam begeistert.

»Eine Blumenuhr nach Linné«, erklärte Horst und stand auf. »Irgendein Trottel ist in der Nacht quer hindurchgestampft.«

»Wer macht so was?« schimpfte Miriam, die die Trittspuren deutlich sehen konnte.

»Jemand, der nicht über einen Baum klettern wollte«, antwortete Horst gelassen.

Miriam musterte den Mann und sah dann zu den am Rand gepflanzten Bäumen. Einige der alten Buchen hatten frische Bruchkanten.

»Soll das heißen, dass heute Nacht auf dem Vorhof Äste lagen?« hakte Miriam nach.

»Äste!« Horst schüttelte den Kopf. »Fräulein, den alten Ahorn hat's umgehauen.« Er nahm die Zigarre aus dem Mund und deutete auf eine Stelle neben dem Hotel. »Hab noch in der Nacht die Überreste weggeschafft. Hätte mich fast auch noch umgehauen, der Sturm.«

Miriam sah sich um. Dann fand sie den abgesägten Baumstumpf, auf den Horst eine Topfpflanze gestellt hatte. Das waren also die Geräusche aus der Nacht gewesen. Der Baum hatte unweit des Tores gestanden und war quer über den Vorhof gefallen. Ihre Gehirnzellen aktivierten sich. Synapsen begannen Neuronen zu verschießen, als müssten sie *Burg Winterfell* verteidigen. Ihr Denkorgan lief auf Hochtouren, während Horst eine Harke in die Hand nahm, die in der Schubkarre lag.

»Warten Sie!« rief sie erschrocken. »Wenn der Baum in der Nacht den Weg versperrt hat, dann könnten die Spuren dort von einem Mörder stammen!«

7

Cat sprang unter die Dusche und genoss die warmen Wasserstrahlen auf ihrer Haut. Für einen Augenblick schloss sie ihre Augen und versuchte an nichts zu denken. Es gelang ihr beinahe.

Die Titelmelodie von „Ghostbusters" schepperte plötzlich aus den kleinen Lautsprechern ihres Handys, das sie auf das Waschbecken neben der Dusche gelegt hatte. Sie drehte das Wasser ab, schob die Duschkabine auf und griff zum Telefon.

Anhand des Klingeltons wusste sie, dass ihr Vorgesetzter am anderen Ende der Leitung wartete.

»Hallo, Chef«, sagte sie freundlich. »Ja, ich habe den begründeten Verdacht, dass es sich um einen Mordfall handelt … und dass möglicherweise ein illegaler Handel mit Kunstgegenständen vorliegt. … Ja, ich gehe vorsichtig vor. Danke!«

Sie legte auf und begann sich abzutrocknen. Dabei ging sie ihre Optionen in Gedanken durch. Zum Schluss wickelte sie ihre Haare in ein Badetuch, schlüpfte in die bereitgelegte Unterwäsche und verließ das Bad.

»Das Erste, was ich jetzt wissen will«, flüsterte sie vor sich hin und begann die Nummer eines Kollegen auf ihrem Handy zu suchen, »ist, wie es mit deren Finanzen aussieht.«

Sie bat den Kollegen, sich die Finanzen von Onne Griebke, Fenja Griebke, Alfons von Klettenberg sowie die des Museums am Meer, Büsum, anzusehen.

»So, dann wollen wir doch mal sehen, was wir herausbekommen«, sagte sie kämpferisch, als es an der Tür heftig klopfte.

»Einen Moment!« rief Cat, doch da flog die Tür schon auf und Miriam stand im Zimmer.

»Hübsche Dessous«, grinste sie. »Zieh dich an, ich habe eine Spur gefunden.«

»He, was soll das«, rief die Kommissarin wütend.

Dann erklärte ihr Miriam, was sie gerade vor dem Hotel herausbekommen hatte.

»Dir ist schon klar, dass solche Spuren nicht viel aussagen müssen«, erklärte Cat.

»Quatsch, man kann Gipsabdrücke nehmen und sie mit Schuhen vergleichen«, konterte Miriam.

»Jetzt sag bloß nicht, dass du das bei Miss Marple gesehen hast!« warnte Cat.

»Äh, ist doch egal«, erwiderte Miriam. »Wir haben zum ersten Mal einen Hinweis, dem man nachgehen kann.«

Die Kommissarin musste zugeben, dass die Spur ein Anfang war und zog schnell die bereitgelegte Kleidung an.

»Jeans!« bemerkte Miriam.

Cat blinzelte sie wütend an und Miriam hielt den Mund.

Zusammen verließen sie Cats Zimmer. Auf dem Flur blieb Miriam plötzlich stehen und eilte in ihr Zimmer. Mit dem Selfiestick in der Hand kam sie zurück. Cat fragte erst gar nicht, was der Stick sollte, und so gingen sie zur Blumenuhr, wo Horst geduldig wartete. Miriam zeigte Cat die Stiefelspuren, die sich quer durch das Beet erkennen ließen.

»Das muss kriminaltechnisch festgehalten werden«, sagte Cat. »Am besten, ich rufe die Spurensicherung.«

»Wo soll die herkommen?« fragte Horst neugierig.

»Husum, da ist das nächstgrößere Revier«, antwortete Cat und sah sich weiter in dem Beet um.

»Ich dachte mir, es wäre nicht schlecht, wenn wir ein Video machen«, schlug Miriam vor und wedelte mit ihrem Selfiestick. »Ich habe immer noch den Stick, da müssen wir nicht in das Beet steigen und können trotzdem auch die Mitte ablichten.«

»Gute Idee«, nickte Cat und zückte ihr Handy, um die Spurensicherung zu informieren.

»Könnte Hilfe gebrauchen«, meinte Miriam unterdessen.

»Fräulein, wie kann ich helfen?« fragte Horst in seiner knorrigen Art.

Während Cat telefonierte, klemmte Miriam ihr Handy in die Halterung des Selfiesticks und begann entlang der Fußspur ein Video zu drehen. Dann stieg sie auf die Umrandung des Beets.

»Ihre Hand, der Herr!« bat Miriam und hielt Horst ihre hin.

Das Faktotum nahm ihre Hand und Miriam beugte sich weit nach vorne, sodass sie mit dem Stick bis in die Mitte des Beets reichte. Das Handy war auf Videoaufnahme gestellt und so konnte sie, wie zuvor auf dem Dach und am Tatort, alles aufnehmen.

»Ich werde noch Coppola Konkurrenz machen«, scherzte sie.

Während die beiden Frauen in der Blumenuhr Spuren ablichteten, beschäftigte Olofsson eine Notiz, die er am Rand eines handschriftlichen Kommentars in der oberen linken Ecke des Papiers gefunden hatte. In dem Kommentar nahm Onne Stellung zu der möglichen Grabstelle der Nofretete, die man im Grabmal des Tutanchamun vermutete. Die Notiz am oberen Rand lautete: *Nach der Reparatur, keine Beschädigung mehr zu sehen.*

Er fragte sich, was Onne repariert hatte. Und warum war ihm das eine Notiz wert? An das Papier war die Kopie eines Zeitungsausschnittes geheftet, der den Kommentar als gedruckten Text wiedergab. Olofsson fand mehrere solcher Blätter, die einen handschriftlichen Text enthielten, an die eine Kopie oder ein ausgeschnittener Zeitungs- bzw. Magazinausschnitt angeheftet war. Zum Glück hatte der Hobbyarchäologe seine Handschriften datiert. So konnte Olofsson den Zeitraum feststellen, in dem die Reparatur stattgefunden hatte. Vielleicht würde sich einer der Angestellten an den Vorfall erinnern.

Da sich ein leichter Kopfschmerz einschlich, der durch das teilweise mühevolle Entziffern von Onnes Handschrift ausgelöst wurde, entschied Olofsson, an die frische Luft zu gehen. Bei der Gelegenheit wollte er die Angestellten ausfragen.

So kam es, dass er vor das Hotel trat, als Miriam, im Vertrauen auf Horsts kräftige Hand gerade mit dem Oberkörper quer über dem Beet hing und dabei den Selfiestick langsam bewegte.

»Was für ein bizarres Arrangement«, bemerkte er und trat an das Beet.

»Stören Sie nicht«, warnte Miriam gequält, »gleich habe ich es.«

»Cat, was macht meine Assistentin dort?« fragte unterdessen Olofsson die BKA-Beamtin.

»Spurensicherung«, antwortete die Kommissarin und deutete auf die Fußspuren im Beet.

Olofsson bemerkte die unterschiedliche Bepflanzung und meinte schließlich: »Ist das möglich?«

Miriam beendete ihren zweiten akrobatischen Einsatz an diesem Tag.

»Was ist möglich?« Sie sah ihren Chef neugierig an.

»Ist das hier eine Blumenuhr nach Linné, dem großen schwedischen Naturwissenschaftler?«

»Ist es«, knurrte Horst, »und irgendein Ignorant ist mittendurchgestampft.«

»Deshalb die Aufnahmen.« Lächelnd deutete Miriam auf ihr Handy und erklärte ihrem Chef, dass in der Nacht ein Ahorn umgefallen sei, der den Vorhof versperrt hatte und der Mörder deshalb durch das Beet laufen musste.

»Interessant«, nickte Olofsson, »dürfte ich mir die Aufnahme einmal ansehen?«

Miriam nickte und startete auf ihrem Handy das gerade aufgenommene Video.

Sie hatte die Spuren gut getroffen, man konnte sogar Ameisen erkennen. Doch die schienen Olofsson nicht weiter zu interessieren. Er bat um eine Vergrößerung einer einzelnen Blüte.

»Sehen Sie, das ist die Blüte einer Nachtkerze«, dozierte er. »Oenothera Biennis ist ihr lateinischer Name. Das Öl der Nachtkerze ist reich an ungesättigten Fettsäuren und wirkt so gegen Entzündungen und Hautreizungen.«

»Schön und gut«, meinte Cat gelangweilt.

»Miriam, Sie haben doch den Tatort ebenfalls aufgenommen?« fragte Olofsson hastig.

»Ja!« nickte die Assistentin.

»Wären Sie so freundlich, mir auch dieses Video abzuspielen?«

Miriam nickte und startete das Video, das sie am Morgen vom Tatort aufgenommen hatte.

Olofsson starrte auf den kleinen Bildschirm, plötzlich rief er: »Halt!«

Miriam stoppte das Video.

»Können Sie diesen Bereich vergrößern?« Olofsson deutete auf die Treppe, die in den ersten Stock in Onnes Haus führte. »Vergrößern Sie bitte diese Treppenstufe.«

Miriam zoomte die Stufe heran.

»Sehen Sie!« Olofsson deutete mit dem Zeigefinger auf das Bild.

Cat stellte sich hinter Miriam, um ebenfalls einen Blick auf das Display des Handys zu werfen. Etwas Gelbes lag auf der Stufe. Miriam vergrößerte das Bild nochmals und sie erkannten ein Blütenblatt.

»Das Blütenblatt ist von der Nachtkerze«, sagte Olofsson überzeugt.

»Sag ich doch.« Miriam wirkte zufrieden und stoppte das Video.

»Nur wissen wir leider nicht, ob es von dem Mörder, den Akademikern oder der netten Polizistin ins Haus getragen wurde«, seufzte Olofsson.

8

Es war Nachmittag und die nette Polizistin Anna Müller saß hinter ihrem Schreibtisch in Garding und musste eine wichtige Frage klären.

»Wenn man Buchstabensuppe isst und sich danach übergibt, ist das dann gebrochenes Deutsch?«

Robert Puck blickte hinter seinem Computerbildschirm auf.

»Was?«

Die Polizeiobermeisterin wiederholte die Frage.

»Keine Ahnung!« Er schüttelte den Kopf. »Wer denkt sich denn so was aus?«

»Oh, da hätte ich noch etwas. Hör zu! Ist ein Raumschiff, das ausschließlich mit Frauen besetzt ist, eigentlich unbemannt?« Sie grinste ihren Kollegen frech an. Anna wusste, dass dies Pucky, wie Robert von seinen Kollegen genannt wurde, auf die Palme treiben werde. Pucky litt unter einer Zwangsstörung, die offene Fragen zur Qual werden ließ und er sie deshalb immer beantworten musste.

»Also zur ersten Frage. Buchstaben allein ergeben noch keine Sprache, also kann es kein gebrochenes Deutsch sein. Und zur zweiten: Das Adjektiv „unbemannt" bezeichnet eine Eigenschaft, nämlich ohne Menschen. Da Frauen aber Menschen sind, lautet hier die Antwort ebenfalls nein, es ist nicht unbemannt.«

Das Telefon klingelte. Pucky nahm den Hörer ab und nickte mehrmals, bis er wieder auflegte.

»Wir müssen nochmals zum Hotel«, sagte er nachdenklich.

»Was?« Anna sah ihren Kollegen überrascht an. »Wegen Onne Griebke?«

»Ja! Die haben Spuren gefunden«, murmelte Pucky. »Ich sollte meinen Bruder anrufen.«

»Das ist keine gute Idee«, meinte Anna. »Wir fahren zum Hotel.«

»Das wird dem Boss nicht gefallen. Theo hätte diese Spuren finden sollen«, erklärte er und blickte auf ein gläsernes Büro, indem Hauptkommissar Nolde saß.

»Dann hätte er nachsehen müssen«, antwortete Anna spitz.

»Die Spurensicherung vom BKA wird kommen. Wir sollen eine gute Figur machen. Der Polizeichef will sich nicht blamieren«, sagte Pucky. »Ich sage Nolde Bescheid.«

»Dieses Püppchen hat also was beim BKA zu sagen«, murmelte Anna nachdenklich.

Pucky stand auf und griff nach seiner Waffe, die in einer Schublade des Schreibtisches lag. Er informierte seinen Vorgesetzten, dann verließen die beiden Polizisten ihre Wache in Garding. Gemütlich lenkte Anna den Dienstwagen über die Kreisstraße nach Poppenbüll. Kurz vor dem Ortsschild wurden sie von einem orangefarbenen Jeep überholt.

»Mensch, was macht denn Wilko da!« rief Pucky erschreckt.

Ein lautes Hupen begleitete das Überholmanöver.

»Er grüßt freundlich«, antwortete Anna mit einem frechen Grinsen. »Hat wohl keine Zeit.«

»Hier gilt 50 km/h«, meinte Pucky.

»Ja«, nickte die Polizeiobermeisterin.

»Und?!« Pucky sah sie fragend an.

»Hat sie nicht überschritten«, antwortete sie gelassen.

»Du solltest dir einen neuen Freund suchen«, schnaufte Pucky.

Anna schüttelte den Kopf.

Wenig später stellte die Polizeiobermeisterin den Dienstwagen neben Wilkos Jeep vor dem

Hotel ab. Sie waren an dem Beet vorbeigefahren und hatten gesehen, dass Cat dort bereits stand.

»Das ist das Püppchen vom BKA?« Pucky grinste seiner Kollegin amüsiert zu.

»Psst, leise, muss sie ja nicht hören«, zischte Anna.

Die beiden Polizisten gingen langsam auf die wartende Kommissarin zu.

»Es gibt also Spuren«, sagte Pucky und sah auf das Beet. »Dort drin?!«

Cat nickte.

»Meine Freundin hat sie gefunden, was eigentlich Ihre Aufgabe gewesen wäre.« Sie stemmte die Hände in die Hüften und erklärte weiter: »Horst, der Gärtner, hätte sie fast zerstört. Ich habe meine Freundin und Horst weggeschickt, damit wir ungestört sind. Und jetzt möchte ich Ihre Sohlen sehen, Frau Müller!«

Anna verengte ihre Augen.

»Sie glauben doch nicht, dass ich da durchgestampft bin!« zischte sie.

»Nun, darf ich …« Cat deutete auf die Dienstschuhe.

Anna stöhnte missbilligend und hob dann den rechten Fuß. Cat kontrollierte die Sohle. Sie war sauber, dann bat sie um den linken Schuh. Auch der war sauber. Außerdem hatte Cat sofort erkannt, dass das Sohlenprofil nicht zu den Spuren im Beet passte.

»Was soll das?« fragte Pucky verärgert.

»Wir haben im Haus eine Spur gefunden, die verifiziert werden muss.«

»Verifiziert?! Was soll der Quatsch? Außerdem ist das Haus versiegelt!« Anna giftete Cat an.

»Keine Sorge, wir waren nach der Versiegelung nicht mehr im Haus, und verifizieren bedeutet, durch Überprüfen die Richtigkeit von etwas bestätigen.«

»Ich weiß, was verifizieren bedeutet, ich bin ja nicht blöd«, zischte Anna. »Aber warum meine Sohlen?!«

»Um Sie als den Spurenleger auszuschließen«, antwortete Cat. »Sichern Sie das Beet, bis die Spurensicherung ankommt. Wir sehen uns später.«

Wenige Augenblicke zuvor war Wilko Benndorf an die Rezeption gestürmt. Nachdem er vormittags keinen Erfolg hatte, hoffte er, nun Fenja anzutreffen.

»Hallo, Maria, wo ist sie?« Der Kapitän der *Mary* klopfte nervös mit den Fingern auf die Theke.

»In ihrem Büro. Du kennst ja den Weg«, sagte Maria.

Wilko nickte und ging durch den kleinen Flur hinter der Rezeption, der zum Hotelbüro führte. Der Kapitän der *Mary* klopfte zaghaft an.

»Jetzt nicht!« schimpfte Fenja.

Wilko öffnete die Tür.

»Ich muss mit dir reden«, sagte er und trat ungebeten ein.

»Wilko!?« Fenja wirkte unsicher. »Was willst du?«

»Onne schuldet mir noch Tankgeld«, antwortete er kalt. »Ich würde es gerne bar mitnehmen.«

»Du hast sicherlich einen Beleg?« hakte sie nach.

»Beleg!? Nein! Du weißt doch, dass wir das freundschaftlich geregelt haben«, erklärte Wilko mit einem Hauch von Wut in der Stimme.

»Also, Onne ist nicht mehr. Wenn du keinen Beleg hast, gibt es kein Geld. Klar!«

Wilko holte tief Luft, ballte die Fäuste und biss die Zähne zusammen.

»Du … du Biest!« zischte er.

Voller Wut knallte er die Tür hinter sich zu.

Fenja zuckte zusammen. Doch der plötzliche Knall war nicht so erschreckend wie das, was sie aus den Büchern des Hotels lesen konnte. Wenn sie die Daten richtig gecheckt hatte, dann stand das Hotel kurz vor der Insolvenz. Und schuld daran war ein sündhaft teures Gutachten, das Onne in Auftrag gegeben hatte.

Während Fenja keinen Gedanken mehr an Wilko verschwendete, schritt der auf den Hof vor dem Hotel. Er sah seine Freundin Anna vor dem Beet stehen und ging zu ihr.

»Hallo, aufregender Job?«

»Ja, wir bewachen die Blumen«, antwortete Pucky. »Könntest du Martin holen?«

»Hab keine Lust, da nochmals reinzugehen«, antwortete Wilko bissig.

»Was ist?« fragte Anna besorgt.

»Fenja, das Biest, will mir die letzte Tankrechnung nicht bezahlen.«

»Du hast doch sicher einen Beleg?« meinte Pucky.

»Mensch, was habt ihr eigentlich immer mit diesen Belegen?« knurrte Wilko.

»Hey, Pucky ist unser Freund«, mahnte Anna. »Fenja beruhigt sich schon wieder und zahlt.«

»Die, nie und nimmer«, sagte Pucky überzeugt und ärgerte sich darüber, noch bevor die letzte Silbe ausgesprochen war.

Wilko schüttelte den Kopf und trat gegen die Umrandung des Beets.

»Was macht ihr hier eigentlich?«

»Wir sichern Spuren«, antwortete Anna. »Könnten vom Mörder stammen.«

Der Kapitän hatte bis jetzt nur das Gerücht gehört, dass sein Freund umgebracht worden sein könnte. Überrascht sah er seine Freundin an.

»Ist es also wahr? Onne wurde ermordet?«

»Ja, es sieht alles danach aus«, nickte Anna.

»Aber weshalb?!« wunderte sich Wilko.

»Keine Ahnung!« Pucky zuckte mit den Schultern, »du müsstest das doch besser wissen bei all den Schätzen, die ihr aus dem Wattenmeer gefischt habt.«

Zwei schwarze Vans rasten die Auffahrt entlang und blieben vor dem Beet stehen. Die Spurensicherung war eingetroffen.

9

Miriam kam es gelegen, dass Cat sie bat, zu gehen, da die Kommissarin allein auf die Kollegen warten wollte. So war sie zurück auf ihr Zimmer gegangen und hatte sofort das Buch von Minotuli aufgeschlagen und weitergelesen:

›*In der Ebene von Sakkara findet man, außer den Pyramiden, die Eingänge zu unzähligen unterirdischen Grotten. Eine mir überlassene Katakombe zeichnete sich nicht blos durch die Regelmäßigkeit ihrer Eintheilung, sondern auch dadurch aus, dass ihre Kammern mit den herrlichsten Hieroglyphen bedeckt waren. (...) Etwa achzig Fuß unter der Erdfläche befand sich der Sarkophag, von Kalkstein und mit den zierlichsten Hieroglyphen bedeckt, den ich indess einem anderen Liebhaber überließ, da ich in einer dritten auf meine Kosten, aufgegrabene Katakombe einen Sarkophag aus Granit entdeckte und herauszuziehen befahl. Zweihundert Arbeiter waren drei Monate lang beschäftigt, ihn mittelst Flaschenzüge durch schachtartige Gänge, da er sehr tief unter der Oberfläche lag, an's*

Tageslicht zu befördern. Er war innen und außen mit Figuren bedeckt, und, obgleich der Deckel fehlte, höchst interessant, ging aber, mit so vielen anderen mühsam und durch bedeutende Geldopfer erworbenen Denkmälern, am Ausfluss der Elbe verloren. (…)

Als wir am 26sten, unfern Bibeh, *bei widrigem Wind, eine gescheiterte Barke, die uns im Wege lag, zu umschiffen versuchten, wurde unser Fahrzeug mit solcher Heftigkeit gegen das Ufer geschleudert, dass wir beinah alle über einander stürzten und das Schiff beschädigt wurde. Der eingetroffene Commandant des Districts lud mich zu sich ein und bewirthete mich, welche Artigkeit ich durch ein Geschenk an sein kleines Kind erwiederte. Nach einigen Stunden wurde der Wind günstig, den ich auch sogleich benutzte, allein durch die Ungeschicklichkeit oder Bosheit des Reis auf eine Sandbank gerieht, von der das Schiff erst nach mehrstündiger Arbeit wieder frei kam. (…)*

Den ersten Januar 1821 erreichte ich gegen Mittag Minieh, *eine kleine, ganz artig gelegene Stadt, mit engen Straßen und schlecht gebauten Häusern, wo sich einst ein Anubistempel befunden haben soll. Sie ist der Sitz eines Kiaschefs, hat fünfhundert Mann Besatzung, scheint ziem-*

lich bevölkert und treibt einigen Handel. Ich verklagte hier meinen Reis, der, wie alle Araber, ungeachtet des beschworenen Contracts, auf nichts, als mich zu hintergehen bedacht war. Statt sechs und zwanzig Schiffleute, für die er bezahlt wurde, befanden sich jetzt auf dem sehr großen Fahrzeuge nur fünfzehn, und unter diesen ein Kind und kränkliche Greise. Lootsen fehlten uns ganz, obgleich uns fast täglich ein Unglück widerfuhr, und der Reis sich verpflichtet hatte, zwei des Obernils kundige Nubier anzunehmen. Zur Anschaffung der nöthigen Lebensmittel auf die ganze Fahrt hatte ich ihm tausend Piaster vorausbezahlt; er versah sich aber nur auf wenige Tage mit Brodt, und ließ das Geld in Cairo zurück. Hier in Minieh erklärte er mir, seine Schiffer hätten nichts zu leben, falls ich weiter wolle, müsse ich für ihren Unterhalt sorgen.(...)

Der Kadi verwies dem Reis seine Treulosigkeit, erklärte sich bereit, ihn auf mein Verlangen köpfen oder an der großen Segelstange seines Fahrzeuges aufhängen zu lassen, bat mich aber, den Schiffleuten, die an dem Betrug unschuldig seyen, zum Ankauf des nöthigen Brodtes Geld vorzuschießen, welches er, der Kadi, im Fall der Nichtzahlung, mir wieder zustellen lassen würde. Ich konnte nicht umhin, der Ge-

rechtigkeit dieses Spruches Beifall zu geben, und der Reis wurde sehr kleinlaut; sobald er aber merkte, dass ich seinen Kopf nicht verlange, hielt er seine List für gelungen. Ich musste zahlen; nicht Brodt, sondern Korn wurde eingekauft, und bis dies gemahlen und verbacken war, verging Zeit, die der Reis gewann, indem ich nicht im Ganzen, sondern auf einzelne Monate mit ihm abgeschlossen hatte. Auch erneuerte er von dieser Zeit an nur ungescheuter seinen Betrug.‹

Ein hinterhältiger Überfall 4.

Den ganzen Spätnachmittag bis in die frühen Abendstunden sicherte das Team der forensischen Abteilung des BKA die Spuren rund um das Hotel und im Haus. Als es zu dämmern begann, beendeten die Beamten ihre Arbeit. Die ganze Zeit über hatte sich Olofsson immer mal wieder zu den Beamten gesellt und Fragen gestellt. Cat begleitete den Reisebürobesitzer bei diesen Informationsbesuchen.

Was feststand war die ungefähre Schuhgröße des im Beet hinterlassenen Abdrucks. Die Experten stellten eine Größe von 42–44 fest. Genau ließ sich das nicht festlegen, da der Boden vom Sturm stark aufgeweicht war. Allerdings merkten die Forensiker an, dass der Abdruck von einer Sohle stamme, die unter den gängigen Gummistiefelmarken zu finden sei.

Die Kommissarin notierte sich den Hinweis und atmete erleichtert auf, als die Kollegen endlich das Feld räumten. Nicht ganz so lange hatten es Anna Müller und Pucky ausgehalten. Sie waren bereits um 17 Uhr wieder auf die Wache zurückgekehrt, da ihr Dienst dann endete. Cat war es nur recht, konnte sie so doch ungestört schalten und walten.

»Es reicht«, stöhnte sie müde, als die Vans den Hof verließen. Sie stand mit Olofsson im Hof hinter dem Hotel.

Der Ex-Agent hielt einen Stapel Papiere unter dem Arm.

»Wir können annehmen, dass diese Schuhgröße eine Frau als Trägerin ausschließt«, sagte er nachdenklich.

»Da wäre ich vorsichtig«, antwortete Cat mahnend. »Ich habe so manche Treibjagd mitgemacht, bei denen die Frauen entsetzt feststellten, dass ihre Pumps für das Gelände ungeeignet waren und sie sich bei den Herren dicke Socken und Stiefel ausliehen und überstreiften. – Also mit hoher Wahrscheinlichkeit haben wir es mit einem Mörder zu tun, aber es kann auch eine Finte sein.«

»Sie überraschen mich immer wieder«, antwortete Olofsson. »Daran hätte ich nicht gedacht, allein wegen der fehlenden Eitelkeit, die die Damen aufbringen.«

Cat wusste von Miriam, dass Olofsson „spezielle" Weltanschauungen vertrat. Es musste eine solche sein, die ihn denken ließ, dass Frauen des gehobenen Standes, unter allen Umständen Nützlichkeit vor Schick bevorzugen würden.

»Ja, es soll sogar uneitle Frauen geben. Jedenfalls wissen wir mit Bestimmtheit, dass das Blütenblatt auf der Treppenstufe aus der Blumenuhr stammte.« Cat atmete laut aus. »Wo ist eigentlich Miriam?«

»Sie ist in den Reisebericht vertieft«, antwortete Olofsson. »Ich werde mich jetzt nochmals in Onnes Arbeitszimmer umsehen, in seinen Notizen hat sich eine Spur offenbart, die ich gerne verfolgen möchte.« Er deutete auf die Unterlagen, die er unter dem Arm hielt.

»Eine Spur?« Es klang nicht so, als interessiere sich Cat jetzt dafür. Sie war einfach zu müde. »Ich gehe was essen und dann lege ich mich erst einmal hin.«

»Legen Sie sich in Morpheus' Arme. Es wird Ihnen danach besser gehen«, riet Olofsson väterlich. »Wenn es Ihnen recht ist, schaue ich später nochmals bei Ihnen vorbei und berichte.«

»Gerne«, nickte Cat und verabschiedete sich.

Die adelige Kommissarin ging durch den Garten ums Hotel zur Terrasse. Die Sonne kratzte am Horizont bereits den Eiderstedter Boden. Es würde nicht lange dauern, dann verging das Tageslicht, und, wie in der ägyptischen Mythologie beschrieben, der Sonnengott Re in eine Barke stieg, um durch die Nacht gezogen zu werden, damit er am nächsten Tag wieder am Himmel erscheinen konnte.

Eine leichte Brise wehte von Westen. Cat fröstelte und sie beeilte sich, ins Hotel zu gelangen.

Voller Vorfreude auf ein heißes Bad, erreichte sie ihr Zimmer. Gedankenverloren schob sie die Zimmertür auf. Eine Faust schlug nach ihr, noch bevor sie den Lichtschalter betätigen konnte. Sie taumelte und sah eine Schattengestalt auf sie zuspringen. Eine Klinge blitzte auf. Instinktiv wich sie aus, doch das Messer erwischte ihren Oberarm. Dann griff sie an ihre Hüfte, wo sie normalerweise ihre Dienstwaffe trug.

»Mist!« fluchte sie, als ihr klar wurde, dass die Waffe im Zimmertresor lag.

Der Angreifer versuchte eine zweite Attacke, die Cat mit einer Tischlampe parieren konnte. Dabei flog ein Stuhl um, der krachend gegen den Wandschrank stieß. Der Lärm ließ die Schattengestalt innehalten, dann warf sie das Messer. Cat drehte sich weg und stolperte über den umgefallenen Stuhl. Diesen Augenblick nutzte die Gestalt und schlüpfte durch die offene Tür.

Cat rappelte sich auf und stürmte hinterher auf den Flur. Der Fahrstuhl bewegte sich nicht, deshalb rannte sie zur Treppe, dann weiter hinunter ins Foyer. Dort sah Maria sie verblüfft an, die wieder hinter der Rezeption stand.

»Haben Sie gerade jemanden hier rauskommen sehen?« fragte Cat atemlos.

»Nein, Frau von Hohenlohe«, antwortete Maria freundlich. »Geht es Ihnen gut? Sie bluten.«

Cat untersuchte ihren Arm genauer. Die Klinge hatte einen blutigen Schnitt am Oberarm hinterlassen.

»Nichts Schlimmes«, erklärte sie und eilte zurück, wobei sie sich fragte, was der Dieb stehlen wollte.

Völlig erschöpft schob sie die Zimmertür auf, als sie ein weiteres Mal erschreckt wurde. Dieses Mal stand Miriam mit blassem Gesicht vor der BKA-Beamtin und fragte: »Was ist passiert?«

»Da wollte mir jemand etwas klauen«, zischte Cat und zog sich langsam die Bluse aus.

»Du blutest«, stellte Miriam fest. »Wo ist der Erste-Hilfe-Kasten?«

»Auf dem Flur«, antwortete Cat, die die Bluse nahm, um die Blutung zu stoppen.

Während Miriam auf den Flur lief, suchte Cat nach dem Messer, das die unbekannte Gestalt nach ihr geworfen hatte. Sie sah es vor dem Fenster auf dem Boden liegen. Die kalte Stahlklinge funkelte matt auf dem dunklen Teppichboden. Die Kommissarin nahm ein Papiertaschentuch und hob damit das Messer auf.

»Was machst du da?« rief Miriam besorgt, die mit dem Erste-Hilfe-Koffer zurückkam.

Cat legte die Tatwaffe auf den Schreibtisch und setzte sich dann neben Miriam auf das Bett.

Es stellte sich heraus, dass der Schnitt nicht tief verlief. Miriam tupfte etwas Jod aus dem Erste-Hilfe-Kasten auf die Wunde und klebte ein kräftiges Pflaster darauf.

Die beiden atmeten tief durch, als die Verletzung versorgt war.

»Wollte er deine Diamanten stehlen?« scherzte Miriam, um die Situation zu entspannen.

»Nee, schau auf den Boden!« antwortete Cat.

Dort lagen verstreut Papiere, Kleider und Teile des Bettzeugs.

»Verstehe ich nicht«, meinte Miriam. »Hat er das bekommen, was er suchte?«

»Nein, ist im Safe.« Cat stand auf und ging zu dem Zimmersafe. Sie öffnete ihn und zog ihre Dienstwaffe heraus.

»Er wollte deine Waffe?!« Miriam sah sie ungläubig an.

»Nein, ich denke, er wollte das hier!« Cat hielt eine Mappe hoch, die eindeutig nicht in diesem Jahrhundert gefertigt worden war. »Das originale handschriftliche Manuskript von Minutoli zur Reise in die libysche Wüste und nach Oberägypten.«

2

Während Cat im Hotel knapp einem Mordanschlag entkam, saß Raphael Olofsson versunken an Onnes Schreibtisch. Das Tageslicht wich der heraufziehenden Nacht, tauchte Buchstaben und Tinte in ein graues Nichts. Olofsson blickte auf. Vor ihm lagen drei Ordner, die er akribisch durchgearbeitet hatte. In den Papieren fand er jedoch keinen Hinweis darauf, was Onne so Wichtiges zu reparieren hatte, dass er dafür eine Notiz niederschrieb. Die schwache Hoffnung, auf eine Rechnung oder eine Quittung in den Unterlagen zu stoßen, wurde nicht erfüllt.

Ging er die Sache falsch an?

Das Geräusch der sich öffnenden Haustür warnte ihn.

Kurz darauf rief jemand: »Hallo, Herr Olofsson, sind Sie da oben?«

Der Ex-Agent stand auf und ging zur Treppe. Unten im Flur stand der Chefkoch Martin Puck.

»Verzeihen Sie die Störung, aber mein Bruder rief mich an und meinte, dass ich mit Ihnen sprechen soll.«

»Ihr Bruder?!«

»Sie haben ihn heute kennengelernt, den Polizeihauptmeister, der Onnes Arbeitszimmer versiegelt hat. Was ja nicht lang versiegelt blieb!« Er wippte nervös von einem Fuß auf den anderen.

»Haben Sie es eilig?« fragte Olofsson, der die Nervosität des Kochs bemerkte.

»Wie bitte?!«

»Sie wirken angespannt und nervös, als hätten Sie nicht viel Zeit«, erklärte Olofsson.

»Ja, nein, ich muss mit Ihnen sprechen«, antwortete Martin verwirrt.

»Bitte!« Olofsson ging auf ihn zu.

»Sie wissen, dass eine neue Besitzerin das Hotel übernommen hat?«

»Nein, das ist mir nicht mitgeteilt worden«, antwortete Olofsson ernst.

»Nun, es ist die Ex-Frau von Onne«, begann Martin leise. »Sie ist heute angekommen, um das Hotel zu übernehmen. Wie es heißt, erbt sie es. – Mein Bruder erzählte mir, dass Sie nun nicht mehr von einem Unfall ausgehen und zusammen mit der BKA-Kommissarin in einem Mord ermitteln.«

»Ja! Und Sie verdächtigen jetzt Frau …?«

»Frau Griebke, sie hat den Nachnamen nach der Scheidung behalten«, sagte Martin.

»Also Sie verdächtigen sie?« wiederholte Olofsson.

»Was? Äh, sie war immer schon hinter dem Hotel her«, antwortete der Koch verwirrt. »Und die beiden haben sich zum Schluss nur noch gehasst. Sie müssen wissen, dass Fenja, so heißt die Ex, überhaupt nicht mit Onnes Hobby klarkam. Für sie war es reine Geldverschwendung.« Martin stellte fest, dass das Gespräch in eine ungewünschte Richtung marschierte. Er machte eine Pause, dann sagte er entschieden: »Aber deshalb bin ich nicht hier.«

Olofsson nickte und wartete ab.

Martin holte tief Luft und begann zu erklären: »Sie müssen wissen, ich bin der Vorsitzende der Genossenschaft, der unsere heimische Biogasanlage gehört. Es ist eine Genossenschaft, die aus Mitgliedern unserer Gemeinde besteht. Das Geschäft läuft aber nicht besonders gut. Wir müssen sanieren, doch dazu muss Geld aufgenommen werden, was die Mehrheit der Genossenschaftsmitglieder genehmigen muss. Es sei denn, einer aus der Genossenschaft zahlt freiwillig.«

Olofsson hatte keine Ahnung, was das mit Onnes Tod zu tun haben könnte. Aber da sich der Koch die Mühe gemacht hatte, ihm etwas mitzuteilen, hielt sich Olofsson noch zurück und hörte zu.

»Unser Bürgermeister wollte Geld von Onne, der hat aber abgelehnt. Nun war Onne auch gleichzeitig derjenige, der die meisten Anteile an der Genossenschaft hielt. Es wäre also in seinem Interesse gewesen, dass die Gasanlage Geld abwirft. Schien ihn aber nicht zu interessieren. Der Bürgermeister ist da anders. Sie haben ihn ja kennengelernt. Jedenfalls, Onnes Anteile gehen jetzt an die Gemeinde.«

»Da Sie mir das so geheimnisvoll erklären, hegen Sie einen Verdacht, der im Zusammenhang mit dem Mord an Onne steht?« fragte Olofsson.

»Äh, ja, der Bürgermeister hält jetzt die Mehrheit an der Genossenschaft und kann machen, was er will.«

»Hat in einer Genossenschaft nicht jedes Mitglied nur eine Stimme?« wunderte sich Olofsson.

»Bei uns werden die Stimmen nach Anteilen vergeben«, antwortete Martin. »Der Bürgermeister hält privat einen großen Anteil. Er bestimmt zudem über die Anteile, die die Gemeinde hält und wenn jetzt noch Onnes Anteile der Gemeinde zufallen, dann kann der Bürgermeister schalten und walten wie er will.«

»Bringt ihm das einen Vorteil?« hakte Olofsson nach.

»Oh ja, er tut zwar immer so, als wäre die Anlage für unsere Gemeinde wichtig, aber am liebsten würde er sie verkaufen. Da der Erlös auf die Anteile ausgezahlt wird, macht er einen guten Gewinn. Und er wusste, dass Onnes Anteile an die Gemeinde fallen, weil er Onne überzeugen konnte, dies so in seinem Testament zu verfügen.«

»Darauf hat Onne sich eingelassen?« wunderte sich Olofsson.

»Als Gegenleistung hat niemand so genau hingeschaut, was Onne im Hotel umgebaut hat«, erklärte Martin.

»Danke für den Hinweis«, erwiderte der Ex-Agent nachdenklich.

Martin nickte und wandte sich der Haustür zu.

»Einen Moment, bitte!« Olofsson lächelte den Koch freundlich an. »Wenn etwas aus Holz in diesem Hause zerbricht, repariert oder aufgeputzt werden muss, wer würde diese Arbeiten erledigen?«

»Horst! Er ist ein wahrer Spezialist, wenn es um Holzarbeiten jeglicher Art geht«, erklärte Martin. »Er hat die meisten Möbel im Restaurant restauriert und teilweise nachgebaut.«

»So?! Danke für den Hinweis«, nickte Olofsson.

»Sie sollten beim Bürgermeister vorsichtig sein«, mahnte der Koch. »Er sieht zwar nicht so aus, aber er kann gefährlich werden.«

Olofsson zog die Augenbrauen nach oben. Martin verstand das als Aufforderung, seine Warnung zu konkretisieren.

»Er ist im Schützenverein und kann gut mit dem Wurfmesser umgehen.«

»Ungewöhnlich?!« raunte der Ex-Agent.

»Er hat ein Faible für Artistenkunststücke«, meinte Martin.

»Danke, ich werde mich vorsehen«, sagte Olofsson.

»Einen schönen Abend noch!« Martin verließ das Haus.

»Interessant«, murmelte Olofsson.

Plötzlich klingelte sein Handy. Ein ungewöhnlicher Ton, der aus der Innenseite seines Jacketts erklang. Sein Telefon läutete so gut wie nie, weil nur zwei Personen seine Nummer kannten. Eine von ihnen war Miriam van Heyden.

»Was gibt es?« fragte er, ohne eine Begrüßung oder seinen Namen zu nennen.

Miriam schilderte ihm die Ereignisse.

»Bleiben Sie im Zimmer, ich komme.« Er legte auf. Dann ging er zurück in das Arbeitszimmer, um seine Notizen einzustecken, die er in ein kleines Notizbuch geschrieben hatte. Anschließend verschloss er das Haus und eilte über die Terrasse ins Hotel zurück.

Im Treppenhaus traf er auf Horst, der ihm mit einem Sack voller Wäsche entgegenkam.

»Muss in die Wäscherei«, murrte er. »Muss ich alles erledigen, dabei sind die Zimmermädchen jung und kräftig.«

»Entschuldigen Sie.« Olofsson wusste nicht so recht, wie er das Faktotum ansprechen sollte, ohne respektlos zu erscheinen. »Haben Sie vor zwei Monaten ein Exponat aus Onne Griebkes Sammlung repariert?«

»Exponat?« Horst glotzte den Reisebürobesitzer an.

»Eines der Sammlerstücke.«

»Oh, das olle Holzschiffchen!« Horst nickte. »Ist ihm runtergefallen, zerbrochen! Als er mich rief und ich das Unglück sah, dachte ich, der heult gleich los. War aber nicht so. War auch gut so. Hab das Schiffchen wieder hingekriegt.«

»Äh, danke«, nickte Olofsson und ließ Horst mit dem Sack vorbei.

»Muss wohl an dem alten ägyptischen Papier gelegen haben, das sich drin befand«, murmelte Horst, als er Olofsson passierte. »Hat ihn irgendwie sprachlos gemacht.«

»Was?!« Die Worte trafen Olofsson, als hätte man ihn unter Strom gesetzt. »Wissen Sie, wo sich der Papyrus befindet?«

»Nee, geht mich nix an«, antwortete Horst, schob die Treppenhaustür auf und verschwand.

3

»Wo bleibt er denn?« schimpfte Miriam, die unruhig im Zimmer hin und her schlich.

In diesem Moment klopfte es an Cats Zimmertür und Olofsson trat ein.

»Na endlich! Cat wäre fast umgebracht worden«, sagte Miriam vorwurfsvoll.

Cat lag auf dem Bett und blätterte durch das Manuskript, auf dem Schreibtisch lag das Messer.

»Sie hat es überlebt«, antwortete der Ex-Agent ruhig. »Was ist hier geschehen?«

Die Kommissarin schilderte kurz, was sich ereignet hatte.

»Wer immer das war, das Ziel waren diese Papiere.« Cat deutete auf das Manuskript des Freiherrn von Minutoli.

»Haben Sie den Angreifer erkennen können?«

»Nein, alles ging so schnell.«

Olofsson blickte zum Schreibtisch. »Die Tatwaffe?«

»Ja, ein Wurfmesser«, antwortete Cat.

Olofsson dachte an Martins Warnung, entschied jedoch, den Hinweis zum Bürgermeister erst einmal zurückzuhalten. Stattdessen setzte er sich an den Schreibtisch und berichtete, was er von Horst erfahren hatte.

»In der Barke befand sich eine Papyrusrolle? Wo ist die? Und was stand da wohl drauf?« Miriam konnte sich gar nicht mehr beruhigen. Der Angriff auf ihre Freundin schien vergessen.

»Setz dich oder ich greife zur Waffe!« drohte Cat, die Miriams Umhertigern aufregte.

Die Assistentin gehorchte und ließ sich in einen Sessel fallen, der vor dem Fenster stand.

»Alles der Reihe nach«, mahnte die Kommissarin und holte tief Luft. »Bis jetzt hat kein anderer außer Horst den Papyrus erwähnt. Frage: Können wir davon ausgehen, dass sonst niemand von dem Papyrus weiß?«

»Nein. Wir können nicht davon ausgehen«, sagte Olofsson nachdenklich. »Einen solchen Fund wird Onne überprüft haben. Da wir wissen, dass er mit Dr. Liesenfeld und Professor von Klettenberg zusammengearbeitet hat, läge es nahe, zu vermuten, dass er Hilfe bei ihnen gesucht hätte.«

»Könnte diese Rolle wieder in der Barke stecken?« fragte Miriam leise.

»Horst und die Notiz, die ich gefunden habe, sprechen von einer Wiederherstellung des Modells. Deshalb denke ich nicht, dass Onne den Papyrus wieder in der Barke versteckt hat.«

»Was ist wohl wertvoller, die Barke oder der Papyrus?« Miriam sah ihre Freunde an. »Ich meine, wusste der Dieb von dem Papyrus?«

»Auf dem Papyrus kann ein nichtssagender Gruß oder die Weltformel gestanden haben. Also kann sie wertvoll oder auch nicht sein«, meinte Cat. »Die Totenbarke ist in jedem Fall wertvoll, auch wenn sie repariert wurde.«

»Ja, Sie haben Recht, wir sollten uns an Fakten halten«, nickte Olofsson. »Dieser Überfall, die Fußspuren und das Blütenblatt, das sind Fakten. Also, wer, liebe Cat, hätte wissen können, dass Sie das Manuskript bei sich haben?«

»Ich habe euch doch gesagt, dass Onne einen Blick in das Original werfen wollte.«

»Warum?« hakte Miriam nach.

»Keine Ahnung!« Cat schüttelte den Kopf. »Olofsson, haben Sie nichts in Onnes Aufzeichnungen gefunden?«

»Nein«, antwortete er niedergeschlagen.

»Also zurück zu der Frage: Wer wusste noch von dem Manuskript? Mir fällt da einer ein, der ganz sicher von dem Original wusste.« Miriam stand auf und ihr teuflisches Grinsen machte Cat Angst.

»Professor Dr. Alfons von Klettenberg«, antwortete Cat.

»Ja, genau der«, nickte Miriam.

»Das können wir nicht mit Gewissheit sagen«, meinte Olofsson. »Wir dürfen uns nicht von Vermutungen leiten lassen.«

In dem Moment klingelte Cats Handy.

»Oh, da muss ich drangehen«, sagte sie schnell und nahm das Gespräch an.

Nach einer halben Minute war das Gespräch wieder beendet.

»Das war mein Kollege, der die Finanzen überprüfen sollte«, erklärte Cat. »Hat mir die Infos per Mail geschickt.«

Sie wischte mit den Fingern über ihr Handydisplay.

»Oh, das ist interessant«, murmelte sie.

»Würdest du uns bitte an deinen Überlegungen teilhaben lassen, Prinzessin?« Miriams Stimme klang zuckersüß. Die Hexe im Wald hätte mit dieser Stimme Hänsel und Gretel ganz sicher ins Haus gelockt.

»Oh, entschuldigt!« Dann erklärte sie ihnen, dass Merle Liesenfelds Museum praktisch pleite sei, wenn sie nicht einen Zuschuss aus der Landeskasse erhalten würde. Professor von Klettenberg stand finanziell auf goldenem Grund, während Onne Griebke mit seinem Hotel auf den

Bankrott zusteuerte, da er kürzlich eine horrende Summe an ein Schweizer Nummernkonto überwiesen hatte. Wem das Konto gehörte, würde in Kürze geklärt. Fenja hatte ihre Finanzen im Griff.

»Und was sagt uns das jetzt?« Miriam tigerte wieder durch das Zimmer.

»Es sagt uns, dass Sie dringend etwas zu essen benötigen«, antwortete Olofsson.

»Ich kann doch jetzt nicht so tun, als sei nichts geschehen. Ich werde dem Prof an den Hals gehen, wenn ich ihn sehe«, schimpfte sie.

»Wir sollten uns eine Pause gönnen und in Ruhe zu Abend speisen«, beharrte Olofsson. »Vielleicht *akkulturiere* ich mich, um Ihnen noch ein mögliches Mordmotiv mitzuteilen.«

»Was soll das denn heißen? Und an wen wollen Sie sich *kulturell anpassen*? An diesen Indiana-Jones-Verschnitt?« Miriam benötigte dringend etwas zu essen, daran bestand jetzt kein Zweifel mehr.

4

Fenja Griebke trommelte das Personal im kleinen Festsaal neben dem Restaurant zusammen. Dabei hatte sie die Uhr genau im Blick, denn sie wollte auf keinen Fall, dass die Gäste durch diese Betriebsversammlung gestört würden.

»Ich will es kurz machen«, sagte sie mit scharfem Ton, als endlich alle da waren. »Mein Ex hat nicht gut gewirtschaftet! Es wird Veränderungen geben, die auch Entlassungen beinhalten. Ich werde mir in den nächsten Tagen Ihre Leistungen ansehen und dann zu gegebener Zeit entscheiden. Danke für Ihr Kommen.«

Damit entließ sie die Angestellten, die mit fragenden Gesichtern zurück an ihre Arbeit gingen.

»Das war nicht klug«, kommentierte Martin Puck die Versammlung, nachdem er allein mit Fenja zurückgeblieben war.

»Was soll ich machen«, schimpfte sie. »Onne hat alle Rücklagen verbraucht und eine Hypothek aufgenommen. Wenn wir nicht einen ordentlichen Gewinn einfahren, dann war's das.«

Martin blickte seine neue Chefin nachdenklich an. Schließlich sagte er: »Müssen wir die Speisekarte anpassen?«

»Um Gottes Willen, damit die ganze Halbinsel weiß, dass wir pleite gehen? Nein! Du änderst erst einmal gar nichts.«

Martin schritt langsam zum Ausgang. Dort blieb er stehen, drehte sich um und meinte: »Hast du mal mit diesem Olofsson geredet? Der ist hier, um für seine Kunden exklusive Reiseziele auszusuchen.«

»Ist das der Kerl von Nummer 7?« Fenja blickte mit müden Augen zu ihrem Koch.

»Ja, es könnte interessant werden«, meinte Martin.

»Ich spreche ihn an«, nickte Fenja, dann fasste sie sich wieder.

»Wofür hat Onne eigentlich das ganze Geld gebraucht?« fragte Martin.

»Er hat ein Gutachten in Auftrag gegeben, das eine riesige Summe verschlungen hat«, zischte Fenja, die wütend wurde, wenn sie nur daran dachte.

»Worüber hat er ein Gutachten anfertigen lassen? Ich meine, wenn das Gutachten so teuer war, dann muss das, was da begutachtet wurde, doch einen bestimmten Wert haben. Oder?« überlegte Martin laut.

»Keine Ahnung! Ich habe nur die Rechnungen gefunden, nicht das Gutachten und auch nicht, um was es bei dem Gutachten geht. Bloß, wem er das Geld gezahlt hat!« Wieder funkelten ihre flaschengrünen Augen auf. »Aber du hast mich da auf eine Idee gebracht.«

Zusammen verließen sie den kleinen Festsaal.

Martin ging zurück in die Küche, während Fenja nach ihrem Opfer Ausschau hielt. Sie fand es wenige Minuten später auf der Terrasse sitzend.

Professor Dr. Alfons von Klettenberg, das Opfer, saß allein an einem Tisch. Ein Heizpilz stand neben dem Tisch und wärmte ihn. Nicht, dass er das Heizgerät gebraucht hätte. Noch waren die Temperaturen in einem Bereich, den er als aktiver Archäologe spielend auszuhalten vermochte. Man sah es dem adeligen Akademiker nicht an, aber er war hart im Nehmen, denn in der ägyptischen Wüste konnte es schnell mal unter null

Grad in der Nacht werden. Niemand von Rang würde deshalb eine Grabung abbrechen. Jetzt im Spätsommer an der Nordseeküste waren es immerhin noch zweistellige Plusgrade. Da ließ es sich noch bequem an der frischen Luft aushalten. Er nippte gerade an einem Espresso, als Fenja auf die Terrasse stürmte.

»Professor, wir müssen reden!« Der Befehl hallte durch die anbrechende Nacht wie das Kommando eines Feldwebels auf dem Exerzierplatz.

Von Klettenberg zuckte zusammen und stellte vorsichtig die kleine Espressotasse auf den Tisch.

»Frau Griebke, was kann ich für Sie tun?« antwortete er sanft und mit einem schwachen Lächeln.

»Sie könnten mir erklären, warum mein Ex Ihnen eine horrende Summe für ein Gutachten überwiesen hat?« zischte die Hoteliersfrau.

»Weil es das wert war«, antwortete der Professor spitz.

»Reizen Sie mich nicht!«

»Das käme mir nie in den Sinn. Die Summe setzt sich aus meiner Arbeit und den damit verbundenen Kosten zusammen.«

»Bei dem Preis müssten Sie zwei Jahre daran gearbeitet haben!« schimpfte Fenja. »Sie konnten meinen Ex-Mann vielleicht übertölpeln, bei mir läuft das nicht! Und was um Himmels Willen sollte einen solchen Preis rechtfertigen?«

»Ich übertölple niemanden, das möchte ich klarstellen.« Der Archäologe von der Freien Universität Berlin stand auf. »Es waren teure und sehr aufwendige Untersuchungen nötig, die mit dem Geld bezahlt werden mussten. Außerdem rechtfertigt der mögliche Gewinn diesen Aufwand allemal.«

»Was denn für ein Gewinn? Meinen Sie das Strandgut, das das Wattenmeer hergibt?« Sie grinste ihn böse an.

»Sie haben es nicht verstanden, als Ihnen Frau Dr. Liesenfeld erklären wollte, was es mit den Exponaten auf sich hat. Da werde ich mich sicherlich nicht auch noch zum Deppen machen. – Einen schönen Abend noch. Ich esse auswärts!«

Er zupfte sich das Jackett zurecht, drehte sich demonstrativ langsam um und schritt mit hoch erhobenem Kopf durch das Restaurant.

5

Olofsson, Cat und Miriam belegten einen Tisch in der Ecke des Restaurants. Miriam bestellte einen Schellfisch in Lachsfarce mit Wirsingmantel an Linsen und Pilzen in einer Sahnesauce. Olofsson entschied sich für Seehecht an Zucchini-Lauch-Gemüse mit Zitronen-Kräutersoße, während Cat sich für ein Steak, schön blutig, Bohnen und gebratene Kartoffeln begeisterte.

Die drei hatten die Bestellung gerade aufgegeben und begutachteten einen Hauswein, als Fenja durch das Restaurant auf die Terrasse stürmte. Dank der offenen Terrassentür konnten sie das meiste dessen verstehen, was zwischen von Klettenberg und Fenja gesprochen wurde. Miriam wäre am liebsten aufgestanden und hätte von Klettenberg zur Rede gestellt. Doch Cat hielt sie davon ab, weil sie ja schließlich die Geschädigte war.

Olofsson schwieg, weil er mittlerweile begriffen hatte, dass es eine unangenehme Situation werden konnte, zwischen seiner Assistentin und der BKA-Beamtin zu stehen. So blickten sie dem Professor hinterher, wie er erhobenen Hauptes das Restaurant verließ. Fenja folgte ihm wenig später.

»Frau Griebke«, rief Olofsson und stand auf, »bitte, entschuldigen Sie die Störung. Darf ich mich vorstellen?«

Der Reisebürobesitzer stellte sich und die beiden Damen an seinem Tisch vor.

Die Hotelbesitzerin nickte freundlich und antwortete: »Herr Olofsson, was für eine glückliche Fügung, ich hätte Sie sonst selbst angesprochen.«

»Bitte, setzen Sie sich doch«, bat Olofsson und deutete auf den noch freien Stuhl.

»Ich möchte nicht stören«, wehrte sich Fenja, aber es klang nur halbherzig.

»Sie stören nicht«, sagte Miriam, die von Fenjas geflochtener Zopffrisur in Bann gezogen worden war.

Cat nickte und schien weniger begeistert zu sein.

»Also nur einen Augenblick«, nickte sie und setzte sich. »Sie haben ein Reisebüro, sagte man mir.«

»Ja, das ist korrekt«, nickte Olofsson. »Unsere Klientel ist äußerst anspruchsvoll und verwöhnt. Wir suchen deshalb immer wieder neue *Destinationen*, die das gewisse Extra haben.«

»Da sind Sie im *Anker* genau richtig«, nickte Fenja. »Jetzt, da mein Ex – Gott hab ihn selig – nicht mehr ist, wird es ein paar Veränderungen geben.«

»Ich hoffe, dass Sie nicht die Statuen im Eingang entfernen«, warf Miriam ein. »Die sind cool.«

Fenja irritierte der Einwand. Sie blickte zu Olofsson, der ihrer Meinung nach das Sagen hatte und antwortete: »Eigentlich wollte ich mit dem ganzen ägyptischen Kram kurzen Prozess machen.«

»So?« Der Reisebürobesitzer runzelte die Stirn. »Meine Assistentin drückte sich zwar etwas plebejisch aus, aber in der Tat versprühen die beiden Kolosse eine ansprechende, mysteriöse Atmosphäre.«

»Finden Sie?!« Fenja blickte nachdenklich in die Runde. »Ich dachte immer, die Dinger wirken wie Osterhasen in Grönland irgendwie fehl am Platz.«

»Nun, eine *Explikation* wäre empfehlenswert«, meinte Olofsson.

»Äh, Explikation?« Fenja sah ihn verstört an.

»Eine *Erklärung*«, sagte Miriam. »Damit man den Zusammenhang herstellen kann, in diesem Fall zur *Gottfried*.«

»Ach so?!« nickte Fenja. »So hatte ich die Statuen noch nicht betrachtet.«

»Übrigens unser aller herzlichstes Beileid«, sagte Cat pietätvoll.

»Danke, aber ich habe meinen Ex nicht mehr gemocht«, antwortete sie erstaunlich offen. »Diese verdammte ägyptische Barke hat – seit sie gefunden wurde – der ganzen Familie Griebke nur den Tod gebracht.«

»Wir bedauern das sehr«, sagte Olofsson respektvoll und fragte dann: »Wir konnten nicht verhindern, Ihren Disput mit Professor von Klettenberg mit anzuhören.«

»Nichts, was man hinter verschlossenen Türen besprechen müsste«, erwiderte sie. »Dieser Kerl hat meinem Ex eine ungehörig große Summe für ein Gutachten aus der Tasche gezogen.«

»Was für ein Gutachten?« hakte Cat nach. In Gedanken ging sie die Geld-Transaktionen durch und ahnte, um welche Summe es sich handeln musste.

»Keine Ahnung, was der Professor untersucht hat, die blöde Barke war es sicherlich nicht, die wurde schon vor Jahren taxiert.«

»Ja, wir haben die Historie in den Unterlagen Ihres Ex gefunden«, antwortete Miriam.

»Was mich echt wütend macht«, sprudelte es aus Fenja heraus, »ist die Tatsache, dass das Geld im Hotel besser angelegt gewesen wäre. Selbst wenn er diese blöde Biogasanlage saniert hätte, würde das mehr Gewinn abwerfen als dieses Gutachten.«

»Sind Sie sich da sicher? Vergessen Sie nicht, welchen Wert Kunstobjekte aus der Pharaonenzeit erzielen können«, sagte Olofsson.

Zum ersten Mal schien Fenja ernsthaft darüber nachzudenken.

Dann fuhr er fort: »Sie erwähnen diese Biogasanlage. Man sagte mir, dass die Anteile Ihres Ex-Mannes an die Gemeinde gehen würden.«

»Ja, das könnte sein. Onne hat sicherlich einen Deal mit Ove gemacht«, antwortete sie.

»Was für eine Biogasanlage?« fragte Cat, die zum ersten Mal von dieser Investition hörte.

»Oh, das ist ein Gemeindeprojekt, das aus Pflanzen und sonst was Biogas erzeugt, das an dieses Hotel und an die Haushalte geleitet wird. Die Anlage müsste aber saniert werden, was Ove, der Bürgermeister, für notwendig erachtet, während Onne es vorzog, das Geld einem Akademiker hinterherzuwerfen.«

Der Kellner brachte die Vorspeisen, was Fenja als Anlass nahm, sich zu verabschieden.

»Herr Olofsson, wir können uns morgen doch mal zusammensetzen und besprechen, welche Wünsche und Vorstellungen Sie bezüglich eines Arrangements mit dem *Anker* haben.«

»Gerne«, nickte Olofsson und Fenja ließ die drei allein.

»Was für eine Hammerfrisur!« platzte es aus Miriam heraus.

»Ja, als ob sie bei der Serie Vikings mitmachen wolle«, ergänzte Cat.

»Was auch immer diese Serie beinhaltet«, meinte Olofsson, »der Inhalt des Gutachtens, da lege ich mich fest, dürfte mit großer Wahrscheinlichkeit der Echtheit des Papyrus gelten, und wir wissen jetzt, wem das Nummernkonto gehört.«

»Es geht um Wikinger im 11. Jahrhundert«, erklärte Miriam ungeachtet der Schlussfolgerung ihres Chefs. »Echt blutig, mit Kriegerfrauen, die mit dem Schwert umzugehen verstehen.«

»So?!« Olofsson nahm sich eine Vorspeise und schüttelte den Kopf.

»Wir sollten uns das als Vorbild nehmen und ein Wörtchen mit Klettenberg reden«, meinte Miriam mit einer Stimme, die Cat aufhorchen ließ.

6

Nach dem üppigen Abendessen trennten sich die drei Freunde. Die Frauen zogen sich auf ihre Zimmer zurück, während Olofsson einen Spaziergang in dem wunderbar angelegten Garten unternehmen wollte. Die abendliche Brise wehte Meeresluft über die Halbinsel. Der Reisebürobesitzer atmete tief ein und schlenderte zwischen Hecken und an kleinen Teichen vorbei auf einen Pavillon zu.

Olofsson dachte nach. Nicht über den Mord, sondern über den eigentlichen Grund seiner Reise. Er suchte ein Hotel, das er seinen verwöhnten Kunden anbieten konnte. Aber bis jetzt hatte er sich mehr um die Aufklärung eines Mordes gekümmert als um sein Geschäft.

Nun gehörte der Ex-Agent nicht gerade zu den finanziell Bedürftigen, dennoch wollte Miriam ihr Geld am Monatsende überwiesen haben und auch die Miete für das Reisebüro musste bezahlt werden. Es war deshalb notwendig, sich um das Arrangement zu kümmern. Die Lage des Hotels entsprach den Bedürfnissen seines Klientel. Es lag ruhig im Hinterland und dennoch war man schnell an der Nordsee. Die Städte Tönning, Husum und Büsum lagen nur eine halbe Stunde mit dem Auto entfernt. Vielleicht dauerte in den Sommermonaten die Fahrt etwas länger. St. Peter-Ording und andere Badestrände waren sogar mit dem Fahrrad zu erreichen. Olofsson musste sich jedoch eingestehen, dass dies noch lange nicht ausreichte, um seinen Vier-Sterne-Angeboten zu entsprechen.

Er trat in den Pavillon und setzte sich auf eine der drei dort aufgestellten Bänke. Dann ging er in Gedanken eine Bewertungsliste durch.

Das Essen von Chefkoch Martin Puck entsprach seinen Vorstellungen. Das Ambiente könnte sich verändern, wenn die neue Besitzerin mit ihrer Ankündigung ernst machen würde. Er hatte das Hotel ausgesucht, weil ihm ein ehemaliger Kollege aus der Stockholmer Botschaft den Tipp gegeben hatte. Die ägyptische Sammlung war das Besondere und das hatte den Freund dazu bewogen, Olofsson das Hotel zu empfehlen. Also musste diese Sammlung unbedingt erhalten bleiben, sonst würde das Hotel uninteressant.

»Wenn man noch Ausflüge hinaus ins Wattenmeer anbieten könnte, sozusagen eine Schatzsuche, dann würde das …«, Olofsson hatte sein kleines Notizbuch aufgeschlagen und die Bewertung eingetragen, als ein Geräusch ihn störte.

Eine helle Frauenstimme lachte unweit des Pavillons.

»Lass uns dort drüben die Flasche aufmachen!« hörte er sie sagen.

Wenig später taumelten Wilko und Anna Müller um die Ecke.

»Oh!« stieß Anna verblüfft aus.

»Guten Abend«, grüßte Olofsson freundlich.

»Guten Abend«, wiederholte Wilko. »Was machen Sie hier?«

»Sitzen, nachdenken, die Abendluft genießen. Und Sie?« Olofsson lächelte das Paar an.

»Wir wollten diese Sektflasche trinken«, antwortete Anna, die einen Schwips hatte.

Olofsson verzichtete darauf, sie zu korrigieren, denn eine Sektflasche ließ sich schwerlich trinken, ihr Inhalt schon.

»Wir haben bereits eine davon geleert«, erklärte Wilko, dem der Alkohol dank größerer Körpermassen noch nicht so zugesetzt hatte. Er öffnete die neue Flasche und reichte sie Anna.

»Bitte, setzen Sie sich«, bat Olofsson. »Sie brauchen sich wegen mir nicht zu genieren.«

»Wir genieren uns nicht«, erwiderte Anna und stolperte in den Pavillon. »Wir haben keine Gläser.«

»Oh, nein danke, ich möchte nichts«, wehrte Olofsson die angebotene Flasche ab.

»Gut!« nickte die Polizistin. »Das ist Wilko Benndorf, mein Freund, und das ist … Herr Olofsson, richtig!? Haben Sie den Mörder schon gefangen?«

»Nein, noch nicht«, antwortete Olofsson höflich.

Wilko setzte sich neben seine Freundin, die einen kräftigen Schluck aus der Flasche nahm.

»Was machen Sie hier eigentlich, ich meine, wenn Sie keinen Mörder suchen?« lallte sie.

»Ich verkaufe Reisen«, antwortete Olofsson.

»Die kauft man doch im Internet«, grinste Anna schelmisch.

»Meine Angebote sind besonders«, erklärte er und nannte dann Beispiele, wie in Südafrika auf einer Tierstation auszuhelfen oder in Weimar bei der Restaurierung alter Bücher zuzuschauen.

»Wie langweilig!« rief Anna.

»Nicht für jeden«, antwortete Olofsson. »Leider fehlt mir noch das Extra für diese Gegend.«

Das machte Wilko sofort hellhörig.

»Herr Olofsson, ich glaube, da könnte ich Ihnen etwas anbieten.«

»Sind Sie mit Onne Griebke ins Wattenmeer gefahren?« Olofsson erinnerte sich an den Namen, den Onne bei ihrem ersten und einzigen Gespräch erwähnt hatte.

»Ja, wir haben zusammen einige stürmische Ausfahrten erlebt«, nickte Wilko. »Würde es Ihnen zusagen, morgen einmal rauszufahren? Dann könnte ich Ihnen zeigen, was meine Touristenführung zu bieten hat.«

»Das würde ich gerne«, antwortete Olofsson kurz entschlossen. »Wird das Wetter denn mitspielen?«

»Oh, das ist momentan stabil«, lächelte Wilko aufgeregt.

Olofsson zog eine Visitenkarte aus seiner Westentasche. »Unter dieser Handynummer erreichen Sie meine Assistentin.«

»Das ist nett. Er kann die Fahrt gebrauchen«, lallte Anna. »Es war keine gute Saison, der verregnete Sommer und so!«

Olofsson bemerkte, dass Wilko verärgert reagierte.

»Es ist kein Verbrechen, wenn die Geschäfte einmal ins Stocken geraten«, sagte Olofsson in einem Plauderton. »Nicht zu akzeptieren wäre, wenn man sich dann gehen ließe.«

»Ja, ich verstehe, was Sie meinen«, nickte Wilko, während seine Hände eine Raute bildeten. »Onne musste in der letzten Zeit ebenfalls hart kämpfen. Irgendetwas hat ihn finanziell arg belastet, aber er sah schon wieder Licht am Ende des Tunnels.«

»So?!« Olofsson blickte den Schiffer neugierig an. »Wie kommen Sie zu dieser Annahme?«

»Oh, keine Annahme, das hat er mir gestern noch gesagt. ›Wilko, ich werde dich bald fürstlich entlohnen.‹ Dabei hätte es mir genügt, wenn er den Diesel bezahlt hätte.«

»Erwähnte er, was genau er vorhatte?« hakte Olofsson nach.

»Keine Ahnung.« Der Seemann schüttelte den Kopf. »Aber es muss sich um etwas Ägyptisches handeln, das war immer so bei Onne. Aber ich würde mal bei Merle Liesenfeld nachfragen, die beiden haben gemeinsame Sache gemacht. Würde mich nicht wundern, wenn die Furie die Mörderin ist.«

»Wilko, ich muss mal!« sagte Anna unvermittelt laut. »Und ich hab dir gesagt, dass man niemanden beschuldigen soll, nur weil man ihn nicht leiden kann.«

»Komm, ich bringe dich ins Restaurant.« Wilko stützte Anna und sie gingen Arm in Arm los.

»Was gab es eigentlich zu feiern?« rief Olofsson ihnen nach. »Einen Geburtstag?«

»Nee, das Leben!« antwortete Anna selig.

7

Während Olofsson im Garten auf Wilko und Anna traf, las Miriam in ihrem Zimmer weiter in Minutolis Reisebericht, zumal es sie davon abhielt, Professor von Klettenberg aufzusuchen.

›Dann erreichten wir Girgeh, *nach Cairo die größte Stadt Aegyptens, die ihren Namen von einem dem heiligen Georg geweihten Kloster führt, in welchem jetzt Bruder* Ladislaus, *ein in der Propaganda gebildeter Römer, ganz allein wohnt, und mit vieler Einsicht die Nachgrabungen des Herrn DROVETTI zu* Abydus *leitet.*

Von hieraus besuchte ich die, etwa zwei Meilen südwestlich, bei dem Dorfe Araba-Madfoun *belegenen Trümmer von Abydus.(…)*

Der Palast des Memnon zu Abydus ist bis zur Decke in Sand und Schutt begraben, und ich musste, auf dem Rücken liegend, mit großer Anstrengung mich in das Innere hinein arbeiten, und selbst dies wurde oft unmöglich. Die Decke der Säulenhallen bildeten zum Theil scheinbare Gewölbe, indem drei horizontal liegende Steine, deren mittelster der breiteste ist, nach einem Halbkreis geschnitten sind. Die Wände, so wie die breiten Schlusssteine der Wölbung, sind mit herrlichen Hieroglyphen bedeckt, und alle Zwischenräume mit Sternen überstreut.(…)

Abydus galt für eine der vierzehn angeblichen Grabstätten des Osiris, dem auch in dieser Stadt ein Tempel geweiht war; angesehene Ägypter ließen sich deshalb hier beerdigen, und man findet in der Umge-

bung sehr viele Grabmäler und Denksteine, mit Bildwerken von der vortrefflichsten Ausführung. In meiner verloren gegangenen Sammlung befand sich eine beträchtliche Anzahl hier gefundener Steine der Art; unter andern erstand ich einen von beträchtlicher Größe, dessen Figuren und Hieroglyphen zur Hälfte blos gezeichnet, zur Hälfte schon beinah ausgeführt waren.(…)

Zwischen Girgeh und Kheneh *sah ich die ersten Krokodile, und zwar in unerwarteter Anzahl; es lagen oft zehn, zwanzig, von fünf bis fünfundzwanzig Fuß Länge, zu gleicher Zeit, scheinbar unbeweglich auf den Sandbänken und kleinen Inseln des Nil.(…)*

Ehe ich zu Kheneh eintraf, besuchte ich die, etwa eine Viertelmeile vom Nil belegenen Ruinen von Dendéra, *die wohlerhaltensten und vollendetsten Denkmäler der ägyptischen Kunst, welche durch die glänzenden Darstellungen des großen französischen Prachtwerkes zu verdientem Ruhme gelangt sind.(…)*

Von Dendéra ging ich nach Kheneh, wo ich um drei Uhr eintraf und mich genöthigt sah, meinen Reis wieder vor den Kiaschef der Stadt zu führen, indem es sich ergab, dass jener einen Theil des in Minieh, zur Anschaffung von Lebensmitteln bis

Assuan, erhaltenen Geldes unterschlagen hatte, und schon wieder neuen Vorschuss und Aufschub der Reise begehrte. Die Androhung einer Bastonade wirkte hier kräftiger, als die von dem Kadi in Minieh ihm zuerkannten Todesstrafe; um acht Uhr des folgenden Tages fuhren wir weiter, und der Reis betheuerte mit einem Eide, dass er nun bis Assuan mit allem Nöthigen völlig versehen sey.(…)

Der Wind war günstig, und ich besuchte deshalb Keft *und* Kous *nicht, die am östlichen Ufer des Stromes liegen, denn meine Ungeduld,* Theben *zu erreichen, wuchs, je mehr ich mich seinen unvergänglichen Denkmälern näherte.(…)*

Majestätisch erhoben sich die Trümmer der Hauptstadt Aegyptens, die schon aus der Ferne Ehrfurcht gebieten und, indem man an ihnen vorüber fährt, immer prächtiger sich entwickeln, bis wir zu Luxor landeten.‹

»Was für eine Reise«, seufzte Miriam, die sich wünschte, in einem Hotel in Luxor zu sein. »Aber Tod am Nil wäre auch nicht so prickelnd.«

Sie legte das Buch zur Seite und griff zu ihrem Handy. Schnell tippte sie eine SMS an Cat und wartete. Die Antwort kam schnell.

»Super!« rief Miriam, sprang auf, steckte ihren Zimmerschlüssel ein und eilte in Cats Zimmer.

Die BKA-Kommissarin saß an dem kleinen Schreibtisch, auf dem Bett lagen die Originale aus dem Familienarchiv.

»Was suchst du?« Miriam setzte sich vorsichtig auf das Bett und sah sich einige der Blätter an.

»Weißt du, ich habe mich gefragt, warum der Dieb diese Originale haben wollte? Ich meine, wenn der Mistkerl oder die Schlampe auch Onne ermordet hat, dann hätte er sich doch auch die Kopien mitnehmen können, die Onne von mir erhalten hatte.«

»Da ist was dran«, nickte Miriam. »Hast du was zu trinken?«

»Sieh in der Zimmerbar nach, bezahlt das BKA«, grinste Cat. »Dann fiel mir ein, dass ich diese Originale, auf die du hoffentlich keinen Alkohol schüttest, ja noch gar nicht an Onne geschickt hatte.«

Miriam warf eine Handvoll kleiner Fläschchen auf das Bett.

»Aber woher wusste der Dieb …«

»… oder die Schlampe«, ergänzte Miriam.

»… dass ich die Papiere dabei habe?« beendete Cat.

»Weil wir hier von Klettenberg reden, der mit Onne zusammengearbeitet hat. Außerdem wissen wir ja jetzt, dass der Typ für Onne ein Gutachten erstellt hat. Wir hätten den Mistkerl schon längst hochnehmen sollen.«

»Langsam, es ist wahrscheinlich, dass er von den Originalen wusste. Aber auch diese Merle

Liesenfeld könnte davon gewusst haben«, mahnte Cat.

»Die ist aber nicht hier«, antwortete Miriam und kippte sich den Inhalt eines Whiskyfläschchens in den Mund.

»Also wäre es dann nicht sinnvoller, erst einmal herauszubekommen, was so Besonders an diesen Originalen ist?«

»Äh, du kennst schon die Bedeutung von ORIGINAL!«

»Natürlich, aber es ist doch sehr unwahrscheinlich, dass es hier um die Papiere im historischen Sinne geht. Ich denke, es muss sich um den Inhalt handeln, der für den Dieb von Wert ist.«

Miriam horchte auf.

»Warte mal, ich habe da einen Geistesblitz.«

»Es ist doch nicht der Alkohol, der dir da in den Kopf schießt?«

»Quatsch«, zischte Miriam. »Bleib hier, ich bin sofort wieder da!« Sie sprang auf und rannte aus dem Zimmer.

»Wohin soll ich auch gehen?« murmelte Cat und suchte sich ein Schnapsfläschchen aus.

Mit dem Buch von Minutolis Reisebericht kam sie zurück.

»Was ist, wenn das Buch und das Manuskript Unterschiede aufweisen?« Sie deutete auf die Originale. »Vielleicht wurde bei den Druckfahnen etwas ergänzt oder herausgenommen.«

»Was könnte das für einen Wert haben und einen Überfall rechtfertigen? Ich meine, ob Minutoli zum Beispiel von einem Regenschauer berichtet und man diesen Absatz weglässt, was spielt das für eine Rolle?« gab Cat zu bedenken.

Miriam nickte, doch dann fiel ihr ein, dass das Ägyptische Museum die Barke zwar als interessant eingestuft hatte, aber da man nicht wusste, wo genau das Kunstobjekt gefunden wurde, sie auch nur einen begrenzten Wert besaß.

»Erinnerst du dich an die Historie der Barke? Sie war für das Museum in Berlin nicht von Bedeutung, weil man ihre Herkunft nicht wissenschaftlich zuordnen konnte. Was wäre, wenn dein Verwandter im Manuskript die Barke erwähnt hätte?«

»Das würde erklären, warum das Originalmauskript von Bedeutung sein könnte«, nickte Cat. »Es bedeutet aber auch, dass nur ein Insider auf die Idee kommen könnte.«

»Mein Reden! Klettenberg!« nickte Miriam und verglich eine Seite aus dem Buch mit der passenden Seite aus dem Manuskript.

»Und?!« Cat sah sie neugierig an.

»Äh, ich habe mir die Seiten vorher gar nicht richtig angesehen. Sie sind in Kurrentschrift, das kann man ja nicht lesen.« Enttäuscht legte Miriam das Blatt zurück.

»Warte mal, ich habe da eine Abschrift in Druckbuchstaben.« Cat stand auf und ging an den Safe, dort nahm sie eine Mappe heraus. »Bitte!«

»Wer hat das übersetzt?« fragte Miriam, während sie im Buch und im Manuskript die gleichen Seiten suchte.

»Irgendein Praktikant, den mein Opa mal angestellt hatte«, antwortete Cat.

»Hab was gefunden«, freute sich Miriam. »Ich lese aus dem Buch, du vergleichst das Manuskript!«

»Okay«, nickte Cat.

> *»Von den prächtigen Ruinen, die man mit dem Namen des elenden Dorfes* Luxor (El-Aksar*), welches neben und in ihnen erbaut ist, zu belegen pflegt, freue ich mich, meinen Lesern, statt einer unbefriedigenden Beschreibung, einen von Herrn SEGATO aufgenommenen vortrefflichen Plan mittheilen zu können, den ich an Ort und Stelle mit den Trümmern sorgfältig verglich und richtig befand.«*

»Und?« Miriam sah ihre Freundin fragend an.

»Identisch«, antwortete Cat. »Wenn wir das ganze Buch jetzt vergleichen müssen, dann wird es Weihnachten.«

»Wir sollten uns Klettenberg vornehmen«, wiederholte Miriam. »Es reicht ja, wenn wir ihn nur befragen, nicht foltern.«

»Du machst mir Angst«, murmelte Cat. »Lass uns schlafen gehen, es ist spät geworden.«

Aber sie ahnte, dass ein Gespräch mit dem Professor unausweichlich war. Wenn sie gewusst hätte, welche Folgen dieses Zusammentreffen haben würde, wäre an Schlaf nicht zu denken gewesen.

Die Luft stinkt 5.

Das Frühstück glich einer Lagebesprechung, bei der die Teilnehmer alle nicht richtig wach waren. Miriam, die einen starken Kaffee benötigte, um einen klaren Gedanken fassen zu können, hatte die Hälfte der Nacht Texte verglichen, ohne einen aufmunternden Erfolg zu verzeichnen. Cat hatte der Schmerz in ihrem Oberarm an einem ruhigen Schlaf gehindert, was sie dazu bewegte, darüber nachzudenken, im Laufe des Tages doch mal einen Arzt aufzusuchen. Nur Olofsson erschien ausgeruht und voller Neugier am Frühstückstisch.

»Guten Morgen, die Damen«, grüßte er mit einem Lächeln, er war wie immer tadellos gekleidet. »Sie hatten hoffentlich eine angenehme Nachtruhe.«

Miriam konnte nicht erkennen, ob ihr Chef das jetzt absichtlich sagte, oder ob er ihre Augenringe und den müden Blick wirklich nicht bemerkte.

»Danke, Chef, aber die Nacht war viel zu kurz«, gähnte sie.

»Und wie geht es Ihnen, Catharina von Hohenlohe?« Wieder hörte man weder Sarkasmus noch Ironie in seiner Stimme.

»Danke für Ihre Nachfrage, aber der Arm schmerzt«, antwortete sie höflich.

»Na, dann haben wir wohl heute Morgen einige Startschwierigkeiten«, meinte er und rief die Bedienung, ihm doch einen Kaffee zu bringen.

»Sie haben demnach gut geschlafen«, murmelte Miriam, während sie ein Brötchen attackierte.

»Ausgezeichnet«, nickte ihr Chef und stand auf, um am Frühstücksbüfett zuzugreifen.

»Es ist manchmal unerträglich, wenn jemand am Morgen so lebendig ist«, knurrte Miriam ihre Freundin an.

»Verstehe, was du meinst«, nickte Cat und zupfte an ihrer Bluse, die unangenehm über die Wunde strich.

Olofsson kam mit einem Teller zurück, auf dem er alle nötigen Zutaten für ein gesundes Frühstück sortiert hatte. Der Kaffee wurde in einer kleinen Kanne serviert, sodass er beherzt die erste Mahlzeit am Tag einnehmen konnte.

Für einen Augenblick waren nur die Geräusche der Bedienung zu hören, die sich um das Frühstücksbüfett kümmerte. Das fiel dem Ex-Agenten auf. Er blickte sich um und bemerkte, dass sie die Einzigen waren, die einen der Tische im Restaurant belegten.

»Sind wir die Ersten?« fragte er überrascht.

»Bei was?« erwiderte Cat.

»Sehen Sie sich um, sonst ist niemand anwesend«, erklärte Olofsson.

»Aber ein paar Tische sind eingedeckt«, murmelte Miriam und deutete auf die mit Servietten bestückten Tische. »Ich denke, wir sind zu früh.«

»Spielt das eine Rolle?« Cat verstand nicht, weshalb Olofsson das interessierte.

»Tagesplanung«, erklärte Miriam, während sie einen Bissen kaute. »Unsere Gäste sind erfahrungsgemäß früh auf den Beinen. Ein verspätetes Frühstück bringt die Tagesplanung schnell durcheinander.«

»Ja, es ist unabdinglich, vom Service den richtigen Eindruck zu gewinnen, um unseren Kunden einen perfekten Urlaubstag zu gewährleisten«, sagte Olofsson, als verkündete er eines der 10 Gebote.

»Eure Gäste sind verwöhnt!« bemerkte die Kommissarin und stand auf, um sich ein Brötchen zu holen.

Als sie zurückkam, hatte Olofsson Kaffee eingeschenkt und begann zu plaudern: »Wussten Sie, dass die Polizeiobermeisterin Anna Müller ein Verhältnis mit Wilko Benndorf hat?«

Die Frauen sahen ihn an, als hätte er Karnevalsschminke im Gesicht. Ohne auf die verblüffte Reaktion zu achten, sprach er weiter. »Ich traf die beiden gestern Abend im Garten. Sie war beschwipst, er sehr redselig. Jedenfalls hatten sie etwas zu feiern und der nette Herr Benndorf hat auch gleich noch Frau Dr. Merle Liesenfeld beschuldigt, eine Mörderin zu sein.«

»So? Das ist alles, was es an Neuigkeiten von Ihnen gibt?« Miriam biss in ein Brötchen. »Wir haben herausgefunden, warum das Original-Manuskript wichtig sein könnte.«

»Unsere Vermutung ist, dass es möglicherweise den Fundort der Totenbarke offenbart«, erklärte Cat. »Der finanzielle Wert des Kunstobjektes steigt um ein Vielfaches, wenn dieser bekannt und belegt wäre.«

»Natürlich würde auch der Papyrus dadurch an Wert gewinnen, vorausgesetzt er ist echt«, sagte Miriam, dann griff sie neben sich und zog das Buch des Reiseberichtes heraus aus einer Tasche, die an ihrem Stuhl hing.

»Hört euch das mal an«, grinste sie verschwörerisch und las vor:

»›*Selbst bei den Papyrusrollen, auf die man erst neuerlich aufmerksamer geworden ist, haben die Araber schon Betrügereien auszuüben gelernt. Sie zerschneiden die gefundenen Rollen der Länge oder Breite nach in mehrere Theile, tauchen die Enden in zerlassenes Mumienharz und hintergehen auf diese Art unkundige oder unaufmerksame Reisende.*‹

Die schlauen Heiden wussten schon, wie man den Europäer übers Ohr haut!«

Cat zuckte zusammen, als Professor von Klettenberg das Restaurant betrat und leise zu seinem Tisch ging. Miriam, die ihm mit dem Rücken zugewandt saß, drehte sich um.

»Jetzt ist er dran«, stieß sie zischend aus und wollte aufstehen.

»Bitte, bleiben Sie sitzen«, seufzte Olofsson, der den Morgen bis jetzt genossen hatte, ohne dass auf ihn ein Messer geworfen oder eine Kugel abgefeuert worden wäre. Doch nun blickte er die Frauen ernst an und sagte: »Meine Damen, ich muss Ihnen etwas mitteilen, das ich gestern Abend vorsätzlich unterschlagen habe.«

Es war erstaunlich, dass ein paar ruhig gesprochene Worte die Wirkung einer Feuersirene entfalten konnten. Schwebten die beiden Freundinnen bis zu diesem Zeitpunkt mental in einem Dämmerzustand, der sich mit kleinen Wutausbrüchen abwechselte, so änderte sich dies schlagartig nach Olofssons Ankündigung.

»Miriam und Cat, Sie gehen davon aus, dass Professor von Klettenberg den Überfall begangen hat. Ich denke, das ist eine Fehlannahme.« Olofsson machte eine Pause. »Mir wurde mitgeteilt, dass Bürgermeister Ove Doßmann einen großen finanziellen Vorteil aus Onne Griebkes Tod ziehen kann. Außerdem soll er gut mit Wurfmessern umgehen können.« Er stöhnte laut und wartete.

»Was?!« Miriam war fassungslos. »Warum sagen Sie uns das erst jetzt?«

»Weil Sie beide gestern Abend schon echauffiert waren. Außerdem hat der Angriff Sie auf positive Weise fokussiert«, erklärte der Ex-Agent.

»Eine üble Manipulation«, schimpfte Cat. »Das hätten Sie nicht tun dürfen.«

»Bitte verzeihen Sie mir«, Olofsson sagte das aufrichtig und die Frauen beruhigten sich. »Ich wollte Sie nicht manipulieren. Aber Sie waren so auf den Professor fixiert, dass ich es für angebracht hielt, Sie erst einmal in dem Glauben zu lassen. Der Professor hat Sie wahrscheinlich nicht angegriffen, Cat, aber er kann sicherlich zur Aufklärung beitragen.«

»Also, wie gehen wir nun vor?« Miriam wirkte an diesem Morgen zum ersten Mal ausgeschlafen und voller Tatendrang.

»Ich schlage vor, dass Cat sich mit dem Professor unterhält und dabei ihre Dienstmarke benutzt. Wir, liebe Miriam, werden dem Bürgermeister einen Besuch abstatten.«

2

Die frische Luft tat gut, als Miriam und Olofsson vor das Hotel traten. Miriam trug ihre taillenkurze Winterjacke, weil sie nicht wieder frieren wollte. Ihr Chef wies sie darauf hin, dass die Temperatur in einem Bereich lag, der eine dicke Jacke überflüssig machte. Allerdings wusste er nicht, dass Miriam darunter nur ein hautenges Top trug. Aus einem inneren Impuls heraus hatte sie sich für eine Kleidung entschlossen, die ihr eine maximale Bewegungsfreiheit garantierte. Schließlich wollten sie sich mit einem Menschen treffen, der als Hobby Messerwerfen betrieb. Eine gesteppte Winterjacke und ein enges Top schienen ihr da passend. Olofsson hätte wieder einmal als Gentleman über einen Laufsteg gehen können. Der dreiteilige Anzug aus hochwertiger

Baumwolle hatte einen sportlichen Schnitt, wie man ihn am Wochenende in Schottland auf dem Lande trug. Er hielt warm und war dennoch robust genug, um damit einen Landausflug unbeschadet zu überstehen.

Sie schlenderten die Auffahrt hinunter und folgten dann einem Fußweg, der sie ins Dorf führen sollte. Am Dorfrand blieb Miriam stehen.

»Riechen Sie das?« Sie rümpfte die Nase. »Es stinkt nach faulen Eiern.«

Olofsson hatte den Geruch ebenfalls wahrgenommen und sah sich um. Der Vorteil von flachem und waldlosem Land ist, dass man in der Regel hohe Gebäude und Scheunen schnell erkennt. So fand er ein Bauwerk, das seine Aufmerksamkeit weckte.

»Ich vermute, der Gestank tritt dort hinten aus.« Er deutete auf das Bauwerk.

»Ist das die Biogasanlage, von der Fenja Griebke sprach?«

»Das nehme ich an«, nickte Olofsson. »Wollen wir uns das mal ansehen?«

»Muss das sein? Der Gestank wird sicherlich nicht besser, wenn man auf ihn zugeht«, maulte Miriam.

»Es macht einen aber auch nicht dümmer«, merkte Olofsson an. »Außerdem ist es nicht weit.«

In der Tat erreichten sie die Silos nach weniger als fünf Minuten. Der Gestank vor der Anlage war allerdings auch für Olofsson schwer erträglich.

»Das dürfte der Grund für die Sanierung sein«, erklärte er Miriam, die sich die Nase zuhielt.

Die Silos, in denen Mais und andere Pflanzen kompostiert wurden, um Biogas zu erzeugen, schienen nicht mehr dicht zu sein. Das hatte zur Folge, dass das stinkende Methangas austrat und für die Gasversorgung verloren ging.

Sie beeilten sich, von der Anlage wegzukommen. Erst als sie wieder den Dorfrand erreichten, hatte der Wind den Geruch von Methan soweit verflüchtigt, dass Miriam wieder unbeschwert einatmen konnte.

»Das ist nicht gut«, bemerkte Olofsson. »Wenn der Wind ungünstig steht, dann wird man es auch im Hotel riechen.«

»Davon gehe ich aus«, nickte Miriam. »Onne Griebke hätte ein Interesse daran haben müssen, die Anlage wieder dicht zu bekommen. Was hat ihn davon abgehalten?«

»Das Geld wurde knapp, das Gutachten war teuer. Ich denke, dies war der Grund, dem Bürgermeister eine Absage zu erteilen«, erklärte Olofsson.

Sie spazierten noch einige Meter durch das Dorf, bis sie vor dem Haus, an dem ein kleines Schild angebracht war, das auf das Büro des Bürgermeisters hinwies, stehenblieben.

»Dann lassen Sie uns mal ein paar Fragen stellen«, sagte Olofsson und drückte die Türklinke nach unten.

Monika, Oves Sekretärin, empfing die beiden Gäste und bat sie, einen Moment zu warten.

Das war die Gelegenheit, sich in dem Büro umzusehen. Allerdings gab es nichts Aufregendes zu entdecken, es sei denn, man fand Gefallen an Kindergartengebäude-Entwürfen, die zuhauf an den Wänden hingen. Nach ein paar Minuten sagte Monika freundlich: »So, Sie können jetzt durchgehen.«

Ove Doßmann saß hinter seinem Schreibtisch wie ein gutmütiger Buchhalter. Miriam ließ sich aber nicht täuschen und behielt den Mann im Auge. Olofsson grüßte freundlich und der Bürgermeister bat seine Gäste, an einem kleinen Besprechungstisch Platz zu nehmen.

»Sind Sie mit den Ermittlungen weitergekommen?« fragte er neugierig. »Man hört ja, dass sie Stiefelspuren gefunden haben.«

»So?!« staunte Olofsson.

»Ich bin informiert, habe quasi eine direkte Leitung zur Wache in Garding.« Man sah dem Mann an, dass er das ganz toll fand.

»In der Tat haben wir einige Spuren sicherstellen können«, antwortete Olofsson kühl. »Außerdem habe ich einen Hinweis erhalten, der Sie belastet.«

Ove, der wie am Vortag stark schwitzte, obwohl er nur auf seinem Stuhl saß, wurde blass.

»Was hat man gegen mich geäußert?« fragte er scharf.

»Es wird behauptet, dass Sie von Onnes Tod profitieren«, antwortete Olofsson und sprach die

Biogasanlage an. »Wir haben das Problem der Anlage auf dem Weg hierher riechen können.«

Miriam hielt sich zurück. Sie suchte in dem Büro nach einem Versteck, wo man Wurfmesser aufbewahren könnte.

»Ja, der Gestank kommt durch undichte Silos. Die sollten saniert werden, aber es fehlt das Geld. Und ja, es ist wahr, ich profitiere von Onnes Tod, da die Gemeinde seine Anteile bekommt.« Ove beruhigte sich und erklärte: »Ich habe versucht, Geld für die Sanierung zu bekommen. Doch das interessiert anscheinend niemanden. Jetzt möchte ich die Biogasanlage verkaufen.«

»Damit Sie einen schönen Reibach machen können!« schimpfte Miriam.

»Nein, damit die Gemeinde Geld erhält, um einen Kindergarten bauen zu können«, antwortete Ove entrüstet.

Olofsson beruhigte Miriam und sagte: »Deshalb die Entwürfe im Vorzimmer.«

»Ja«, nickte Ove. »Wissen Sie, wichtiger als ein Beitrag zur Umwelt ist es, einen Beitrag zum Bevölkerungswachstum zu leisten. Oder jedenfalls für unsere Familien ein gutes Umfeld zu schaffen. Wir haben festgestellt, dass wir unserer Gemeinde helfen können, wenn wir Kitaplätze anbieten. Ist die Versorgung der Dreijährigen und älter gesichert, überlegen sich die Eltern, ob sie wegziehen, um näher am Arbeitsplatz zu sein.«

»Sie wollen tatsächlich von dem Geld einen Kindergarten bauen«, sagte Miriam enttäuscht.

»Ja, die Biogasanlage muss repariert werden, sonst wird sie stillgelegt. Aber selbst dann könnten die Komponenten der Anlage noch genügend abwerfen, um damit die Kita zu bauen«, erklärte der Bürgermeister.

»Ist es eigentlich wahr, dass Sie ein Faible für Wurfmesser haben?« fragte Miriam und setzte ein Mädchenlächeln auf.

Ove wurde vorsichtig, doch Olofsson hakte nach.

»Können Sie uns sagen, wo Sie gestern Abend zwischen 20 Uhr und 21 Uhr waren?«

»Ich war auf einer Versammlung des Bauausschusses. Warum? Warum wollen Sie das wissen?«

»Weil meine Freundin von einem Unbekannten angegriffen wurde, der sie mit einem Wurfmesser attackierte.« Miriam sah dem Bürgermeister direkt in die Augen.

»Ich war es jedenfalls nicht«, schnaufte Ove. »Sie sollten sich mal bei Merle Liesenfeld umsehen. Als ich gestern in ihrem Hotelzimmer war, standen da matschige Stiefel. Außerdem habe ich gesehen, dass auch der Professor diese Art von Messer benutzt. Seine Erklärung war, dass man sie gut für Ausgrabungen verwenden kann, so wie eine Kelle.«

»Sie haben von Klettenberg mit einem Wurfmesser in der Hand gesehen?« vergewisserte sich Olofsson.

»Nein, nicht gesehen«, stöhnte Ove laut. »Als ich die Herrschaften gestern sprach, erwähnte

Merle mein Hobby, und der Professor erklärte dann, dass er für eine baldige Ausgrabung Material, unter anderem auch ein paar Wurfmesser, bestellen wolle. Im Übrigen benutzen viele Fischer ähnliche Messer, um die Netze vom Beifang zu befreien.«

»Ist Ihnen sonst noch etwas an Frau Dr. Liesenfeld aufgefallen, das Sie uns sagen möchten?« fragte Olofsson.

»Nein, ich möchte niemanden in Schwierigkeiten bringen. Sie sehen ja, wie schnell man verdächtigt werden kann.« Der Bürgermeister stand auf. »Wenn Sie sonst keine weiteren Fragen mehr haben, dann würde ich gerne weiterarbeiten.«

»Nein, haben wir nicht«, antwortete Olofsson und stand ebenfalls auf. »Wir wünschen Ihnen einen erfolgreichen Arbeitstag.«

Miriam folgte ihrem Chef und nachdenklich verließen sie das kleine Bürgermeisterbüro.

Draußen murmelte Miriam. »Was denken Sie, Chef, hat er uns gerade reingelegt?«

3

Cat wollte sich bei ihrem Verhör nicht reinlegen lassen. Mit ihrer Dienstmarke zu wedeln, wie es Olofsson vorgeschlagen hatte, kam auch nicht in Frage. Bei einem Akademiker dieser Klasse musste man subtil vorgehen. Als Erstes ging sie in ihrem Hotelzimmer alle wichtigen Fakten durch, nicht, dass sie etwas übersah oder vergaß. Besonders die Unterlagen, die für Onne bestimmt waren, sollten in ihrem Notizbuch aufgelistet werden. So konnte sie schnell erfahren, inwieweit Onne den Professor eingeweiht hatte. Als sie sich alles Notwendige notiert hatte, steckte sie ihre Dienstwaffe ein und verließ das Zimmer. Cat hoffte, den Professor auf der Terrasse anzutreffen. Sie hatte Glück. Er las versunken in einem karierten Notizbuch am Rand der Terrasse.

»Guten Morgen, Professor von Klettenberg«, grüßte sie mit einem Lächeln.

Der Archäologe sah auf. »Oh, Frau von Hohenlohe. Bitte, setzen Sie sich.«

Cat nahm Platz und wurde vom Professor eindringlich angesehen.

»Wissen Sie«, begann von Klettenberg mit einem nachdenklichen Ton. »Ich habe mich schlaugemacht über Sie. Warum verzichten Sie auf die Anrede „Prinzessin“?«

»Bitte, es ist eine Sache, dem Hochadel anzugehören, wo jede Tochter den Titel „Prinzessin“ tragen darf, und eine ganz andere, wenn man einer Behörde zu Diensten ist.«

»Aber das Letzte brauchten Sie nicht zu tun«, wunderte sich der Freiherr.

»Ich will es aber«, antwortete sie scharf. »Und deshalb sitze ich hier nicht als Catharina Verona Helene Prinzessin von Hohenlohe, sondern als Kommissarin von Hohenlohe. Und in dieser Eigenschaft habe ich einige Fragen an Sie, die im

Zusammenhang mit dem Tod des Hotelbesitzers Onne Griebke sowie dem Verschwinden eines Kunstobjektes stehen.«

Der Professor nickte langsam und murmelte: »Ich stehe Ihnen zur Verfügung.«

»Gut«, stieß sie erleichtert aus, dann zog sie ihr Notizbuch aus der Hosentasche. »Fangen wir mit den Unterlagen an, die Onne von mir zugesandt bekam. Haben Sie davon gewusst?«

»Ja, Onne hat sie mir gezeigt. Sehr interessant und hilfreich«, nickte von Klettenberg.

»Wobei waren sie hilfreich?«

»Das Ausmaß des Verlustes festzustellen, das mit dem Untergang der *Gottfried* die Archäologie traf«, seufzte er. »Die Ladeliste der *Gottfried* hat uns erst verdeutlicht, was Freiherr Minutoli in Oberägypten alles gefunden hatte. Dass Ihre Familie mit dem Generalleutnant verwandt war, hat mich übrigens sehr gefreut. So sind die wichtigen Dokumente nicht verloren gegangen.«

»Ganz anders als das Modell der Totenbarke«, warf Cat ein.

»Sie wollen mir doch sicher nicht unterstellen, an dem Raubmord beteiligt zu sein«, zischte der Professor.

»Nun, waren Sie es?!«

»Nein, denn das Holzmodell war gar nicht das Wertvollste, das Onne besaß!«

»So?« Cat beugte sich zu ihm vor. »Das Wertvollste, was er besaß, war nicht die Barke, sondern ein Papyrus, der in der Barke versteckt war.«

Alfons von Klettenberg lehnte sich langsam zurück. »Woher wissen Sie von dem Papyrus?«

»Das spielt jetzt keine Rolle! Viel wichtiger ist: Warum haben Sie das nicht schon früher erwähnt?«

»Weil er verschwunden ist, genauso wie die Barke«, seufzte von Klettenberg. »Wahrscheinlich sieht man beides nie wieder. Was für ein Verlust!«

»Sie haben ein Gutachten für Onne erstellt. Ging es dabei um die Schriftrolle?«

»Ja, Onne wollte die Echtheit überprüft haben«, antwortete Klettenberg leise. »Es hat ein kleines Vermögen gekostet, weil wir eine Radiocarbondatierung sowie eine Analyse der verwendeten Tinte veranlasst haben.«

»Und, war es den Aufwand wert?« fragte Cat, während sie ihre Notizen durchging.

»Sie haben ja gar keine Ahnung«, antwortete von Klettenberg enthusiastisch.

»Dann lassen Sie mich nicht dumm sterben«, erwiderte Cat sarkastisch.

»Was spielt das noch für eine Rolle! Diese Dr. Liesenfeld hat sich den Papyrus geschnappt, da bin ich mir ganz sicher. Sie war gestern in seinem Haus. Ich habe sie da angetroffen.«

»Merle Liesenfeld, die Leiterin des Museums am Meer in Büsum? Wann genau haben Sie sich getroffen?«

»Ja, diese Person! Wir waren dort, kurz bevor wir Sie auf der Terrasse informiert haben. Ich denke, sie hat auch Onne ermordet«, murmelte er.

»Sie war seine Freundin«, erwähnte Cat überrascht.

»Kain war Abels Bruder und dennoch hat er Abel erschlagen«, erwiderte Klettenberg kalt.

»Wir werden das überprüfen«, antwortete Cat.

»Wir? Hilft Ihnen dieser Reisebürobesitzer immer noch bei der Arbeit«, höhnte von Klettenberg. »Sein Kleidungsgeschmack ist allerdings exquisit.«

»Das wird ihm sicherlich gefallen, da er den Ihrigen ebenfalls lobend erwähnt hat«, lächelte sie und ignorierte die versteckte Beleidigung. »Was war denn nun an dem Papyrus so wertvoll?«

Professor Dr. Alfons von Klettenberg straffte seinen Oberkörper und atmete tief ein. »Kennen Sie Howard Carter?«

»Der Mann hat das Grab des Tutanchamun im Tal der Könige gefunden«, sagte Cat.

»Richtig. Carter war ein Verrückter, der an seine Chance glaubte und recht behielt. Er hatte den richtigen Tipp von Einheimischen bekommen, wussten Sie das? Jedenfalls fand er das bis jetzt eindrucksvollste Grabmal eines Pharao. Und ich möchte es ihm gleichtun.«

»Sie!?« Cat musterte den Akademiker und spürte, dass er das Gesagte ernst meinte.

»Ja, ich, Alfons von Klettenberg«, sagte er stolz. »Wissen Sie, der Papyrus enthielt eine Nachricht, die ich entschlüsselt habe.« Er griff zu seinem karierten Notizbuch und schlug eine markierte Seite auf.

»Begrüßt *Atum* mit 1000 Meh / Neigt euch vor *Tefnut* mit 100 Chet / Lobt *Osiris*, den Starken, mit 3 Chet / Huldigt der Einen, *Atons* Tochter.«

»Okay«, nickte Cat. »Sehen Sie es mir nach, ich verstehe kein Ägyptisch!«

»Ist auch nicht weiter wichtig«, stöhnte er. »Ohne die Barke und den Papyrus werde ich eine Ausgrabung nie finanzieren können«.

»Was wollen Sie denn ausgraben?« hakte Cat nach.

Der Professor schien einen Augenblick bereit zu sein, das Geheimnis zu lüften, doch dann störten Olofsson und Miriam, die die Terrasse betraten. Der Augenblick ging vorbei. Der Archäologe nahm wieder seine abweisende Haltung ein und verabschiedete sich.

4

»Wir haben Neuigkeiten«, schoss es aus Miriam heraus, als Klettenberg die Terrasse verließ.

»Ich auch«, antwortete Cat, »ihr aber zuerst.«

Olofsson berichtete von Ove Doßmanns Plan, mit dem Erlös aus dem Verkauf der Biogasanlage eine Kita zu bauen. Dass er sich nach den bisherigen Ermittlungen nicht persönlich bereichern wollte und damit ein Motiv für den Mord an

Onne Griebke fehlte. Außerdem erwähnte er, dass Dr. Merle Liesenfeld am gestrigen Tag matschige Stiefel in ihrem Hotelzimmer stehen hatte.

»Wieder ein Puzzleteilchen mehr«, nickte Cat, »bedenkt man, dass ihr Museum vor dem Aus steht, sie aber mit der Barke einen Besuchermagneten hätte.«

»Aber ein toter Griebke und eine verschwundene Totenbarke passen überhaupt nicht zu ihrem mutmaßlichen Plan«, bemerkte Miriam. »Sie kann, sollte sie die Barke gestohlen haben, das Museumsstück nicht einfach ausstellen.«

»Ja, da hast du Recht«, sagte Cat. »Allerdings glaubt von Klettenberg, dass sie gestern den Papyrus aus Onnes Haus gestohlen hat.«

Dann berichtete die Kommissarin den beiden, was ihr von Klettenberg über den Papyrus mitgeteilt hatte. Sie endete mit dem Hinweis: »Der Professor gedenkt ein zweiter Howard Carter zu werden. Allerdings hat er mir sein Geheimnis nicht preisgegeben.«

»Nach Doßmanns Aussage plant Klettenberg eine Ausgrabung. Er soll dafür Messer bestellt haben«, sagte Miriam und klatschte in die Hände. »Also, der Mann steht wieder auf der Liste. Was machen wir jetzt? Nehmen wir uns diese Museumstussi oder Klettenberg vor?«

»Nun, die Tussi hat einen Doktortitel«, bemerkte Cat als Anspielung auf Miriams unterbrochenes Studium. »Das ist dann wohl die falsche Bezeichnung.«

»Quatsch! Hast du sie dir gestern nicht genau angesehen?« antwortete Miriam. »Die ist eine Tussi.«

Olofsson mischte sich ein und sagte: »Ein Besuch in Büsum stand sowieso auf der To-do-Liste, also lassen Sie uns hinfahren.«

»Willst du mit?« fragte Miriam die Kommissarin.

»Natürlich! Das ist wichtig«, antwortete Cat. »Wäre aber schön, wenn du fahren könntest. Möchte meinen Arm noch nicht so belasten.«

»Klasse, dann kann ich den Saab noch mal bewegen«, freute sich Miriam, deren Handy plötzlich klingelte. Verdutzt sah sie auf das Display, das eine unbekannte Nummer anzeigte.

»Wer ist das?«

»Es könnte Wilko Benndorf sein. Ich habe ihm Ihre Nummer gegeben«, erklärte Olofsson.

»Van Heyden«, meldete sie sich.

Wie sich herausstellte, war es tatsächlich Wilko Benndorf.

»Er fragt, ob der Ausflug ins Wattenmeer noch steht?«

»Steht?!« Olofsson sah seine Assistentin verdutzt an.

»Ob wir planen, heute rauszufahren?« erklärte sie.

»Ja, aber erst nachmittags, wenn es keine Umstände macht«, antwortete Olofsson, was Miriam am Telefon weitergab.

»Es macht keine Umstände«, gab sie zurück. »Er will noch wissen, wie viele Personen teilnehmen?«

»Möchten Sie beide mit?« fragte Olofsson.

»Ich nicht«, wehrte Cat gleich ab. »Mir wird auf See immer schlecht!«

»Pussie«, hetzte Miriam, »ich bin dabei.«

»Dann bestätigen Sie zwei Personen«, sagte Olofsson.

Miriam gab auch das weiter und legte dann auf. »Er holt uns im Hafen von Tönning ab.«

»Gut«, nickte Olofsson.

»Wann geht es los nach Büsum?« fragte Miriam.

Es ging sofort los.

Cat eilte auf ihr Zimmer, legte die wertvollen Originale in den Safe und streifte eine Jacke über. Miriam und Olofsson gingen derweil um das Hotel herum in den Hinterhof, wo der Saab unter einem Carport stand.

»Hoffentlich springt er an«, murmelte Miriam und öffnete die Fahrertür. Sie steckte den Zündschlüssel ein und drehte ihn. Der Saab muckte keine Sekunde. Mit einem leisen Freudenschrei legte sie den ersten Gang ein und fuhr den Wagen auf den Hof.

»Kennen Sie den Weg?« fragte Olofsson, als er sich auf die Beifahrerseite setzte.

»Ich denke, dass der Weg zur Stadt ausgeschildert ist«, antwortete Miriam. »Außerdem hat mein Handy ein GPS.«

»Diese modernen Geräte zerstören die abenteuerliche Ungewissheit, das Ziel zu erreichten«, sinnierte Olofsson.

»Darauf kann ich verzichten«, grinste Miriam. »Wo bleibt denn Cat?«

»Vielleicht sollten Sie vor den Haupteingang chauffieren«, schlug ihr Chef vor.

»Dann müssten Sie nochmals aussteigen und das Tor dort vor uns öffnen«, antwortete sie.

»Oh, natürlich!« nickte er und verließ den Wagen.

Miriam lenkte den Saab aus dem Hinterhof und parkte vor dem Haupteingang des Hotels. Olofsson schloss hinter sich das Tor und schritt nachdenklich auf das wartende Auto zu.

Beim Einsteigen fragte er: »Wann genau ist der alte Ahorn vom Sturm zerstört worden?«

»So um Mitternacht, wir haben den Krach ja gehört. Aber wann genau, das hat Horst nicht erwähnt«, antwortete Miriam.

»Wir sollten das klären«, sagte Olofsson und zog sein kleines schwarzes Notizbuch aus der Innentasche seines Jacketts.

Die hintere linke Tür wurde aufgerissen und Cat ließ sich auf die Rückbank fallen.

»Bin da!« sagte sie und es klang wie ein Startbefehl.

Miriam legte den Gang ein und gab Gas.

Die Fahrt nach Büsum führte über Garding auf das Eidersperrwerk zu. Der Verkehr hielt sich in Grenzen und so kamen sie zügig bis zum Sperrwerk voran. Die Brücke an der Schleuse war für den Autoverkehr offen und so konnten sie ohne eine Wartezeit durchfahren.

»Wir verlassen jetzt die Halbinsel Eiderstedt und betreten Dithmarscher Boden«, kommentierte Olofsson.

Vom Sperrwerk aus ging es in Richtung Wesselburen. Die Reisenden passierten zügig die kleine Stadt, die auf zwei Wurten im Marschland aufgebaut war.

»Fällt euch auch auf, dass hier die Windkrafträder nur so aus dem Boden sprießen?« bemerkte Cat unterwegs.

»Nicht nach meinem Geschmack«, antwortete Miriam und bog auf die Landstraße nach Büsum. »Was fragen wir eigentlich diese Museumsleiterin? Sie wird ja sicherlich nicht zugeben, eine Mörderin zu sein.«

»Miriam, wir konfrontieren sie mit unseren Fakten«, sagte Olofsson entschieden.

»Die sind aber sehr spärlich«, meinte Cat aus dem Fond.

»Es muss reichen. Haben Sie bereits von Ihren Kollegen eine Spurenanalyse erhalten?« Olofsson drehte sich nach Cat um.

»Bis jetzt noch nicht«, antwortete die Kommissarin, »aber gut, dass sie mich daran erinnern. Ich rufe dort mal an.«

Sie zog ihr Handy aus der Jackentasche und es folgten die üblichen Wischbewegungen, die mit Einführung der modernen Smartphones Einzug gehalten haben. Miriams Saab rollte sanft über das flache Land, während die Kommissarin auf der Rückbank einen Fluch ausstieß.

»Diese Idioten!« knurrte sie und schaltete das Handy ab. »Die Ergebnisse liegen bereits vor. Man hat sie heute Morgen an die Wache in Garding gemailt. Ich bekomme sie gleich noch mal auf mein Handy geschickt. Mensch, diese … gut, dass Sie es angesprochen haben, Herr Olofsson.«

Nach einer fast ereignislosen Fahrt entlang des Wattenmeeres, an gefühlten 1001 Windrädern vorbei, erschien am Straßenrand das Ortsschild von Büsum.

»Wohin jetzt?« fragte Miriam.

»Zum Museum am Meer«, antwortete Olofsson, der einen Flyer aus seinem Jackett gezogen hatte.

»Was ist das?« fragte Miriam skeptisch.

»Eine Informationsbroschüre«, erwiderte Olofsson.

»Die haben Sie die ganze Zeit in Ihrem Jackett?« wunderte sich Cat.

»Nein, ich habe Sie mir heute Morgen eingesteckt«, erklärte der Ex-Agent. »Sie befand sich in einer Mappe, die Sie auf Ihren Zimmern sicherlich auch vorgefunden haben.«

»Keine Ahnung, habe das olle Ding nicht aufgeschlagen«, murmelte Miriam und sah sich nach einem Hinweisschild um.

Sie fand eins und gleich darauf noch ein zweites.

»Hey, Leute, da gibt es noch ein Museum am Hafen«, bemerkte Miriam.

»Wir wollen aber zum Museum am Meer«, wiederholte Olofsson.

»Jawohl, Chef«, sagte Miriam und lenkte den Wagen von der Kreisstraße 203 in die Doktor-Martin-Bahr-Straße. »Der Parkplatz ist gleich da vorne.«

»Wir sind doch keine Touristen«, maulte Cat von hinten. »Fahr bis vor das Museum.«

»Okay, wie du wünschst, Prinzessin«, grinste Miriam und setzte den Blinker, um in die Werftstraße einzubiegen. Dann folgte sie einige hundert Meter der Straße und schließlich lenkte sie den Saab vor das Museum am Meer, wo ihnen ein Taxi entgegenkam.

»Endstation«, rief sie und schaltete den Motor aus.

Das Wetter zeigte sich von der schönsten Seite. Die Sonne schien und der Wind war nicht mehr als eine leichte Brise. Der Hafen bestand aus zwei ausgebauten sowie einem unbefestigten Becken, in dem man für Sportboote und kleine Segeljachten eine Anlegestelle gebaut hatte. Das Museum befand sich zwischen den beiden ausgebauten Hafenbecken, direkt an der Pier.

»Chef, ist das ein Krabbenkutter?« fagte Miriam und deutete auf ein Schiff, das unweit des Museums angelegt hatte.

»Ja, bloß, dass Wilko den Krabbenkutter für Touristen umgebaut hat. Wie er mir berichtete, fehlen die Netze«, erklärte Olofsson.

»Aber es bleibt dennoch eine Nussschale auf der großen stürmischen Nordsee«, raunte Cat.

»Bei dem Gedanken daran könnte ich mich schon übergeben.«

»Mir wird nicht schlecht!« erwiderte Miriam kampflustig.

Sie suchten den Eingang, fanden ihn und gingen auf einen Schalter zu, hinter dem eine freundliche Angestellte wartete.

Cat erklärte ihr Anliegen und die Frau beschrieb ihnen den Weg zur Museumsleitung. Die drei folgten der Beschreibung und standen schließlich vor Merle Liesenfelds Büro.

Olofsson klopfte an. Nichts geschah. Der ehemalige Botschaftsangestellte wiederholte das Anklopfen, aber auch dieses Mal reagierte niemand.

Cat griff zur Türklinke und zur Überraschung aller ließ sich die Tür öffnen.

»Hallo!« rief Cat und betrat das Büro, kurz darauf hörte Miriam sie rufen: »Scheiße!«

5

Für die Museumsleiterin kam jede Hilfe zu spät. Man hatte ihr brutal die Kehle durchgeschnitten. Das Blut war an ihrem Körper hinuntergelaufen, während sie in ihrem Bürostuhl saß.

»Das dürfte kein Fremder gewesen sein«, stellte Olofsson fest. »Der Mörder hat sie im Sitzen getötet. Passen Sie auf, hier ist überall Blut. Der Täter dürfte ebenfalls einiges abbekommen haben.«

»Ja, er musste nah an sie heran«, antwortete Cat, »sonst hätte er die Kehle nicht erwischt.«

Miriam tat ihre Äußerung leid, die ausgeblutete Merle als Tussi beschrieben zu haben. »Wer macht so was?«

»Ein eiskalter Killer«, meinte Cat. »Habt ihr Überwachungskameras auf dem Weg hierher gesehen?«

»Nein«, antwortete Miriam.

»Ich habe zwei entdeckt, aber sie schienen nicht eingeschaltet gewesen zu sein«, erklärte Olofsson.

»Gut, dann sollten wir mal die Kollegen informieren«, stöhnte Cat.

»Seht euch das mal an.« Miriam stand vor einer Schatulle, die mit Hieroglyphen bedeckt war. »So eine stand auch in Onnes Büro.« Sie öffnete sie vorsichtig. »Leer!«

»Da muss der Papyrus drin gewesen sein«, sagte Cat überzeugt. »Vielleicht haben wir uns in Professor von Klettenberg doch getäuscht und er hilft uns die ganze Zeit.«

»Hier stehen die Stiefel, von denen der Bürgermeister sprach.« Olofsson hatte sie auf einer Fußmatte gleich neben dem Kleiderständer entdeckt. Der Matsch des Vortags klebte noch an den Sohlen. »Miriam, würden Sie die Sohlen abfotografieren?«

»Sie denken, dass sie *doch* die Mörderin war?« wunderte sich Miriam.

»Es kann durchaus zwei Täter geben«, antwortete Olofsson und hielt die Stiefel so, dass Miriam die Sohlen gut ablichten konnte.

Cat sah sich den Schreibtisch an und deutete auf eine Mappe, die ihr bekannt vorkam. »So eine Mappe habe ich auch in Onnes Arbeitszimmer gesehen.«

Olofsson stellte die Stiefel vorsichtig zurück und sah sich dann die Mappe ebenfalls an.

»Ja, davon gibt es in Onnes Arbeitszimmer einige«, nickte Olofsson und klappte die Mappe mithilfe eines Stifts auf. Er wollte ganz sicher nicht seine Fingerabdrücke hinterlassen.

»Das sieht nach einem übersetzten ägyptischen Text aus.« Er las laut vor: »Begrüßt Atum mit 1000 Meh / Neigt euch vor Tefnut mit Chet / Lobt Osiris, den Starken, mit 3 Chet / Huldigt der Einen, Atons Tochter.«

»Das kenne ich«, sagte Cat. »Das Gleiche hat mir heute der Professor vorgelesen.«

»Hat er auch gesagt, was der Spruch bedeutet?« wollte Miriam wissen.

»Nein, er wollte es, aber da seid ihr aufgetaucht«, antwortete Cat.

»Miriam, Sie sollten auch das Blatt fotografieren«, bat Olofsson. »Mein siebter Sinn sagt mir, dass wir dem Rätsel langsam näher kommen.«

»Ehrlich?« schnaufte Miriam und schoss mit dem Handy ein weiteres Foto.

Von draußen dröhnten Polizeisirenen in das Büro.

Wenig später übernahmen die örtlichen Beamten den Tatort. Es stellte sich heraus, dass die Überwachungskameras in der Tat ausgeschaltet waren. Der Sturm hatte auch an dem Gebäude Schaden angerichtet, was zu einer Überspannung im Stromnetz des Museums geführt und alle Kameras sozusagen gegrillt hatte.

Nachdem Cat die Polizisten gebrieft hatte, befragte sie noch die Frau am Kartenschalter. Doch auch sie hatte niemanden gesehen außer einem Kollegen, der die Ausstellungsstücke säuberte. Die drei entschieden dann, zurück nach Poppenbüll zu fahren.

Als Miriam den 900er Saab aus Büsum steuerte, fragte Olofsson: »Haben Sie mittlerweile die Daten der Spurensicherung erhalten?«

»Daran habe ich gar nicht mehr gedacht«, antwortete Cat erschrocken und sah gleich auf ihrem Handy nach. »Nein, da ist noch nichts angekommen.«

»Dann schlage ich vor, da wir sowieso durch Garding fahren, bei der dortigen Wache anzuhalten«, sagte Olofsson.

»Kein Problem«, nickte Miriam. »Sie sind der Boss.«

Die Fahrt zurück aus Dithmarschen auf die Halbinsel Eiderstedt verlief ereignislos. Am Eidersperrwerk mussten sie dieses Mal warten. Die Schleuse war in Betrieb und die Brücke für die Autofahrer hochgezogen, was Miriam nutzte, um eine Frage loszuwerden: »Welches Motiv hatte der Mörder, diese Frau umzubringen?«

»Darüber grüble ich bereits, seit wir Büsum verlassen haben«, seufzte Cat auf dem Rücksitz.

»Es gibt für mich kein Szenarium, das einen Sinn ergibt.«

»Wieso, dieser Schnösel von Klettenberg hätte doch ein Motiv!« antwortete Miriam.

»Ja und nein«, meinte Cat. »Er machte heute Morgen den Eindruck auf mich, als meine er es ernst damit, ein zweiter Howard Carter zu werden. Dazu benötigte er die Totenbarke und den Papyrus. Wenn er die beiden Gegenstände nun plötzlich in seinem Besitz hätte, dann wäre ihm eine Mordanklage sicher. Leider wird man kein weltbekannter Archäologe, wenn man im Gefängnis sitzt.«

»Da stimme ich Ihnen zu«, sagte Olofsson. »Wir übersehen etwas.«

Die heruntergelassene Brücke an der Schleuse schloss sich wieder und die Fahrt konnte fortgesetzt werden.

Als sie in Garding vor der Wache parkten, war es kurz nach Mittag.

»Ich schlage vor, wir gehen was essen«, sagte Miriam. »Da vorne habe ich ein Steakhaus gesehen.«

»Gut, lass uns aber erst die Unterlagen holen«, nickte Cat.

Zusammen betraten sie die Wache.

»Was für eine Überraschung«, begrüßte sie Pucky. »Den weiten Weg von Poppenbüll gefahren?«

»Sieht so aus«, antwortete Cat gelassen. »Hier soll etwas für mich angekommen sein.«

»Ja, ich glaube, Anna hat die E-Mail ausgedruckt und die Papiere in einen Umschlag gelegt«, nickte der Polizeihauptmeister. »Warten Sie, ich sehe mal nach.«

Die Wache bestand aus einer Theke, die den öffentlichen Bereich vom dienstlichen abtrennte. Eine Klappe in der Theke, wie man sie aus älteren Kriminalfilmen noch kennt, war hier ebenfalls noch im Einsatz. Hinter der Theke standen zwei Schreibtische, der von Anna und der von Pucky. Ein gläsernes Büro, in dem Hauptkommissar Theo Nolde saß, befand sich gleich neben einem Verhörraum und zwei Zellen.

Pucky trat an Annas Schreibtisch, der mit Fotos der Polizistin und ihrer Freunde übersät war. Sie klebten an der Wand oder waren in kleinen bis DIN A4 großen Rahmen auf dem Schreibtisch verteilt.

»Da mag aber jemand Fotos«, kommentierte Miriam das Durcheinander.

»Oh, sprechen Sie sie nicht darauf an, das mag sie gar nicht«, antwortete Pucky, der einen braunen DIN-A4-Umschlag aus der Schublade zog. »Da steht Ihr Name drauf.«

Er reichte Cat den Umschlag über die Theke.

»Wo ist Frau Müller denn?« wollte Olofsson wissen.

»Die macht Pause«, antwortete Pucky, »wenn Sie meinen Bruder sehen, bestellen Sie ihm schöne Grüße.«

»Machen wir«, nickte Cat.

Dann verließen sie die Wache und Miriam fuhr auf der Hauptstraße zurück, bis zu dem Steakhaus, das sie gesehen hatte.

Sie suchten sich einen ruhigen Platz und bestellten sich alle ein Steak. Cat wollte ihr Fleisch wieder blutig, was Miriam mit einem Kopfschütteln quittierte.

»Was hast du?«

»Ich meine, wir haben doch heute Blut genug gesehen, oder?«

»Das hat doch nichts miteinander zu tun«, erklärte die Kommissarin.

»Na, ich muss es ja nicht essen«, erwiderte Miriam.

Cat griff zu dem Umschlag und wollte hineinsehen, doch Olofsson bat sie im Interesse aller am Tisch davon noch abzulassen.

»Egal, was auch dort drinsteht, es kann warten. Lassen Sie uns essen und ein wenig Abstand zu den schrecklichen Bildern von eben gewinnen.«

»Okay, ich weiß wirklich nicht, ob ich noch Fotos von einer aufgeschnittenen Leiche vor dem Essen vertrage, auch wenn es nur Bilder der Obduktion sind.« Cat legte den Umschlag zur Seite.

Die Kellnerin servierte unterdessen die gewünschten Getränke. Sie hatten sich alle ein Bier bestellt, das sie in einem Moment der Stille genossen.

»Ob der geheimnisvolle Spruch mit dem Reisebericht zusammenhängt?« fragte Miriam laut.

»Wie kommst du denn jetzt darauf?« wunderte sich Cat.

»Nun, ich dachte mir, wenn du wegen eines Originals überfallen wirst, die Museumsleiterin sogar wegen eines solchen aufgeschlitzt wird, dann gibt es vielleicht einen Zusammenhang zwischen den beiden Schriftstücken.«

»Das könnte uns sicher der Professor erklären«, sagte Olofsson. »Aber Sie haben Recht, Miriam, ein Zusammenhang besteht ganz sicher.«

Hätte Raphael Olofsson gewusst, wie recht er hatte, die folgenden Ereignisse hätten nie so tragisch geendet.

Draußen auf See 6.

Aus dem Westen zogen dicke weiße Wolken heran. Miriam stellte den Saab hinter dem Hotel unter dem Carport ab. Horst hatte ihnen das Tor geöffnet und war anschließend davongeschlurft.

»Bleibt es bei unserem Ausflug hinaus aufs Meer?« fragte Miriam ihren Chef.

»Meinetwegen gerne«, antwortete Olofsson. »Ein wenig Seeluft dürfte den Atemwegen guttun.«

»Cat, bist du sicher, dass du nicht mit willst?« Miriam wollte dieses Mal ihre Freundin nicht ärgern. Sie machte sich vielmehr Sorgen, dass der Kommissarin der zweite Mord zu nahe ging.

»Danke, Miriam, aber ich habe für heute Stress genug gehabt. Ich werde mich dem Papierkram widmen«, erwiderte Cat und klemmte sich den braunen Umschlag mit den Untersuchungsergebnissen unter den Arm.

Zusammen schlenderten sie um das Hotel auf die Terrasse zu. Die drei waren fast angekommen, als Cats Handy klingelte. Die BKA-Beamtin hielt inne. »Von Hohenlohe.«

Dann wurde sie still und man sah, wie sich ihre Muskeln am ganzen Körper anspannten. Miriam bemerkte die Veränderung als Erste, da Cat die Angewohnheit hatte, beim Telefonieren im

Stehen auf den Füßen hin und her zu wippen. Dieses Mal stand sie starr, als wären ihre Füße einbetoniert. Außerdem reagierten Cats Gesichtsmuskeln beim Telefonieren auf den Anrufer, als säße dieser ihr gegenüber. Ein guter Beobachter konnte anhand ihrer mimischen Meisterleistung die emotionale Beteiligung ablesen. Dieses Mal hörte Cat mit versteinertem Gesicht zu.

»Da stimmt etwas nicht«, murmelte Miriam ihrem Chef zu.

In diesem Moment beendete Cat das Gespräch, holte tief Luft und sagte dann: »Das waren die Kollegen aus Büsum. Man hat gesehen, wie ein Taxi kurz vor unserem Auftauchen mit einem Mann davongefahren ist. Diesen Mann beschrieb ein Augenzeuge als mittelgroß, gesetztes Alter und genauso gut gekleidet wie ein zweiter Mann, der wenig später mit zwei Frauen das Museum betrat.«

»Klettenberg?!« stieß Miriam aus. »Ich wusste es doch!«

Cat und Miriam sahen sich an und dachten das Gleiche, denn sie liefen fast gleichzeitig los. Olofsson grinste verwegen, als ihm klar wurde, was die Frauen vorhatten.

»Tun Sie dem Mann kein Leid an!« rief er ihnen nach.

Die beiden stürmten durch das Restaurant zur Rezeption.

»Ist Professor von Klettenberg auf seinem Zimmer?« fragte Cat.

Maria, die wieder einmal Dienst schob, musterte die Kommissarin und zögerte.

»Jetzt antworten Sie schon, es geht um Leben oder Tod«, rief Miriam, während ihre Hand auf die Theke knallte.

»Was ist denn hier los?« zischte Fenja, die aus dem Büro hinter der Rezeption nach vorne trat.

»Also, ist Klettenberg auf seinem Zimmer?« hakte Cat nach.

»Tut mir leid, Frau von Hohenlohe, der Professor ist vor einer halben Stunde abgereist«, sagte Maria schließlich.

»So ein Mist!« fluchte Miriam.

Cat griff zum Handy und gab eine Fahndungsmeldung heraus.

Währenddessen erklärte Miriam einer entsetzt dreinblickenden Hotelbesitzerin, dass die Geliebte ihres Ex-Mannes ermordet worden sei.

»Jetzt hat der Fluch die Nächste erwischt. Nur gut, dass dieses Teufelsding nicht mehr im Haus ist.« Fenja bekreuzigte sich.

»Das glauben Sie doch nicht ernsthaft«, schmunzelte Miriam, die daraufhin von Fenja mit einem wirklich bösartigen Blick bedacht wurde.

Cat beendete das Gespräch und knurrte: »Wenn es gut läuft, weiß in zehn Minuten jeder Polizist bis nach Hamburg, dass wir von Klettenberg suchen.«

Unterdessen schritt Olofsson durch das Foyer.

»Unser lieber Professor ist ausgeflogen?« fragte er.

»Ja«, nickte Miriam. »Wenn ihr nur auf mich gehört hättet!«

»Warten wir ab, weit wird er nicht kommen«, meinte Cat und entspannte sich.

»Aber warum macht er das? Er muss doch wissen, dass er damit nicht durchkommt«, sagte Miriam. »Nur, um an den Papyrus zu kommen?«

Alle Beteiligten waren sich darin einig, dass der Professor den verschwundenen Papyrus an sich genommen hatte.

»Wenn dem Mann eine Karriere als bedeutender Archäologe mehr wert ist als alles andere auf der Welt, dann ist schwer einzuschätzen, was er in einer Extremsituation unternimmt. Nehmen wir nur mal an, dass Dr. Liesenfeld den Mann gereizt hat«, überlegte Olofsson laut.

»Wenn man so nah an einem Opfer steht, wird man sich doch sicherlich mit Blut vollspritzen, oder?« Miriam sah zu Olofsson, da sie wusste, dass ihr Chef sich nicht nur gut ankleiden konnte, sondern auch in der Lage war, tödliche Angriffe abzuwehren.

»In der Tat«, nickte der Ex-Agent. »So ein Mord hinterlässt Blutspuren auf der Kleidung des Mörders.«

»Also, sollte von Klettenberg der Mörder sein, dann wird man das an seiner ausgefallenen Kleidung durch Blutflecken erkennen«, stellte Miriam fest.

»Hat der Zeuge nichts bemerkt?« fragte Olofsson.

»Nein, darüber wurde nichts erwähnt. Wir suchen danach, wenn wir den Professor haben«, stöhnte Cat. »Ich gehe nach oben und schaue mir die Ergebnisse an. Wann wolltet ihr nach Tönning fahren?«

»Oh, wir haben noch eine Stunde Zeit«, antwortete Miriam. »Ich werde weiter in dem Reisebericht lesen und ihn mit dem Original vergleichen.«

»Erhoffst du dir was davon?« fragte Cat, die sich sehnlichst einen Erfolg wünschte.

»Ja, denn ich will wissen, ob dein toter Verwandter die Barke irgendwo erwähnt«, antwortete Miriam entschlossen.

»Dann lasse ich Sie jetzt allein«, lächelte Olofsson und wandte sich der Hotelbesitzerin zu. »Frau Griebke, wenn Sie jetzt Zeit hätten, dann könnten wir uns zusammensetzen.«

»Äh, jetzt? Ist das nach all der Aufregung denn nicht zu viel für Sie?« Fenja setzte ihr liebstes Lächeln auf.

»Nein, das eine ist Hobby und das andere ist Geschäft«, antwortete Olofsson, ohne daran zu denken, dass man diese Haltung als ziemlich kaltschnäuzig betrachten könnte.

Das freundliche Lächeln verschwand aus Fenjas Gesicht so schnell, wie es gekommen war. Olofsson bemerkte die Zweideutigkeit seiner Aussage und beeilte sich, das Missverständnis zu klären.

Mit einem Schmunzeln im Gesicht ließ Miriam ihn bei Fenja zurück. Zusammen mit Cat stieg sie die Treppe hinauf in den ersten Stock. Dort trennten sie sich.

Miriam warf sich aufs Bett, schlug den Reisebericht auf und legte die übersetzten Seiten des Originals daneben. Dann begann sie zu lesen:

›Auch die bei Karnak erhaltenen gigantischen Ruinen, von denen das französische Prachtwerk sehr befriedigende Ansichten giebt, schienen mir einen Palast und mehrere Tempel in sich vereinigt zu haben. (...) Der Haupttempel zu Karnak war offenbar einer priapischen Gottheit geweiht, die mit zusammengefügten Beinen und einer Geisel in der rechten Hand dargestellt ist.(...)

Die Ruinen zu Karnak sind zum Theil den Nilüberschwemmungen ausgesetzt, und nähern sich mit schnellen Schritten ihrem gänzlichen Untergange, der durch profane Hände beschleunigt wird. Geschieht nicht bald etwas, um dem Verbrechen Einhalt zu thun, so wird man diese Denkmäler nach einem oder zwei Jahrhunderten nur noch in Kupferwerken bewundern.(...)

Am westlichen Nilufer besuchte ich zuerst die bei dem Dorfe Gurnou *vorhandenen Ruinen, die fast ganz vernichtet sind, wofern das Denkmal, dem sie angehörten, wirklich vollendet worden ist. Die Hieroglyphen an den erhaltenen Resten sind von ausgezeichnet schöner Arbeit.*

Neben diesen gegen Süden liegt das Memnonium (Tempel des Ramses II) welches einst in seiner völligen Erhaltung eins der herrlichsten Gebäude der Welt gewesen syen muss.(...)

Dicht neben den libyschen Bergen, in einem engen Thale südwestlich vom Osymandeum, hat sich ein kleiner, der Isis geweihter Tempel erhalten. Ich besuchte mehrere Katakomben, welche sich in den Felsen der libyschen Bergkette befinden, die von Gurnou *bis* Medinat-Abu *in einem Bogen, dessen Ausdehnung über eine deutsche Meile beträgt, die Ebene von Theben gegen Westen begrenzt. Die Eingänge von einigen sind nicht beträchtlich über der Erde erhaben, andere giebt es bis zu der Höhe von 300 Fuß den Felsen hinein.*

Die meisten Katakomben sind mit Bildwerken, Malereien und Hieroglyphen verziert und beinah stets interessant. (...) Mehrere Katakomben theilen sich in zahllose Gänge, die zuweilen in sich selbst zurücklaufen, wodurch der Weg unkenntlich wird. (...) Jetzt aber droht diesen ehrwürdigen Denkmälern ein gänzlicher Untergang, indem jeder Reisende sich einzelne Stücke, die ihm besonders wohlgefallen, zu bemächtigen sucht. Dies wäre indess vielleicht zu entschuldigen; allein man bedient beim losbrechen der ausge-

wählten Reliefs und Malerein sich meistens untauglicher Werkzeuge, vernichtet eine ganze Wand, um eine einzelne Figur zu erhalten, und da der Stein gewöhnlich sehr spröde ist, so zerspringt nicht selten auch das gewünschte Fragment.(…)

Das Schlimmste aber ist, dass jetzt die Araber, durch die unklugen Aufforderungen der Reisenden verführt, von einer wahren Wuth ergriffen sind, sich aller merkwürdigen Stücke zu bemächtigen, um sie an die Fremden zu verhandeln. Ohne Geschmack und Wahl zerstören sie, des Gewinnes wegen, was ihnen vorkommt. Sie forschen überall nach neuen Grotten, die dann sogleich ihrer Darstellungen beraubt und zertrümmert werden, so dass die Belehrung, die man aus den vollständigen Bildwerken schöpfen könnte, unwiederbringlich verloren geht.‹

2

Die Stunde bis zur Abfahrt nach Tönning, wo sie im Hafen Wilko Benndorf treffen wollten, verging wie im Flug. Olofsson wartete auf seine Assistentin beim Carport. Er unterhielt sich mit Horst, als Miriam zu ihnen trat.

»Hat Sie die Chefin wieder rausgeschickt«, fragte Miriam und lächelte das Faktotum liebevoll an.

»Soll die Blumenuhr wieder herrichten, jetzt, wo alle Spuren gesichert sind«, antwortete Horst an einem Zigarrenstummel vorbei, den er im Mund hielt.

»Na, dann viel Spaß«, meinte Miriam.

»Ist 'ne dumme Arbeit«, erwiderte Horst. »Ein neuer Sturm zieht auf, spür' meine Knochen, kein gutes Zeichen.«

Olofsson blickte kritisch in den Himmel und meinte: »Die Anzeichen eines hereinziehenden Tiefdruckgebiets sind am Horizont nicht zu erkennen.«

»Hä, keine Ahnung, was Sie meinen, Mann. Meine Knochen machen, was sie wollen, und jetzt sagen sie; Lass das Beet wie es ist, denn Sturm kommt auf«, antwortete Horst und zog in seiner unverkennbaren Art von dannen.

»Ich dachte, Wilko hätte schönes Wetter angekündigt?« fragte Miriam überrascht.

»Der Wetterdienst sieht keinen Sturm aufziehen«, antwortete Olofsson. »Dann wollen wir den Meteorologen mal glauben.«

Er berichtete ihr auch, dass Horst ihm mitgeteilt hatte, er habe den Ahorn in der Sturmnacht kurz nach 24 Uhr umfallen sehen. »Also zur gleichen Zeit, als wir die Geräusche hörten«, betonte der Ex-Agent. »Wenn man bedenkt, dass wir zirka eine Viertelstunde später im Hinterhof waren, müssen wir den Mörder knapp verpasst haben.«

»Wann hat Horst mit dem Zersägen des Baumes begonnen?« fragte Miriam.

»Zehn Minuten nach dem Fall«, antwortete Olofsson und musterte seine Assistentin.

»Gut, Sie haben sich für eine enge Jeans entschieden und wieder diese Winterjacke ausgesucht. Nehmen Sie bitte das.« Olofsson reichte seiner Assistentin einen Beutel.

»Was ist da drin?« fragte sie mehr aus Reflex, denn noch bevor sie die Frage beendete, hatte sie hineingeschaut.

»Das ist eine Regenhose, die man über die normale Hose zieht, ebenso eine Regenjacke, die Sie über ihre Daunenwinterjacke streifen können. Bei Ihrer Schuhwahl haben Sie allerdings ins Schwarze getroffen«, lobte er.

Miriam blickte auf ihr geliebtes Paar pinkfarbener Gummistiefel.

»Dachte mir, dass es auf so einem Kutter nass und windig werden kann«, sagte sie stolz.

»Vollkommen korrekt«, antwortete Olofsson.

»Sie sehen aber nicht aus, als wollten Sie eine Kutterfahrt machen«, wunderte sich Miriam.

»Der Eindruck täuscht«, grinste Olofsson.

Er trug eine Barbour-Wachsjacke, die im schottischen Hochmoor bei Dauerregen ihren Träger immer noch warm und trocken hielt. Passend zur Wachsjacke hatte er eine Hose angezogen, die in seinen teuren Stiefeln endete.

»Natürlich habe ich meinen Südwester ebenfalls dabei!« Er zog ihn aus der Jacke.

»Damit kann man Sie im dicksten Nebel noch ausfindig machen«, grinste Miriam, die bei dem

Anblick des gelben Polyesterteils Kopfschmerzen bekam. »Warum haben Sie sich gerade für das Teil entschieden?«

»Es erinnert mich an meine Kindheit«, gestand Olofsson.

»Den gibt es auch hochwertiger«, meinte Miriam und schloss die Fahrertür auf.

»Gönnen Sie mir meinen Spaß«, antwortete Olofsson und wartete darauf, dass ihm Miriam die Beifahrertür aufschloss.

Die Fahrt von Poppenbüll nach Tönning verlief so aufregend wie ein Bingoabend. Als sie Garding passierten, erwähnte Olofsson eines der Fotos, die Anna auf ihrem Schreibtisch hatte. Man sah die Polizistin zusammen mit Wilko einen großen Fisch hochhalten.

Danach grübelten beide bis zum Ortsschild von Tönning, welche Fischart in der Nordsee eine Körperlänge von über einem Meter erreichte. Sie kamen zu dem Entschluss, Wilko zu fragen und konzentrierten sich darauf, den Weg zum Hafen zu finden. Das stellte sich als ziemlich einfach heraus, da der Hafen gut ausgeschildert war. Miriam steuerte den Saab bis an die Hafenmole.

»Wohin jetzt?« Sie sah sich um.

Vor ihr befand sich das Hafenbecken, das sich in einem Bogen nach Südosten bis zum Fluss Eider erstreckte.

»Da vorne winkt Wilko«, bemerkte Olofsson, der den Seemann vor seinem Kutter stehen sah.

Am Hafenbecken hatte man Parkstreifen angelegt, sodass Miriam ihren Wagen gleich gegenüber der Liegestelle der *Mary* abstellen konnte.

»Cool, man braucht gar nicht weit zu laufen«, freute sich Miriam.

Wilko begrüßte sie freundlich und deutete auf den Kutter.

»Wir können gleich los«, sagte er und musterte die Kleidung seiner Gäste. »Okay, das dürfte passen.«

»Was sagen die Wettervorhersagen?« fragte Miriam, als sie die Pier hinunter auf die *Mary* sprang.

»Das wird halten«, antwortete Wilko, während er nach Olofsson auf seinen Kutter kletterte.

»Lösen Sie die Bugleine«, bat er Miriam. »Einfach an Bord ziehen, Peter löst sie vom Poller.«

Ein junger Mann stand vor dem Poller und wartete darauf, dass Miriam die Leine entgegennahm. Ein lautes Motorengeräusch verriet, dass Wilko den Diesel gestartet hatte.

Miriam grinste bis zu den Ohren, als der Kutter langsam von der Pier ablegte.

3

Anna Müller öffnete die Meldung an ihrem Computer. Dort wurde im polizeiinternen Netzwerk die Fahndung nach Professor Alfons von Klettenberg veröffentlicht. Man hatte ein Foto des Professors gewählt, auf dem er triumphierend in die Kamera schaute.

»Pucky, da haben wir was Interessantes«, sagte sie und druckte die Meldung aus.

»Was ist denn?« fragte der Kollege.

»Scheint so, als hätten die endlich eine heiße Spur«, erklärte Anna. »Dieser Professor wird gesucht.«

»Was? Der geleckte Typ?« Pucky schüttelte den Kopf. »Der macht sich doch sicherlich nicht die Hände schmutzig.«

»Na, hier steht, er soll Merle Liesenfeld abgestochen haben«, antwortete Anna.

»Das steht sicher nicht so da.« Pucky las die Meldung. »Er ist dringend tatverdächtig. Das ist was ganz anderes.«

»Wollen wir uns mal umsehen?« Anna griff nach ihrer Dienstjacke.

»Glaubst du wirklich, dass er zu Fuß unterwegs ist?«

»Nein, er soll in einem Taxi unterwegs nach Heide sein, wo er den Zug in Richtung Neumünster nehmen will. Und wo fahren die Taxifahrer die Touristen immer entlang?«

»Ah, jetzt verstehe ich! Natürlich die Küste entlang über das Sperrwerk und weiter nach Süden.« Er griff zum Telefon. »Ich rufe Klaas an, der hat heute Schleusendienst. Er soll die Brücke an der Schleuse hochfahren, wenn ein Taxi ankommt.«

»Gute Idee«, nickte Anna. »Warum informiert man nicht den Taxifahrer über Funk?«

»Hier steht, dass Klettenberg höchst gefährlich ist und man zum Schutz des Fahrers darauf verzichtet hat. Der Gast hört ja schließlich mit«, erklärte Pucky, dann rief er den Schleusenwärter an.

Es dauerte keine drei Minuten, da saßen die beiden Polizisten im Dienstfahrzeug und rauschten in Richtung Süden.

Der Himmel hatte sich merklich verdunkelt. Statt weißer Schäfchenwolken zogen dunkelgraue Wolkenbänke über die Halbinsel. Der Wind nahm stetig zu.

»Das wird noch was geben«, meinte Anna, die an der Küste groß geworden war. »Diese Unwetter kommen seit der Klimaveränderung wie aus dem Nichts.«

»Wir sind ja nicht draußen im Wattenmeer«, antwortete Pucky.

»Ja, aber Wilko mit zwei Touristen«, sie schüttelte den Kopf. »Ich weiß nicht, was den Kerl manchmal reitet.«

»Er braucht das Geld«, meinte Pucky.

»Ja, das verstehe ich, aber ein solches Risiko!« Anna fand das gar nicht gut.

Sie näherten sich dem Sperrwerk.

»Klaas scheint einen guten Job zu machen«, grinste Pucky.

Vor ihnen hatte sich ein kleiner Stau gebildet, der bis zu der gesperrten Autobrücke führte. Unter Blaulicht fuhren sie auf der Gegenspur am Stau vorbei. Klaas, der Schleusenwärter, sah die Polizisten kommen und deutete auf ein Taxi, das als drittes Fahrzeug in der Schlange stand.

Die Polizisten bremsten ab und hielten neben dem Taxi. Im Fond saß Professor von Klettenberg. Versunken las er in einem Notizbuch und bemerkte gar nicht, dass zwei Polizeibeamte neben dem Taxi Stellung bezogen.

Cat hatte es sich auf dem Bett gemütlich gemacht, als das Handy klingelte. Es war Pucky, der ihr mitteilte, dass man von Klettenberg in der Gardinger Wache dingfest gemacht habe.

Sofort sprang sie auf, schlüpfte in ihre Schuhe und zog eine Jacke über. Ihr Sportwagen parkte unter dem gleichen Carport, den auch Miriam benutzte.

Das Tor musste sie sich allerdings selbst öffnen, da Horst nirgends zu sehen war. Der Oberarm schmerzte und sie wurde daran erinnert, endlich einen Arzt aufzusuchen. Doch momentan floss genügend Adrenalin durch ihre Adern, sodass der Schmerz erträglich blieb. Sie lenkte ihren Sportwagen nach Garding und saß keine zehn Minuten später Professor Alfons von Klettenberg in einem Verhörraum gegenüber. Neben ihr auf dem Boden stand ein Koffer, den Cat aus ihrem Auto mitgebracht hatte.

»Ich habe niemanden umgebracht«, jammerte der Archäologe. »Sie war schon tot, als ich in ihr Büro trat.«

»Dr. Liesenfeld wurde die Kehle durchgeschnitten, und wie ich herausgefunden habe, interessieren Sie sich für scharfe Messer.«

Klettenberg blickte die Kommissarin irritiert an. »Wer behauptet denn so etwas?«

»Sie haben sich dahingehend geäußert, dass Sie Wurfmesser für hervorragend geeignete Ausgrabungswerkzeuge halten.«

»Ja, als feine Kellen, um Exponate vorsichtig aus der Erde zu befreien. Was hat das mit dem Mord zu tun?«

»Wer mit dem Messer so gut umgeht, der kann auch …«

»… oh nein, ich bin kein Mörder«, rief von Klettenberg.

»Warum haben Sie dann nicht die Polizei gerufen, als sie Merle Liesenfeld tot auffanden?« hakte Cat nach. »Das würden Menschen machen, die unschuldig sind.«

»Ich habe daran gedacht, ehrlich! Aber dann …« Er sank in seinem Stuhl zusammen.

»Ja?« Cats Augen funkelten vor Wut.

»Ich hatte Ihnen meinen Verdacht geschildert, dass Dr. Liesenfeld den Papyrus gestohlen haben könnte.«

Die BKA-Kommissarin nickte.

»Ich sah die Schatulle, in der Onne den Papyrus aufbewahrt hatte. Sie stand einfach so auf ihrem Schreibtisch! Diese Person war so dreist, sich nicht mal die Mühe zu machen, den kostbaren Papyrus zu verstecken! Da bin ich zu dem

Entschluss gekommen, dass sie doch da liegen bleiben könne, wo sie lag.«

»Und Sie haben den Papyrus eingesteckt«, ergänzte Cat kalt.

»Ja«, nickte von Klettenberg.

»Wo ist er?«

»Sie gehen doch sorglich damit um?«

»Sie sollten sich weniger Sorgen um das alte Schriftstück machen«, warnte Cat. »Also, wo ist er?«

Alfons von Klettenberg erklärte ihr, dass sich der Papyrus in einer Zigarrenschachtel unter seinen Kleidern befand. Cat untersuchte von Klettenbergs Koffer und fand das Holzkistchen. Vorsichtig nahm sie es aus dem Koffer und überprüfte den Inhalt. Der Professor hatte die Wahrheit gesprochen. Behutsam schloss sie das Kistchen und griff nach ihrem Koffer.

»Ich werde jetzt einen Test an Ihrer Jackettjacke machen. Haben Sie etwas dagegen?« fragte sie in einem Ton, der nur ein NEIN zuließ.

»Solange Sie mich nicht foltern«, antwortete er.

»Wir sind nicht in der Türkei«, gab Cat bissig zurück. Sie klappte den Koffer auf und nahm eine Brille und eine Taschenlampe heraus. »Damit leuchte ich jetzt ihr Jackett ab. Ist das okay?«

»Bitte, machen Sie, was Sie für nötig halten.« Der Professor schien keineswegs beunruhigt zu sein.

Cat benutzte UV-Licht, um Blutspuren sichtbar zu machen. Die etwas gelblich eingefärbte

Brille half, auch kleinere Blutspuren zu entdecken. Sollte diese Methode nicht ausreichen, dann hätte sie noch Luminol einsetzen können. Mit der Flüssigkeit würden ganz sicher Blutspuren sichtbar gemacht. Doch da der Mord sehr blutig durchgeführt wurde, ging Cat davon aus, mit der UV-Lampe die nötigen Beweise zu finden.

Aber sie fand nichts.

»Haben Sie das Jackett gewechselt?« fragte sie.

»Nein, zu dieser Hose passt kein anderes«, empörte sich von Klettenberg.

»Sie könnten dennoch die Kleidung gewechselt haben«, überlegte sie laut und trat hinter den Professor. »Ich untersuche jetzt Ihre Kopfhaut.«

»Bitte!«

Aber auch dort fand sie keinen Blutstropfen. Sie überlegte, das Luminol einzusetzen, doch ihr Bauchgefühl sagte ihr, dass der Professor nicht der Mörder war.

Sie kontrollierte zur Sicherheit noch sein Gepäck, in der Hoffnung, vielleicht eine Hose ohne passendes Jackett zu finden, aber auch das traf nicht zu. Schließlich beendete sie die Befragung.

»Da Sie den Papyrus entwendet haben, bleiben Sie vorläufig in Gewahrsam. Außerdem werden Ihre Sachen nochmals gründlich mikroskopisch untersucht«, erklärte Cat dem Professor.

Doch der hatte nur Angst, dass dem Papyrus etwas geschehen könnte. Erst als sich Cat bereit erklärte, den kostbaren Fund an sich zu nehmen, beruhigte er sich.

Sie packte ihre Ermittlungssachen zusammen und verließ den Verhörraum. Pucky und Anna erwarteten gespannt, was Cat zu berichten hatte. Die Kommissarin fasste kurz den Stand der Ermittlungen zusammen, steckte den Papyrus ein, der in dem flachen Zigarrenkistchen lag und bedankte sich bei Pucky für den Anruf.

Dann fuhr sie zurück nach Poppenbüll, wo sie die Untersuchungsergebnisse einsehen wollte. Auf der Fahrt zurück ins Hotel fragte sie sich jedoch: Wenn der Professor Dr. Merle Liesenfeld nicht umgebracht hat, welchen Grund gab es dann, die Museumsleiterin zu töten?

Die fehlende Antwort beschäftigte die Kommissarin bis in ihr Zimmer. Dort endlich bekam sie eine Idee, was den Mörder zu seiner Tat veranlasst haben könnte. Sie kam außerdem zu dem Entschluss, dass der Mörder keine Ahnung von dem Papyrus haben musste, obwohl dieser direkt vor ihm auf dem Schreibtisch gelegen hatte.

»Wenn der Mörder dem Papyrus keine Beachtung geschenkt hatte, was könnte das bedeuten?«

Plötzlich kam ihr eine Idee. Sie nahm vorsichtig das Holzkistchen und legte es auf das Bett. Dann eilte sie zurück zu ihrem Auto und nahm UV-Brille und UV-Taschenlampe aus dem Koffer.

Horst, das Faktotum, saß auf der Bank neben dem Kücheneingang und beobachtete sie. Cat nickte dem Mann kurz zu und eilte dann wieder zurück in ihr Zimmer.

Dort öffnete sie das Kistchen und setzte die UV-Brille auf. Mit der Taschenlampe strahlte sie anschließend den Papyrus an. Das UV-Licht zeigte feine Blutspuren am Rand der Papyrusrolle.

»Natürlich!« sagte sie sich. »Die Schatulle hat den Hauptteil abbekommen.«

Die stand aber noch in Dr. Liesenfelds Büro. Cat machte sich eine Notiz, die Schatulle untersuchen zu lassen.

Sie schloss das Holzkistchen und stellte es vorsichtig in den Safe. Dann nahm sie den braunen Umschlag mit den Untersuchungsergebnissen, setzte sich an den Zimmerschreibtisch und nahm das erste Blatt Papier heraus.

Es enthielt Onne Griebkes Obduktionsbefund. Sie las ihn und wurde blass. Als Zweites nahm sie eine Tabelle in die Hand, in der die gefundenen Spuren aufgelistet waren. Der Fußabdruck ergab, dass die rechte Stiefelsohle einen Riss im Absatz hatte. Das Blütenblatt der Nachtkerze stammte aus dem Beet, da im Umkreis des Hauses keine weiteren Nachtkerzen wuchsen. Die zerbrochene Dachpfanne gehörte zu der Charge, die unter dem Carport lagerte und Spuren aufwies.

»Was?!« Cat las ein zweites Mal.

Sie blickte auf den Umschlag und dann kam ihr ein schrecklicher Verdacht. Sie suchte ihr Telefon und rief die Wache in Garding an. Am anderen Ende erreichte sie Anna Müller. Cat stellte ein paar Fragen, dann legte sie auf.

»Oh, mein Gott!« murmelte sie und ein stechender Schmerz ließ ihren Magen krampfen. Die Kommissarin griff erneut zum Handy, dieses Mal zu hastig, es fiel ihr aus der Hand. »Lass sie noch in Reichweite sein!« betete sie.

4

Die Seeluft wehte durch Miriams Haare und kräuselten sie zu einer braunen Lockenmähne. Dieses Mal war ihr das egal. Sie hätte sowieso keine Hand frei gehabt, um sich das Haar zu richten. Seit die *Mary* das Sperrwerk passiert hatte, nahm der Wellengang stetig zu. Wilko plante, ihnen die Stellen im Wattenmeer zu zeigen, an denen er und Onne auf Strandgutsuche gingen.

»Ich steuere gegen Westen«, rief er aus dem Kabinenhäuschen.

»Liegt da nicht offenes Meer?« antwortete Olofsson, der neben Miriam auf dem Deck stand.

»Gehen Sie zu ihm«, sagte Miriam. »Sie verstehen sonst nichts.«

»Fallen Sie nicht über Bord«, warnte Olofsson und ging im Seemannsschritt zum Kabinenhäuschen. Dort fragte er: »Wieso fahren wir hinaus auf die Nordsee? Das Wattenmeer befindet sich doch im Süden.«

»Das ist korrekt, Herr Olofsson«, antwortete Wilko gereizt. »Aber wer von uns beiden hat das Kapitänspatent? Also lassen Sie mich nur machen!«

So schipperte die *Mary* gegen Westen, sozusagen direkt auf Helgoland zu.

Miriam befand sich am vorderen Mast. Dort hatte Wilko die Mechanik für die Krabbennetze entfernen lassen und Platz für Sitzgelegenheiten geschaffen. Nur eine Trommelwinde, mit der man einen Anker ablassen konnte, befand sich noch auf dem Deck des Schiffes. Sie hielt sich mit beiden Händen an einer Trosse fest, die mit dem Mast verbunden war. Seit einer halben Stunde wurde die *Mary* von immer größer werdenden Wellen durchgeschaukelt. Der Himmel hatte das freundliche Blau gegen ein trostloses Grau eingetauscht und der Wind blies stürmisch aus Westen.

Olofsson und Wilko befanden sich im Steuerhaus und unterhielten sich. Miriam war froh über die Regenbekleidung, die sie sich gleich nach dem Passieren des Sperrwerks übergezogen hatte.

»So viel zur Wettervorhersage und einer gemütlichen Bootsfahrt«, fluchte sie. Eines aber hatte die Assistentin über sich herausgefunden: Sie besaß einen robusten Magen. Sich bei diesem Wellengang in einen Eimer zu übergeben, wäre einer Zirkusattraktion gleichgekommen.

Die Wellentäler wurden immer tiefer und Gischt schoss über die *Mary*. Es wurde Zeit, zu den Männern ins Kabinenhäuschen zu gehen. Plötzlich vibrierte ihr Handy in der Innentasche ihrer Winterjacke.

»So ein Mist, da komme ich jetzt nicht dran«, fluchte Miriam und balancierte über das schaukelnde Deck zum Kabinenhäuschen.

Olofsson, der seine Assistentin durch die Scheibe beobachtet hatte, hielt ihr die Tür auf. Eine große Gischtwolke erwischte die beiden, als Wilko das Steuerrad drehte.

»Was für ein Wetter!« schimpfte Miriam. »Hatten Sie nicht gesagt, es würde schön bleiben?«

»Habe mich wohl geirrt«, antwortete der Kapitän, ohne die Wellenberge aus den Augen zu lassen.

Wieder klingelte ihr Handy. Das kleine Kabinenhäuschen bestand aus einem Ruderstand vorne und einer kleinen Sitzbank mit Tisch hinten. Miriam ließ sich auf die Eckbank fallen und klaubte durch all die Klamottenschichten das Handy aus der Innentasche.

»Hallo!« rief sie gegen den pfeifenden Wind, der das Kabinenhäuschen umgab. »Cat, bist du das? … Ich verstehe dich nur schlecht! … Was sagst du, die Stiefel, ob die was haben … einen Riss in der Sohle? Von wem? … Ich verstehe dich nicht …«

Dann war die Verbindung abgebrochen. Sie waren jetzt zu weit vom Festland entfernt.

Der Ex-Agent hatte sich allerdings einen Reim aus den Wortfetzen gemacht. Bei der Erwähnung von *Stiefel* hatte er nach unten geschaut und festgestellt, dass Wilko auffallend ähnliche trug wie

Merle Liesenfeld. Ihm fielen außerdem die Fotos auf Annas Schreibtisch ein und er wurde wachsam.

»Oh, hier draußen ist der Empfang schlecht!« sagte Wilko und grinste, während er hastig das Steuerrad drehte.

Miriam wurde gegen die Wand geschleudert. Olofsson stieß hart gegen die Kabinentür, wo ihn die Türklinke in den Rücken traf.

»Was soll das!« schrie Miriam.

Wilko steuerte die *Mary* quer gegen den Wellenkamm, was zu ein unkontrolliertes Gieren und Rollen des Kutters zur Folge hatte.

»Sind Sie lebensmüde?« knurrte Olofsson, der sich von dem Schlag in seinem Rücken erholte und auf Wilko zuging.

Eine weitere Welle schlug gegen den Schiffsrumpf und ließ den Kutter kippen.

Miriam bekam Angst. Das Schiff neigte sich gefährlich weit. Olofsson blieb auf den Beinen und erreichte Wilko. Der zückte plötzlich ein Messer, das er unter seiner Öljacke versteckt trug. Olofsson wich nach hinten aus und stolperte über einen heruntergefallenen Karton.

»Sie hätten nicht rumstochern sollen«, rief Wilko wütend. »Warum haben Sie es nicht als einen Unfall abgetan? Dann wären wir jetzt nicht hier!«

Der Dieselmotor heulte auf, was ein Zeichen dafür war, dass die Schiffsschraube aus dem Wasser ragte. Einen Augenblick später schlug das Heck ins Meer und das Aufheulen wich wieder dem dumpfen Schlagen der Kolben im Motorblock.

›Wenn er die *Mary* versenken wollte, dann hätte er es schon längst machen können‹, schoss es Olofsson durch den Kopf, als er versuchte, wieder aufzustehen.

Wilko wollte ihn und Miriam loswerden und es als einen Unfall aussehen lassen. Vielleicht hatten sie eine Chance, das Ganze doch noch zu überleben.

Unterdessen krallte Miriam sich an der Tischplatte fest. Sie hatte langsam genug und die Wut auf Wilko vertrieb ihre Angst, im Meer zu ertrinken. Sie sah sich um und entdeckte schwere Tonkaffeebecher, die in einem Regal neben der Eckbank klirrend gegeneinander stießen. Ein Bügel hielt sie davon ab, durch das Kabinenhäuschen zu fliegen. Sie riss den Bügel ab, griff sich einen der Becher und schleuderte ihn in Richtung Wilko.

In diesem Moment kam Olofsson wieder auf die Beine. Er sah Miriams Wurf, duckte sich weg und der Kaffeebecher traf Wilko am Hinterkopf. Sofort kippte der Kapitän bewusstlos über das Steuerrad und ließ das Messer fallen. Olofsson zerrte Wilko vom Ruder weg und ließ ihn auf den Boden fallen. Miriam krabbelte nach vorne und zog Wilko nach hinten, wo sie ihm die Arme auf dem Rücken hielt. Olofsson steuerte die *Mary* wieder in den Wind, und sofort hörte das gefährliche Schlingern auf. Der Kutter begann gleichmäßig mit den Wellen auf und ab zu schaukeln.

»Miriam, kommen Sie ans Ruder«, rief Olofsson.

Sie schwankte nach vorne und hielt sich dann am Ruder fest.

»Sehen Sie den Kompass? Steuern Sie genau nach Westen!«

»Das Festland liegt aber im Osten!« bemerkte Miriam.

»Ja, aber jetzt zu wenden könnte den Kutter kentern lassen.« Er deutete auf die Wellenberge, denen sie sich immer noch stellen mussten.

Miriam nickte und sagte dem Meer innerlich den Kampf an.

Olofsson kümmerte sich um Wilko, dem Blut am Hinterkopf hinunterlief. Er stellte fest, dass es sich um eine kleine Platzwunde handelte, die nicht tödlich war. Dann fesselte Olofsson Wilkos Hände mit dessen Gürtel auf dem Rücken und hievte ihn auf die Eckbank hinter dem Tisch.

So schipperten sie eine Weile weiter, bis der Wind merklich nachließ und die *Mary* eine Wende ohne zu kentern problemlos schaffen konnte.

Olofsson hatte sich mit den Instrumenten vertraut gemacht und das GPS gefunden, das ihnen die aktuelle Position anzeigte. Von da an wussten sie, wohin sie steuern mussten, da Wilko sich ein Gerät mit Kartenanzeige gegönnt hatte.

5

Der abgesetzte Kapitän erwachte.

»Geben Sie sich keine Mühe«, sagte Olofsson kalt. »Die Fessel bekommen Sie nicht los.«

»Wo sind wir?« fragte Wilko, der im Innersten immer noch Seemann war.

»Auf dem Weg nach Tönning, zehn Meilen vom Sperrwerk entfernt«, antwortete Miriam, die die *Mary* exakt auf dem Steuerkurs hielt, den das GPS vorgab.

»Nautisch begabt, was?« höhnte Wilko und dann sagte er kalt: »Mir tut es nicht leid.«

»Das spielt keine Rolle. Sie landen im Gefängnis«, sagte Miriam entschieden.

»Dafür müssen Sie erst einmal Beweise vorlegen«, grinste Wilko ziemlich selbstsicher.

Olofsson klopfte auf Wilkos Stiefel.

»Darf ich mal!« Er zog Wilkos rechtes Bein unter dem Tisch hervor. »Sie haben sicherlich nichts dagegen, wenn ich mir den Stiefel mal ausleihe.« Mit einem kräftigen Ruck hielt er den Stiefel in der Hand.

»Mal sehen, ob wir nicht den ersten Beweis finden«, sagte er und begutachtete die Sohle. Der Absatz hatte einen Riss. »Sieht ganz so aus wie hier auf dem Foto.« Olofsson hielt Miriams Handy zum Vergleich neben die Stiefelsohle.

»Wir haben wieder Empfang«, erklärte Miriam. »Cat hat uns die Untersuchungsergebnisse gesendet.«

»Und nur weil ich durch die Blumenuhr gestampft bin, heißt das nicht, dass ich ein Mörder bin.« Wilko schüttelte den Kopf.

»Es beweist, dass Sie zur Tatzeit auch am Tatort waren. Es gab nur ein kleines Zeitfenster, zwischen dem Fall des Ahorns und dem Zersägen des Baumes, in dem Sie unbemerkt ins Haus gelangen konnten. Aber, was Sie überführt, ist eine kleine Nachtkerzenblüte, die Sie ins Haus getragen haben.«

»Davon gibt es ein paar hübsche Fotos«, knurrte Miriam.

»Außerdem können wir den Tathergang rekonstruieren«, sagte Olofsson. »Onne ist nicht an dem Kopfschlag gestorben, sondern an einem Genickbruch. Das hat die Obduktion ergeben. An der Dachpfanne, die Sie ihm nachträglich über den Kopf geschlagen haben, um den Eindruck eines Unfalles zu erwecken, fand man einen Schmierstoff, den Sie für die Ankerwinde benutzen. Sie hatten noch Ihre Arbeitskleidung an und der heftige Regen hat Spuren des Fettes auf die Dachpfanne gespült.« Olofsson deutete auf eine Dose Schmierfett, die er neben sich stehen hatte. »Habe ich vorne im Bug gefunden. Also, was haben Sie uns zu sagen?«

»Das auf dem Foto war ein gestreifter Seewolf«, antwortete Wilko höhnisch.

»Was?!« Olofsson zeigte zum ersten Mal eine emotionale Reaktion.

»Sie haben mich doch vorhin gefragt, was das für ein Fisch war, den Anna und ich hochhielten. Es war ein gestreifter Seewolf.«

»Nehmen Sie das Ruder, Chef«, rief Miriam, »ich schmeiß ihn über Bord.«

»Die Jahre in einer Zelle werden ihm die gute Laune schon austreiben«, antwortete Olofsson mit einer Stimme, die Wasser hätte gefrieren lassen können.

Wilko biss sich auf die Lippen, dann schimpfte er: »Ich wollte nur mein Dieselgeld, das Onne mir schuldete. Er wusste, dass es im Sommer nicht so gut gelaufen ist und ich das Geld dringend brauchte. Aber nein, er behauptete, kein Geld da zu haben.

Seit Jahren helfe ich ihm, seinen Trödel aus dem Meer zu fischen und dann will er nicht zahlen! Dabei sagte er neulich, dass er einer riesigen Sache auf der Spur sei und dass ihn das reich machen werde. Mir ist an dem Abend der Kragen geplatzt. Ich stand in seinem Arbeitszimmer und er ließ mich einfach stehen. Da habe ich ihn geschlagen und Onne ist die Treppe hinuntergestürzt. – Bewegte sich nicht mehr.«

»Warum haben Sie nicht den Notarzt gerufen?« fragte Olofsson.

»Weil er tot war. Also ging ich zurück und nahm mir die Totenbarke, sozusagen als Entschädigung.«

»Aber dann hatten Sie die Idee, das Ganze wie einen Unfall aussehen zu lassen«, sagte Olofsson.

»Der Sturm ließ die Dachpfannen klappern, das brachte mich auf die Idee. Onne lag ja schon im Flur und an den Pfannen auf der Palette kam ich vorbei. Wusste, wo sie lagen, der Rest war einfach. Und, mir tat er nicht leid.«

»Warum musste Dr. Merle Liesenfeld sterben?« fragte Olofsson.

»Das binde ich Ihnen noch auf die Nase«, er grinste erneut höhnisch den Ex-Agenten an.

Olofsson bemerkte, dass Wilko versuchte, sich von der Fessel zu lösen.

»Lassen Sie es, die bekommen Sie nicht los.« Er wischte über das Display von Miriams Handy und sagte dann: »Lassen Sie mich versuchen, den Grund selbst herauszubekommen.«

Wilkos Augen verengten sich.

»Dr. Merle Liesenfeld war Onnes Freundin, das wussten Sie. Sie wussten aber auch, dass sie sich für die Barke interessierte, genau wie Professor von Klettenberg. Die gestohlene Totenbarke, das nehme ich mal an, sollte gewinnbringend verkauft werden.«

Wilko schnaufte abfällig, was Olofsson als ein Ja betrachtete.

»Nun, ich nehme weiter an, Sie haben die Totenbarke Dr. Merle Liesenfeld angeboten. Da die Polizei erst einmal von einem Unfall ausging, haben Sie behauptet, die Barke von Onne zur Aufbewahrung erhalten zu haben. Dies war glaubwürdig, da Sie beide ja lange Jahre Freunde waren. Natürlich hätten Sie das wertvolle Kunstwerk nur gegen eine kleine Aufbewahrungsgebühr zurückgegeben. Aber ich denke, das war der Museumsleiterin egal, brauchte sie doch dringend einen Besuchermagneten. Alle wären glücklich gewesen. Wussten Sie, dass das Museum pleite ist?«

Wilko biss sich wieder auf die Lippen, was Olofsson als Bestätigung seiner Theorie ansah.

»Das ganze Konstrukt funktionierte aber nur so lange, wie man einen Unfall annahm. Denn einen Mord an ihrem Freund hätte Merle Liesenfeld ganz sicher nicht hingenommen. Und da kamen wir ins Spiel. Sie haben die Kommissarin überfallen, um eine falsche Spur zu legen.«

Olofsson deutete auf ein Messer, das er in einer Plastiktüte auf den Tisch legte. »Hiermit haben Sie Kommissarin von Hohenlohe verletzt und Merle Liesenfeld die Kehle durchgeschnitten. Dass Sie gut mit der Klinge umgehen können, zeigen ein paar Fotos, die Ihre Freundin auf dem Büroschreibtisch stehen hat.« Der Ex-Agent machte eine Pause.

»Hat Ihnen Ihre Freundin mitgeteilt, dass wir zahlreiche Beweise sichergestellt haben, die den Mörder überführen konnten?«

Wilko drehte sich weg.

»Dachte ich mir. Als Ihnen klar wurde, dass Sie mit Merle Liesenfeld zu früh gesprochen hatten und die Gefahr bestand, dass die Museumsleiterin Sie der Polizei verriet, mussten sie schnell handeln. Dumm nur, dass Sie dabei einen wirklich wertvollen Schatz auf ihrem Schreibtisch übersehen haben. Was Kommissarin Catharina von Hohenlohe erst auf Ihre Spur gebracht hat.

Denn nur ein absoluter Ägyptenlaie hätte den Papyrus übersehen können.«

»Sie sind nicht nur ein Mörder, sondern auch ein richtiger Depp«, zischte Miriam am Steuer. »Wo haben Sie die Barke versteckt?«

Wilko blickte reflexartig zur Seite.

Olofsson bemerkte es und folgte seinem Blick. Die Eckbank besaß Staufächer. Der Ex-Agent stand auf und klappte den Deckel hoch.

»Ach nein!« seufzte er und hob ein sehr stark beschädigtes Holzmodell heraus.

»Das ist ja schlimmer als Mord«, fluchte Miriam, als sie die zerstörte Totenbarke sah.

Ein lautes Horn hallte über das Wattenmeer.

»Wir bekommen Besuch«, rief Miriam. »Die Küstenwache ist da!«

Das Schiff der Küstenpolizei ging längsseits der *Mary*. Mehrere Polizisten in dicken Schwimmwesten standen an der Reling und warteten den besten Augenblick zum Herüberspringen ab. Die erste Person, die es wagte, trug einen Pferdeschwanz und hatte eine Gesichtsfarbe, die man als leichengrau bezeichnen konnte. Miriam erkannte Cat sofort. Sie verließ das Ruderhaus und fiel ihrer Freundin in die Arme.

»Geht es euch gut?« fragte Cat aufgeregt, während sie gegen einen Würgereiz ankämpfte.

»Alles gut! Und danke!« Miriam drückte die Kommissarin nochmals fest an sich. »Olofsson hat sofort gewusst, was du uns sagen wolltest. Ohne deinen Anruf wären wir jetzt tot!«

6

Die *Mary* wurde von einem erfahrenen Skipper nach Tönning gesteuert. Wilko, Olofsson, Miriam und Cat stiegen auf das Küstenwachboot um, das sie am Eidersperrwerk in der Schleuse aussteigen ließ. Die beschädigte Totenbarke hatte Olofsson vorsichtig in einen Karton gelegt und mitgenommen. An der Schleuse warteten Theo Nolde, der Hauptkommissar der Gardinger Wache, Robert Puck und Anna Müller auf den Gefangenen. Die wütenden Blicke, die Anna Wilko zuwarf, veranlassten Nolde, die Polizistin als Chauffeurin für die müden Seefahrer abzustellen.

Cat erholte sich schnell, als sie wieder festen Boden unter den Füßen hatte. Sie berichtete, was sie nach dem unterbrochenen Gespräch mit Miriam unternommen hatte. Wie sie endlich die Mail von der Spurensicherung erhalten und sie gleich an Miriams Account weitergeleitet hatte in der Hoffnung, dass die Daten irgendwie helfen konnten. Wie sie sich das erste Mal übergeben musste, nur weil sie an der Pier auf das Schnellboot der Küstenwache wartete. Wie man sie ganz nach hinten ins Heck des Schiffes verfrachtet hatte, weil dort die Gefahr am geringsten war, von ihrem Erbrochenen getroffen zu werden, und wie erleichtert sie sich fühlte, als man die *Mary* lokalisiert hatte.

»Na, dann hast du ja das Meer auch noch befahren«, grinste Miriam und wurde dann ernst. »Schade, dass die Barke so zerstört wurde.«

»Vielleicht kann Horst sie nochmals reparieren«, meinte Cat.

»Was passiert nun mit Professor von Klettenberg?« wollte Miriam wissen.

»Ich habe veranlasst, dass er sich die Barke im Hotel mal ansehen darf. Den Papyrus habe ich ebenfalls sichergestellt«, erklärte Cat.

»Wissen Sie jetzt, was der ägyptische Spruch bedeutet?« wollte Olofsson wissen, der den Karton wie ein rohes Ei auf dem Schoß hielt.

»Nein, aber vielleicht ist der Professor gewillt, endlich alle Karten auf den Tisch zu legen«, stöhnte Cat.

Wenig später ließ Polizistin Anna Müller die drei vor dem Hotel aussteigen, wo sie bereits von Horst erwartet wurden.

»Haben Sie den Mörder dingfest gemacht?« fragte er barsch.

»Haben wir«, nickte Cat. »Wilko Benndorf hat Onne Griebke und Merle Liesenfeld umgebracht.«

»Gut, dann ist das erledigt«, nickte Horst und wandte sich ab.

»Entschuldigen Sie, Horst«, Olofsson zeigte ihm den Inhalt des Kartons. »Könnten Sie das wieder reparieren?«

»Äh ja, wenn's sein muss!« brabbelte er und schlurfte davon.

»Ein komischer Kauz«, murmelte Miriam. »Ich brauche eine Dusche!«

»Wann erwarten wir den Professor?« fragte Olofsson.

»Ich denke, wir können uns erst einmal frisch machen«, meinte Cat. »Ich rufe euch.«

Der Anruf kam für Miriam eindeutig zu früh. Dennoch raffte sie sich auf und schlenderte langsam ins Restaurant, wo man sich treffen wollte.

Cat und der Professor warteten bereits auf sie. Olofsson schien sich Zeit zu lassen. Aber nachdem sie einen Kaffee bestellt hatte, betrat auch Olofsson mit dem Karton in der Hand das Restaurant. Von Klettenberg ging sofort auf Olofsson zu und blickte hinein.

»Oh, nein, was für eine Schande!« jammerte er, doch dann trat er einen Schritt zurück und sagte verärgert: »Das ist ein sehr übler Scherz.«

»Was?!« wunderte sich Olofsson und stellte den Karton ab.

»Das ist billiger Tand, den Sie da haben«, erklärte von Klettenberg.

»Sie machen einen Witz!« rief Miriam. »Wir haben die Totenbarke auf dem Schiff gefunden.«

»Das mag ja zutreffen, aber es ist nicht *die Totenbarke*, die Onne Griebke aufbewahrte. Glauben Sie mir, das ist eine billige Kopie.« Der Archäologe musste sich setzen. »Ist der Papyrus wirklich in Sicherheit?«

»Ja, ganz sicher!« beruhigte Cat den Professor.

»Wenn Sie uns endlich alles erzählen würden, dann könnten wir vielleicht das Rätsel gemeinsam lösen«, meinte Miriam deprimiert. »Ich bin es langsam leid, im Dunkeln zu stochern.«

Olofsson nahm das Holzmodell vorsichtig aus dem Karton und untersuchte die Bruchstellen. Die Überreste eines blauen Stempels schimmerten an einer der verbauten Leisten. Es gab keinen Zweifel, das Modell stammte nicht aus der ägyptischen Wüste.

»Also, Herr Professor«, sagte Olofsson ernst. »Was verschweigen Sie uns?«

Alfons von Klettenberg holte tief Luft und begann dann zu erklären: »Als ich Onne kennenlernte, ging es um die gesamte Ladung der untergegangenen *Gottfried*. Doch je öfter wir uns trafen und austauschten, desto mehr erwachte mein Interesse an der Totenbarke. Durch die intensive Recherche zur *Gottfried* haben wir die Ladeliste gefunden. Wie ich jetzt weiß, haben wir die aus Ihrem Familienarchiv, Frau von Hohenlohe. Der Ladeliste konnten wir entnehmen, dass die berühmte Kiste mit dem Anubiskopf wirklich von der *Gottfried* stammte. Damit war geklärt, dass die Totenbarke eindeutig vom Freiherrn von Minutoli gefunden wurde.«

»Aber es hieß doch, dass sie nicht so wertvoll sei, weil man sie historisch nicht zuordnen konnte«, warf Cat nachdenklich ein.

»Ja, das war ein großes Dilemma«, stöhnte von Klettenberg. »Zum einen konnten wir eindeutig die Kiste der Ladung der *Gottfried* zuordnen. Zum anderen konnten wir aber nicht hundertprozentig beweisen, dass auch die Barke in der Kiste gelegen hat. Es gab kein wissenschaftliches Gutachten oder eine glaubhafte Bestätigung durch einen neutralen Beobachter.«

»Was?!« Miriam schüttelte heftig den Kopf. »Was ist mit Griebkes Familie und anderen Zeugen?«

»Sie sind alle nicht glaubwürdig, wenn es um wissenschaftliche Expertisen geht. Sie könnten ein Eigeninteresse haben.

Es änderte sich aber alles, als Onne das Missgeschick, oder sollte ich sagen, das Glück, widerfuhr, die Totenbarke fallen zu lassen. So fand er den Papyrus, den wir nach allen wissenschaftlichen Vorgaben eindeutig auf die Zeit um 1330 bis 1300 vor Christus datieren. Dies war die Zeit, in der Tutanchamun Pharao war.«

Er machte eine Pause und sagte: »Ich könnte etwas zu Trinken gebrauchen.«

Getränke wurden bestellt und serviert. Als jeder sich gestärkt hatte, erzählte von Klettenberg weiter. »Sie müssen wissen, dass Tutanchamun der Sohn von Echnaton und Nofretete war. Das ist wichtig, um den weiteren Ablauf zu verstehen. Denn seit Jahren sucht man nach dem Grab von Nofretete. In 2015 machten Meldungen Schlagzeilen, nach denen man Nofretetes Grab hinter einer Wand in Tutanchamuns Grab vermutete. Der Hype war riesig, aber umsonst. Das Grab wurde nicht gefunden. Aber stellen Sie sich vor, man würde es finden, dies wäre eine Sensation. Bloß rätselt die gesamte Fachwelt darüber, wo es liegen könnte.

Und dann findet Onne diesen Papyrus, auf dem steht: *Begrüßt Atum mit 1000 Meh / Neigt euch vor Tefnut mit 100 Chet / Lobt Osiris, den Starken, mit 3 Chet / Huldigt der einen, Atons Tochter.*

Atum ist der Schöpfungsgott, der die Erscheinung des Sonnengottes Re am Abend annimmt. *Meh* ist eine ägyptische Längenangabe. *Tefnut* ist die Göttin der Feuchtigkeit und *Chet* ebenfalls eine Längenangabe, *Osiris* ist der Gott des ewigen Lebens und der Gott der Fruchtbarkeit, ebenfalls mit einer Längenangabe versehen.

Sie können sich vorstellen, wie elektrisiert wir waren. Sollte das eine Wegbeschreibung sein, aber für wen?

Die Antwort liefert der letzte Spruch, denn *Aton* bezeichnet den Sonnengott, den Echnaton als einzigen Gott einsetzte. Echnaton selbst wurde als der Sohn des Aton angesehen, damit konnte Atons Tochter nur Nofretete sein.

Wir vermuten, mit dem Papyrus einen Hinweis auf Nofretetes Grab gefunden zu haben. Sie müssen wissen, die alten Ägypter fanden es gar nicht gut, dass man ihnen ihre Götter wegnahm und so rebellierten sie nach Echnatons Tod. Sie zerstörten alles, was auf ihn hinwies, weshalb es Sinn machte, das Grab von Nofretete gut zu verstecken.

Doch ohne Richtungsangaben helfen einem die Längenangaben auch nicht. Da hatte Onne eine brillante Idee. Er wies den Göttern Himmelsrichtungen zu.

Atum steht für Osten, da geht die Sonne auf, *Tefnut* steht für Süden, dort entspringt der Nil, die Quelle allen Lebens, *Osiris* steht für Westen, dort geht die Sonne unter. Die ägyptischen Längenangaben lassen sich heute problemlos in Meter umwandeln. So kann man die Wegweisung übersetzen.

Sie lautet: Geht 524 Meter nach Osten, dann 5240 Meter nach Süden und dann 157,2 Meter nach Westen.«

Die drei sahen den Professor ungläubig an, denn der schüttelte niedergeschlagen den Kopf.

»Das alles ist dennoch unnütz, da wir nicht wissen, wo der Ausgangspunkt dieser Richtungsanweisung ist. Wir vermuten, dass es der Fundort der Totenbarke ist, doch wir wissen nicht, wo dieser sein könnte, da der gute Generalleutnant keine Angabe dazu machte, die veröffentlicht wurde.«

»Deshalb wollte Onne das Original, um dort eventuell einen Hinweis zu finden«, sagte Cat laut.

»Ja, das war die Hoffnung«, nickte der Professor.

»Dann ist das alles eine spannende Geschichte, die nur Theorie bleibt, solange es keinen Hinweis auf die Fundstelle gibt«, stellte Miriam enttäuscht fest.

»Ja«, nickte der Professor.

Horst erschien im Restaurant und räusperte sich.

»Entschuldigung, wenn ich störe«, sagte er. »Ich müsste Ihnen etwas zeigen. Dazu müssten Sie mir aber folgen.«

»Kann das nicht warten?« fragte Cat leicht verärgert.

»Nein«, knurrte Horst, »es ist wichtig.«

»Gut«, stöhnte die Beamtin und stand auf.

»Nein, nur Olofsson und die nette Fotografin«, sagte Horst barsch.

»Okay«, Cat hob die Hände und setzte sich wieder.

Olofsson und Miriam folgten Horst ins Foyer, dort ging er zur Feuertreppe. Langsam stiegen die drei die Treppe hinauf bis unters Dach.

»Hier war ich schon«, sagte Miriam und erntete einen skeptischen Blick von Horst. »Nicht weiter wichtig«, winkte sie ab.

Horst führte sie zu dem Raum, in den er tags zuvor einen Sack gezogen hatte.

»Onne hatte Angst, man könnte ihm was antun«, begann das Faktotum zu erklären. »Deshalb hat er mich gebeten, das wertvolle Stück hier oben zu verstecken.«

Er öffnete das Zimmer und schlurfte zu einem Schrank. Dort schob er die Schranktür auf – und auf einem Regalboden stand die Totenbarke unversehrt und in voller Pracht.

»Das olle Stück, das Sie mir zeigten, hab ich als Tarnung angefertigt«, erklärte er weiter, »ist nicht viel wert. Jetzt, da der Mörder gefasst ist, sollte die Barke wieder in die Vitrine.«

Damit war die echte Totenbarke wieder aufgetaucht, was Professor von Klettenberg bedingt beruhigte. Cat entschied, den Archäologen nicht weiter zu inhaftieren und ließ ihn gehen. Der Staatsanwalt würde entscheiden müssen, ob man den Akademiker anklagen sollte.

Man verabredete sich zum Abendessen, dann ging man auseinander.

Miriam zog sich auf ihr Zimmer zurück und begann in dem Reisebericht zu lesen, wieder darauf bedacht, einen Unterschied zu finden.

›*Hinter dem Dorfe* Gurnou *öffnet sich das Thal der Königpforten,* Biban-El-Moluk, *welches die Gräber der alten Pharaone enthält. Der Weg dahin, voll Sand und Steine, schlängelt sich zwischen den Bergen hindurch, und zeigt dem Auge blos eine Scene der Verwüstung. An einer Stelle findet man indess noch einen Rest der ehemaligen Straße, die mit Steinen aufgedämmt war. Die Gräber selbst sind das Erstaunenswürdigste, was jemals menschliche Anstrengung hervorgebracht hat; es scheint, dass selbst das längste Leben eines Monarchen kaum habe zureichen können, um sein Grab anzulegen und auszuschmücken. (…) Viele Denkmäler meiner Sammlung, unter anderen eine wohl erhaltene*

Lyra von Holz und eine bronzene Bildsäule von seltener Größe mit einem beweglichen Kopfputz, sind in diesen älteren Grotten von Biban-El-Moluk entdeckt worden.‹

Miriam verglich müde den Text mit dem Original und stutzte.

Eine kleine Änderung fiel ihr im Original auf.

Dort stand: *Viele Denkmäler meiner Sammlung, unter anderem eine wohl erhaltene Lyra von Holz, ein Schiffchen, wie es die Ägypter auf dem Nil benutzen und eine bronzene Bildsäule von seltener Größe mit einem beweglichen Kopfputz, sind in diesen älteren Grotten von Biban-El-Moluk entdeckt worden.*

»Das ist es!« rief Miriam aufgeregt und sprang aus dem Bett.

Epilog

Die Sonne sandte ihre ersten Strahlen über die Ebene von West-Theben. Der Himmel glänzte in einem hellen Blau, während im Westen die letzten Sterne zu sehen waren. Professor Dr. Alfons von Klettenberg blinzelte den Sonnenstrahlen entgegen, während eine Meute von Presseleuten ihre Kameras auf den Archäologen richteten. Neben dem Professor standen zwei junge Frauen und ein älterer Herr. Das Quartett schien von einem Kostümbildner eingekleidet worden zu sein. Während die beiden Herren aussahen, als seien sie für einen Dokumentarfilm über Howard Carter in zeitgemäße Kleidung geschlüpft, gehörten die beiden Frauen eindeutig der Moderne an. Allein die stylischen Sonnenbrillen mussten ein Vermögen gekostet haben.

In jedem Fall hatten die Kameraleute dankbare Motive und sie hielten die Objektive darauf. Da spielte es auch keine Rolle, dass Miriam van Heyden mit den Händen hin und her wedelte, bis ihr Catharina von Hohenlohe Einhalt gebot. Raphael Olofsson stand da wie ein Modell für eine Marmorbüste.

Der Professor trat vor und sagte: »Wir stehen hier am Eingang von Biban-El-Molouk, auch bekannt als das Tal der Könige.« Er sprach laut und ruhig und sah dabei in die Kameras. »Das kleine Dorf Gurnou oder auch Kourna geschrieben befindet sich keine paar Schritte hinter uns. Hier stand im Jahr 1822 der Generalleutnant von Minutoli und fand eine Grabbeilage, die als die Totenbarke bekannt wurde. In diesem unbezahlbaren Kunstwerk war ein Papyrus versteckt. Auf diesem stand vor 3000 Jahren eine Wegbeschreibung zu Nofretetes Grabmal geschrieben.«

Großer Applaus breitete sich in der Wüste nahe Karnak aus. Bewaffnete Männer mit und ohne Uniform standen entlang der alten Straße, die vom Tempel des Sethos I. bis zur Königspforte führte.

Nachdem Miriam die richtige Stelle im originalen Manuskript gefunden hatte, war es möglich gewesen, anhand von alten Karten und weiteren handschriftlichen Eintragungen des Generalleutnants eine genaue Wegbeschreibung anzufertigen. Mit größter Wahrscheinlichkeit hatten sie so einen Ausgangspunkt erhalten, der sich an einem bekannten Felsengrab oberhalb des Taleingangs befinden sollte.

Mit größter Geheimhaltung und der finanziellen Hilfe der von Hohenlohe organisierte der Archäologe mit dem Einverständnis Fenja Griebkes, die die Totenbarke und den Papyrus geerbt hatte, eine Grabungsgenehmigung und das nötige Equipment, um das Grab der Nofretete zu finden.

Nun war der große Tag gekommen, an dem sich beweisen würde, ob die Zeitreise der Totenbarke ihre Bestimmung erfüllen würde, oder ob sich, wie in den Jahrzehnten zuvor, das Ganze als ein fiebriger Traum entpuppte.

ENDE

Anmerkung und Danksagung

Das Ausgangsereignis von 1822 ist real. In der Nacht vom 11. auf den 12. März 1822 sank im Wattenmeer die *Gottfried*. In meinem Roman verorte ich den Unglücksort in der Nähe der Sandbank Trischen. Nach Erkenntnissen aus dem Jahr 2009 gehen Joachim S. Karig, ehemaliger Direktor des Ägyptischen Museums Berlin, und Rainer Leive davon aus, dass das Wrack weiter südlich liegt. Außerdem wurden kurz nach dem Untergang Mumien und Frachtgut in der Nähe von Cuxhaven angespült. In meiner Geschichte habe ich diese östlich an der Küste von Büsum angelegt.

Die im Buch kursiv wiedergegebenen Zeilen aus dem Reisebericht des Freiherrn von Minutoli stammen aus der Ausgabe „Reise zum Tempel des Jupiter Ammon in der lybischen Wüste und nach Ober-Aegypten in den Jahren 1820 und 1821“, erschienen 1824, bei August Rücker, Berlin. Die Texte sind in Schreibweise und Ausdruck übernommen worden, allerdings wurden sie gekürzt wiedergegeben, was mit der Klammer (…) gekennzeichnet wird. Die damalige Rechtschreibung wurde beibehalten.

Für meine Recherche benutzte ich eine Karte der westlichen Umgebung von Luxor und Karnak, aus dem Jahr 1830, gezeichnet von G. Schweinfurth 1909, aus dem Verlag v. Dietrich Reimer, Berlin.

Die Blumenuhr nach Linnés basiert auf einen Kartondruck von 2009 aus dem Jan Thorbecke Verlag der Schwabenverlag AG, Ostfildern.

Für die Hilfe ein Buch aus dem Manuskript zu machen, möchte ich mich bei Marlis Klein, Dr. Jürgen Kühnel, Rebecca El Djabri bedanken, darüber hinaus halfen Anja Georg, Sabine Kitzinger und Ralph Rottler dem Text den nötigen Feinschliff zugeben.

Zum Schluss gilt mein Dank all jenen, die hinter den Kulissen am Werk waren, um aus dem Manuskript ein Buch zu machen.

Ralf Strackbein

Der Billy-Code

Roman · Taschenbuch · 296 Seiten

Bedrohlich ziehen dunkle Schneewolken von Westen heran, während sich Raphael Olofsson, ehemaliges Mitglied der Deutschen Botschaft in Stockholm, und seine Assistentin, Miriam van Heyden, auf den Weg zu einem schwedischen Möbelhaus machen. Im Möbelhaus werden sie von einem Stromausfall überrascht. Die plötzliche Dunkelheit raubt ihnen die Sicht. Dann treten sie in eine Blutlache. Nicht weit entfernt finden sie eine Leiche, die auf mysteriöse Weise ums Leben kam.
Die anrückende Polizei und der Niederlassungsleiter gehen von einem Unfall aus, doch Olofsson findet Indizien, die auf Mord hindeuten. Unterdessen ahnt keiner der Möbelhaus-Besucher, dass sich ein katastrophaler Schneesturm über das Land ausbreitet, der ein Verlassen des Möbelhauses unmöglich macht. Als die Betroffenen ihre Situation erkennen, ist es zu spät, und Olofsson fragt sich: Konnte der Mörder fliehen oder ist er mit uns eingeschlossen?

ISBN: 978-3-935378-19-2

Ralf Strackbein

Wolkenmord

Roman · Taschenbuch · 286 Seiten

Der Ex-BND-Agent und glücklicher Besitzer eines Reisebüros ist auf dem Weg nach Hause. Zusammen mit seiner Mitarbeiterin Miriam van Heyden hat Olofsson Südafrika besucht. Nun freut er sich auf den Heimflug im größten Flugzeug der Welt. Eine illustre Gesellschaft trifft sich in der First-Class des Riesen-Airbus. Doch bald nach dem Start findet die Bordbesatzung einen der Passagiere der First-Class tot auf. Schnell stellt sich heraus, es war Mord.
In 12.000 Meter Höhe über Afrika beginnt Olofsson seine Ermittlungen. Er hat 9 Stunden Zeit, den Schuldigen zu überführen, dann landet der Airbus in Frankfurt am Main. Ein gefährliches Katz-und-Mausspiel beginnt.

ISBN: 978-3-935378-32-1

Ralf Strackbein

Das Aschebuch

Roman (2014) · Taschenbuch · 284 Seiten

Der Reisebürobesitzer und ehemalige BND-Agent befindet sich in Weimar. Es herrscht Aprilwetter, als um die Mittagszeit eine junge Frau tot nahe der Anna-Amalia-Bibliothek gefunden wird. Auf den ersten Blick gibt es keine Anzeichen einer Gewalttat, was Olofsson neugierig macht. Doch was ihn richtig wurmt: Der Mord geschah nur einen Häuserblock entfernt, sozusagen vor seinen Augen.
Miriam van Heyden, Olofssons Assistentin, wird von dem Leichenfund in eine Gewissenskrise gestürzt. Zum einen ist sie dankbar für die mit dem Mord verbundenen Ermittlungen, da ihr die ganze Hochkultur Weimars mächtig auf den Magen schlägt, dass sie sich jeden Moment übergeben könnte. Anderseits hasst Miriam es, dass ein Leben genommen wurde, besonders in einer Umgebung, die das Schöngeistige des Menschen zutage fördert.
Unter den Augen der beiden Superhelden Schiller und Goethe stolpern die privaten Ermittler sowie die örtliche Exekutive von einem Beweis zum nächsten und bemerken dabei nicht, dass ihnen der Tod im Nacken sitzt.

ISBN: 978-3-935378-37-6

In der Tristan-Irle-Reihe bereits erschienen:

Tristan Irle und der Rubensmord (1991)

Eigentlich sollen die Feierlichkeiten zum 350. Todestag von Peter Paul Rubens friedlich und ohne größeres Aufsehen in der Stadt Siegen gefeiert werden. Doch das ändert sich schlagartig, als man eine Leiche im Vorhof des Oberen Schlosses findet. Privatdetektiv Irle übernimmt den Fall und muss bald feststellen, dass mehr hinter dem Fall zu stecken scheint, als es vordergründig aussieht.

Tristan Irle – Eine Leiche auf der HTS (1992)

Friedlich bereiten sich die Bewohner des Siegerlandes auf das Weihnachtsfest vor. Doch plötzlich wird die festliche Ruhe gestört, als man eine Leiche im Schnee begraben findet. Tristan Irle übernimmt die Aufklärung des mysteriösen Mordes. Dabei verfängt er sich in einem Netz von Intrigen, Bestechungen und Lügen.

Tristan Irle – Mord Pur (1993)

KulturPur – seit Jahren ein Begriff für ein Fest der besonderen Art. Tristan Irle gönnt sich ein paar Tage Urlaub auf dem Giller und trifft dort Pensionsbesitzerin Helga Bottenberg. – Eine Frau, in die er sich verlieben könnte? Beschaulichkeit bestimmt den Tag, bis ein hinterhältiger Anschlag die Idylle zerstört.

Tristan Irle – Die Abseitsfalle (1994)

Die Damenmannschaft des SC Siegen hat es wieder geschafft. Sie steht im Endspiel um die deutsche Meisterschaft. Doch dann verunglückt auf mysteriöse Weise ein Mitglied des Vereins. War es Mord? Diese Frage soll Tristan Irle klären. Voller Tatendrang stürzt er sich ins Spiel. Doch das Spiel ist nicht fair, und er durchschaut die heimtückische Abseitsfalle.

Tristan Irle – Das sexte Gebot (1995)

Seit Tagen ziehen Regenschauer über das Siegerland. In dicke Regenjacken gehüllt, gehen die Menschen ihren Geschäften nach. Plötzlich erschüttert des Nachts eine fürchterliche Autoexplosion die Stadt. Es gibt einen Toten. Zur gleichen Zeit findet Tristan Irle ein Findelkind in der Marienkirche. Die Polizei steht vor einem Rätsel. Haben beide Ereignisse etwas miteinander zu tun?

Tristan Irle und das Rathauskomplott (1996)

Weihnachtsmarkt in Siegen. Es ist der Beginn der Adventszeit. Plötzlich erschüttert ein fürchterlicher Fund auf dem Weihnachtsmarkt die Gemüter. Schockiert schalten sich Staatsanwaltschaft und Polizei ein. Ihnen eine Nasenlänge voraus ist eine junge Journalistin. Sie vermutet Verbindungen zum Rathaus und bittet Detektiv Tristan Irle um Hilfe. Machenschaften allerorts und der kommunale Filz drohen schließlich die Ermittlungen fast zu ersticken.

Tristan Irle – Der Braumeister (1997)

Der junge Braumeister Roland Eichbaum hat die Idee seines Lebens. Er möchte Bier in Asien brauen. Die Verhandlungen sind in vollem Gange, als plötzlich ein Mord die Bierbrauer der Region erschüttert. Bis Tristan Irle durch die trübe Suppe von Verdächtigungen eine klare Spur findet, muss er so manches Glas Bier leeren, und nicht selten beginnt die Recherche mit einem lauten: Prost! Und da ist dann auch noch ein geheimnisvoller Chiffrierschlüssel, der Tristans Ermittlungen behindert.

Tristan Irle – Gegen den Strich (1998)

Die kleine Großstadt Siegen steht im Fokus der Weltöffentlichkeit. Im Medien- und Kulturzentrum laufen die letzten Vorbereitungen auf Hochtouren für eine ganz besondere Ausstellung, als ein Siegener Künstler zu Tode kommt. Tristan Irle beginnt seine Ermittlungen, was Künstlern und anderen Kreativen gegen den Strich geht. Dann muss Irle feststellen, dass die Kunstszene genauso schillernd ist wie eine Malpalette.

Tristan Irle – Tödliche Doktorspiele (1999)

Im Arzt-Gelöbnis steht: »Ich werde meinen Beruf mit Gewissenhaftigkeit und Würde ausüben. Die Erhaltung und Wiederherstellung der Gesundheit meiner Patienten soll oberstes Gebot meines Handelns sein.« Diesen Satz haben auch die Ärzte in einem Krankenhaus in Siegen gelobt. Doch eines Morgens findet man eine tote Patientin. Und wie sich herausstellt, wurde sie falsch behandelt. Chefarzt Dr. med. Killian steht plötzlich unter Mordverdacht, doch er behauptet, unschuldig zu sein. Privatdetektiv Tristan Irle wird eingeschaltet, um den mysteriösen Todesfall zu untersuchen. Ihm gegenüber eine Schar weißer Kittel, die alle etwas zu verbergen scheinen.

Tristan Irle – Siegener Maskerade (2000)

Schriftsteller Raffael Leich trifft sich im Geheimen mit dem persönlichen Referenten des Bürgermeisters. Ein mysteriöses Bild wechselt den Besitzer, dann fallen plötzlich Schüsse. Raffael kann fliehen. Tags darauf wird Privatdetektiv Tristan Irle eingeschaltet, um zu ermitteln. Zur gleichen Zeit bereitet der Anwalt Hallenberger eine Millionen-Spende für die Stadt Siegen vor, um mit dem Geld das Projekt Apollo-Theater zu finanzieren. Steht der Mord etwa mit dem Theaterprojekt in Verbindung? Welche Rolle spielen Schriftsteller Raffael Leich und der Bürgermeister? Und da ist da noch das geheimnisvolle Bild. Im Buch enthalten: ein ausklappbarer Abzug des mysteriösen Bildes.

Tristan Irle – Eisenhart (2001)

Die Stadtkasse – so ausgetrocknet wie ein afrikanisches Wadi – treibt Stadtkämmerer Goldmann den Schweiß auf die Stirn. Sein Chef, der Bürgermeister, eröffnet unterdessen ein neues Museum und weiß selbst nicht so recht, wie er die anstehenden finanziellen Probleme lösen soll. Tristan Irle, Privatdetektiv, ist an diesem Tag einer Einladung auf das Segelfluggelände nahe der Stadt gefolgt. Dort muss er einen schrecklichen Unfall mit ansehen. Der Detektiv beginnt zu ermitteln und dabei entpuppt sich die scheinbar eingeschworene Fliegergemeinschaft als lebensgefährliche Bedrohung für Tristan und seine Freunde.

Tristan Irle – Die Fürstenjagd (2002)

Es ist Jagdsaison im Wald des Fürsten zu Widerstein. Allerlei Prominenz aus dem Ausland trifft sich nahe Bad Berleburg in einem Forsthaus, um zusammen mit Fürst Siegfried dem Wild auf die Pelle zu rücken. Vom Jagdfieber gepackt, verteilen sich die Herrschaften im Wald. Schüsse fallen und plötzlich ertönen Jagdhörner. Wenig später wird die Jagd abgebrochen, denn im Wald liegt ein Toter. Tristan Irle, Privatdetektiv, als Treiber bei der Jagd dabei, übernimmt die Ermittlungen. Die stellen sich als äußerst schwierig heraus. Die Jagdgäste aus höchsten adeligen Kreisen schweigen, bis die Beweislast immer erdrückender wird.

Tristan Irle – Lokalzeit (2003)

Die Journalisten des regionalen Fernsehsenders sind ein eingespieltes Team. Erhöhter Stress gehört bei ihrem Job zum Alltag,

und da bringt es den verantwortlichen Fernsehredakteur nicht sonderlich aus der Ruhe, als ein Übertragungswagen für die aktuelle Stunde liegen bleibt. Doch als vor laufender Kamera jemand stirbt, da liegen plötzlich bei allen Beteiligten die Nerven blank. Noch ahnt keiner, dass dies der Auftakt zu einer unheimlichen Mordserie ist.
Tristan Irle, Privatdetektiv, übernimmt die Ermittlungen. Und die führen ihn überraschend zu einem großen schwedischen Möbelhaus, dessen Ansiedlung zum Interessenkonflikt mächtiger Parteien geführt hat. Schließlich drängt sich dem Detektiv die Frage auf: Hat das Rathaus etwas mit dem Mord zu schaffen?

Tristan Irle – Baum fällt! (2004)

Die heimische Politprominenz ist hocherfreut. Der brasilianische Botschafter besucht anlässlich einer Fürst-Johann-Moritz-Ausstellung die Region. Eine gute Gelegenheit die Gäste aus Übersee in den Wald einzuladen, um uralte Haubergstradition zu vermitteln. Der Botschafter ist begeistert. Weniger enthusiastisch zeigen sich die Kuratoriumsmitglieder der Ausstellung sowie die verantwortlichen Historiker, allen voran die Rektorin der Universität. Und dann endet der Ausflug für einen Gast auf mysteriöse Weise tödlich.
Tristan Irle, Privatdetektiv, beginnt zu ermitteln. Bald stellt er fest, dass die feine Gesellschaft der Ausstellungsmacher ihre eigenen dubiosen Ziele verfolgt. Und schließlich gerät der Privatdetektiv ins Schussfeld, denn im Hintergrund agiert noch der Geheimdienst …

Tristan Irle – Die zitternden Tenöre (2005)

Der Männergesangverein *„Pro Patria"* steht vor einer großen Herausforderung. Zusammen mit dem engagierten Chorleiter Gottfried Kunze möchten die Mitglieder nach 100-jährigem Bestehen endlich den Status „Meisterchor" erlangen. Sie proben, bis ihre Stimmbänder zittern, doch dann geschieht während der Probenpause ein Mord. Chorleiter und Erster Vorsitzender sind sich einig, dass dieses hinterhältige Attentat nur einer aufklären kann. Sie engagieren den Privatdetektiv Tristan Irle.
Die Tenöre verfolgen misstrauisch Tristans Ermittlungen. Je mehr der Detektiv in ein klebriges Geflecht aus Intrigen dringt, desto gefährlicher wird es für ihn. Und dann stellt sich plötzlich heraus, dass das Opfer einen berühmten Verwandten hat.

Tristan Irle – Der Killersteig (2006)

An einem herrlichen Spätsommertag trifft sich eine Gruppe Polizisten, um zusammen mit Staatsanwalt und Landrat über einen Teil des berühmten „Rothaarsteigs“ zu wandern. Mit Rucksack und Wanderschuhen ausgerüstet beginnt die Wanderung im Süden des Kreisgebietes Siegen-Wittgenstein. Doch schon bei der ersten Übernachtung kommt es zu einem tragischen Zwischenfall.

Tristan Irle, Privatdetektiv, erhält kurz darauf einen geheimnisvollen Anruf, der ihn dazu bewegt, sich der Gruppe am nächsten Tag anzuschließen. Schon bald muss er feststellen, dass nicht alle in der Gruppe so freundlich sind, wie sie vordergründig vorgeben. Als es erneut zu einem Zwischenfall kommt, ahnt der Detektiv, dass ein Mörder unter ihnen weilt.

Tristan Irle – Locht ein! (2007)

Große Aufregung unter den Golfern im Kreisgebiet. Am Vorabend der Clubmeisterschaft findet man einen Toten auf dem Golfplatz und das mitten im Wasserhindernis. Keiner kann sich so richtig erklären, wie dieser scheinbare Unfall vonstatten ging, und zum Erstaunen von Privatdetektiv Tristan Irle hält sich die Trauer um das verstorbene Clubmitglied in Grenzen.

Als der Detektiv die Ermittlungen übernimmt, kommen Hinweise zutage, die auf Mord deuten. Tristan Irle beginnt Fragen zu stellen, die erheblich mehr Aufregung erzeugen als der Start der Clubmeisterschaft. Besonders der Clubpräsident und der Spielführer fühlen sich belästigt, dann findet Irle die Tatwaffe …

Tristan Irle hat Lampenfieber (2008)

Intendant Wolferl Wanderschmied hat sich für den Saisonbeginn etwas Großes ausgedacht. Eine prächtig inszenierte, romantische Komödie mit jungen Schauspieltalenten und alten Hasen soll das Publikum zum Lachen verführen. Dummerweise überlebt einer der jungen Schauspieler die Generalprobe nicht, was eine Kette von Ereignissen auslöst, die sich Intendant Wolferl so nicht für seine Inszenierung vorgestellt hat. Zum Glück gehört Privatdetektiv Tristan Irle zur Schauspieltruppe. Er übernimmt die Ermittlungen. Jetzt zeigt Tristan sein wahres Talent und stöbert Intrigen auf, was ihn ins Rampenlicht führt. Doch auf den Brettern, die die Welt bedeuten, ist manches nicht so, wie es scheint, und Tristan weiß, der Mörder beobachtet die Szene ganz genau.

Tristan Irle und der Grabräuber (2009)

Ein mitternächtlicher Anruf lockt Tristan Irle, Privatdetektiv, auf den städtischen Friedhof. Etwas Ungeheuerliches ist dort geschehen – Grabschändung und Mord. Das Opfer, der Grabschänder selbst. Eine verwirrende Situation, die nicht klarer wird, als sich herausstellt, dass im geschändeten Grab ein Freimaurer liegt.
Dann klopft Lena Lamberti, eine junge Historikerin, an Tristans Haustür und behauptet Unglaubliches. Sie hat Hinweise gefunden, die zu einem geheimnisvollen Artefakt führen, das im Kreisgebiet versteckt sein soll. Zusammen gehen sie einer Spur nach, die weit in die Zeit zurückreicht, immer auf der Hut vor einem Mörder, der ihnen im Nacken sitzt.

Tristan Irle – Wo ist Marlowe? (2010)

Der NRW-Tag steht in Siegen kurz bevor. In der ganzen Stadt ist man damit beschäftigt, die nötigen Stände und Buden aufzubauen, da findet man im Oberen Schloss eine Leiche. Wenig später wird Privatdetektiv Tristan Irle zum Tatort gerufen und ein Unbekannter, der sich van Veen nennt, droht mit einem Bombenanschlag.
Das Innenministerium sowie die örtliche Polizei ist auf das Äußerste alarmiert, doch das Fest absagen will keiner.
Tristan Irle begibt sich zusammen mit ein paar Freunden auf die Suche nach dem Täter. Die Offiziellen sehen jedoch al-Qaida am Werk und ziehen ihre Kräfte zusammen. Zu allem Überfluss ist Marlowe, Tristans Kakadu, verschwunden.

Tristan Irle – Der Bienenstich (2011)

Die Eisenstraße, eine tausend Jahre alte Straße im Kreisgebiet, ist in einem desaströsen Zustand. Die Bürger des kleinen Ortes Lützel wollen die kilometerlangen Risse in der Asphaltdecke und die tiefen Schlaglöcher nicht mehr hinnehmen. Sie beschließen, etwas zu unternehmen, allen voran Paul Nöll, Ortsvorsteher und leidenschaftlicher Imker.
Zur selben Zeit genießt Privatdetektiv Tristan Irle ein paar ruhige Tage in der Pension seiner Freundin unweit des Dorfes auf dem Giller. Doch mit der Ruhe ist es schlagartig vorbei, als ein mysteriöser Todesfall die kleine Dorfgemeinde erschüttert. Politiker und Dorfbewohner sehen die publicityträchtige Aktion plötzlich gefährdet. Keine guten Voraussetzungen für die anlaufende Ermittlung, die sich wie Honig dahinzieht. Und da gibt es noch Bienen, die stechen.

Tristan Irle serviert kalte Platte (2012)

Der Abriss der sogenannten Siegplatte steht kurz bevor. Siegens Bürgermeister und andere Honoratioren versammeln sich auf der Platte, um den Abriss feierlich freizugeben. Ein mächtiger Hydraulikmeißel beginnt seine Arbeit, doch kaum hat der Meißel die ersten Betonstücke abgeschlagen, da stockt plötzlich die Arbeit.
Zwischen einem Querträger der Betondecke entdecken Arbeiter eine Leiche. Wie kam sie in vier Meter Höhe? Wie starb sie? Wurde sie ermordet? Fragen, die Privatdetektiv Tristan Irle mit Hilfe einer forensischen Pathologin beantworten soll. Bei seinen Ermittlungen findet der Detektiv Hinweise, die ihn zu einem Geldverleiher und Geschäftsleuten führen. Das macht die Verdächtigen nervös und einer schreckt vor weiteren Gewalttaten nicht zurück.

Tristan Irle – Die letzte Filmklappe (2013)

Ein Fernsehkrimi wird in Siegen gedreht. Das mehrköpfige Filmteam hat vor den Burgmauern des Oberen Schlosses sein Lager aufgeschlagen. Zwei der beliebtesten TV-Kommissare des Landes ermitteln im Innenhof des Schlosses, als es am Set einen fürchterlichen Unfall gibt.
Zur selben Zeit findet Privatdetektiv Tristan Irle eine mysteriöse Botschaft auf seiner Türschwelle in Siegens Altstadt. Stehen Unfall und Botschaft in einem Zusammenhang?
Der Detektiv beginnt zu ermitteln, während ein arktischer Schneesturm die Rubensstadt fest im Griff hat. Schon bald stellt Tristan Irle fest, dass er es mit einem Serienkiller zu tun hat, der vor nichts zurückschreckt.

Tristan Irle trifft den Wisent (2014)

Tristan Irle besucht mit seiner Nichte Sara das Wisentgehege nahe Wingeshausen. Sara arbeitet an einem Schulprojekt, das sich mit den riesigen Landtieren befasst. Sie stürzt sich mit der Energie einer überzeugten Teenagerin begeistert auf alles, was mit den Wisenten zu tun hat. Im Gehege angekommen, müssen die beiden erleben, wie einer der Ranger tot aufgefunden wird. Zum Entsetzen aller wird die Leitkuh *Gutelaune** verdächtigt, den Ranger aufgespießt zu haben.
Eine Katastrophe nicht nur für Sara, nein, auch für den Zweiten Vorsitzenden des Trägervereins Otto Otterbach. Der Ex-Landrat kämpft noch mit den Auswirkungen seines Amtsverlustes, da droht plötzlich eines der renommiertesten Naturschutz-

projekte zu scheitern. Nur wenn geklärt werden kann, dass *Gutelaune* nichts mit dem Tod des Rangers zu tun hat, kann die Reputation des Projektes wiederhergestellt werden.
Und es gibt nur einen, der sich gegen zornige Waldbauern, schießwütige Jäger, konkurrierende Ranger und gegen die Wildnis im Rothaargebirge behaupten kann: Detektiv Tristan Irle.
* *Gutelaune* (w), geboren: 8. 4. 2000, Herkunft:
Sielmanns Naturlandschaften Döberitzer Heide.

Tristan Irle – Sturmwind (2015)

Die Energiewende zeigt ihr Gesicht am Horizont des Rothaargebirges. Windmühlen, so hoch wie der Kölner Dom, ragen über die Baumwipfel. Nicht jedem gefällt das. Umweltaktivisten und Windkraftbefürworter tragen einen hitzigen Kampf aus. Dann, eines Morgens, findet man eine Leiche, aufgehängt am Mikado-Brunnen vor dem Rathaus in Siegen. War das eine Botschaft?
Unter den Augen des neuen Landrats bildet die Polizei eine Mordkommission. Privatdetektiv Tristan Irle beginnt ebenfalls zu ermitteln. Die Spuren führen zu Windmühlen und Naturschützern, und jeder scheint etwas verbergen zu wollen. Als es zu weiteren tödlichen Zwischenfällen kommt, stellt sich die Frage: Kann man den aufziehenden Sturm noch verhindern?

Tristan Irle – Der Missionsbefehl (2016)

Die „Riewekooche Gäng" hat einen Missionsbefehl: Aufstieg in die 1. Paintball-Bundesliga. Dafür sind die Studenten der Universität Siegen zu allem bereit. Der persönliche Assistent des Landrates hat ebenfalls eine Mission: Möglichst billig ein neues Flüchtlingsheim bauen zu lassen. Dazu muss er zwei konkurrierende Fertighaushersteller in ein Boot bringen. Doch beide Missionen drohen zu scheitern, als der Captain der „Riewekooche Gäng" ermordet wird, der unglücklicherweise der Sohn einer der Fertighaushersteller ist. Privatdetektiv Tristan Irle beginnt zu ermitteln. Er stellt schmerzlich fest, dass Neid und Konkurrenzkampf zerstörerische Züge annehmen können, ausgerechnet dann, wenn Gutes getan werden soll.

Nicht jeder der genannten Titel ist immer lieferbar. Vergriffene Titel werden in einem bestimmten Rhythmus wieder aufgelegt. Fragen Sie bitte im Einzelfall bei Ihrem Buchhändler nach, welche Titel lieferbar sind.

Als Hörbücher in der Tristan-Irle-Reihe erschienen:

Tristan Irle serviert kalte Platte (2012)

Autor Ralf Strackbein liest – 350 min. Laufzeit
Vollständige Ausgabe

Der Abriss der sogenannten Siegplatte steht kurz bevor. Siegens Bürgermeister und andere Honoratioren versammeln sich auf der Platte, um den Abriss feierlich freizugeben. Ein mächtiger Hydraulikmeißel beginnt seine Arbeit, doch kaum hat der Meißel die ersten Betonstücke abgeschlagen, da stockt plötzlich die Arbeit.
Zwischen einem Querträger der Betondecke entdecken Arbeiter eine Leiche. Wie kam sie in vier Meter Höhe? Wie starb sie? Wurde sie ermordet?
Fragen, die Privatdetektiv Tristan Irle mit Hilfe einer forensischen Pathologin beantworten soll. Bei seinen Ermittlungen findet der Detektiv Hinweise, die ihn zu einem Geldverleiher und Geschäftsleuten führen. Das macht die Verdächtigen nervös und einer schreckt vor weiteren Gewalttaten nicht zurück.

ISBN: 978-3-935378-34-5
Preis: 11,90 Euro

Tristan Irle – Die letzte Filmklappe (2013)

Radio Siegen liest – 350 min. Laufzeit
Vollständige Ausgabe

Ein Fernsehkrimi wird in Siegen gedreht. Das mehrköpfige Filmteam hat vor den Burgmauern des Oberen Schlosses sein Lager aufgeschlagen. Zwei der beliebtesten TV-Kommissare des Landes ermitteln im Innenhof des Schlosses, als es am Set einen fürchterlichen Unfall gibt.
Zur selben Zeit findet Privatdetektiv Tristan Irle eine mysteriöse Botschaft auf seiner Türschwelle in Siegens Altstadt. Stehen Unfall und Botschaft in einem Zusammenhang?
Der Detektiv beginnt zu ermitteln, während ein arktischer Schneesturm die Rubensstadt fest im Griff hat. Schon bald stellt Tristan Irle fest, dass er es mit einem Serienkiller zu tun hat, der vor nichts zurückschreckt.

ISBN: 978-3-935378-36-9
Preis: 11,90 Euro